ANNETTE
MINGELS

DER LETZTE LIEBENDE

ROMAN

PENGUIN VERLAG

Für Tina.
Und für Daniel (im goldenen Jackett).

»Du kannst dich mehrfach häuten, aber wirst immer dieselbe verdammte Schlange bleiben.«

Nick Cave

ERSTER TEIL

Dezember – Juni

Dezember

Seit einiger Zeit hatte Carl Kruger am Morgen das Gefühl, aufgeben zu müssen, obwohl das eigentlich nicht seine Art war. Vom Bett aus sah er zu, wie es draußen langsam hell wurde, die Straßengeräusche drangen zu ihm herauf, und ihm fiel nichts ein, wofür es sich aufzustehen lohnte.

Manchmal ertappte er sich dabei, dass er seine Frau beneidete. Seit sie vor etwas mehr als einem halben Jahr die Diagnose erhalten hatte, besaß jeder ihrer Tage eine Struktur. Man hatte nicht operiert – diese Möglichkeit war von Anfang an ausgeschlossen worden –, aber in den ersten Wochen hatte sie Bestrahlungen erhalten und danach vier Runden Chemotherapie, die sie zunächst gut und dann gar nicht mehr vertragen hatte. An den Tagen, an denen Helen ins Krankenhaus musste, hatte Lisa sie morgens abgeholt und zum Mountainside Medical Center gefahren. Sie hatte dort mit ihrer Mutter gewartet, während die Lösung aus dem durchsichtigen Beutel in den Infusionsschlauch und schließlich in Helens Arm geträufelt war. Er stellte sich vor, wie Lisa auf einem Klappstuhl neben der Liege saß. Wie sie plauderten, vertraut und immer dann derselben Auffassung, wenn es um ihn ging. Nach Meinung seiner Tochter war er ein hoffnungsloser Fall. Er war der Grund für das jahrzehntelange Unglück ihrer Mutter, das sich wie Gift in die feinsten Verästelungen der Familie ausgebreitet hatte – er war vielleicht sogar der Grund für das hier: ihre Krankheit, auf jeden Fall jedoch für das Scheitern von Lisas eigener Ehe. Und spätestens seit der Geschichte mit Renee stimmte Helen ihrer Tochter in allen Punkten zu.

In der Küche nahm er den Wasserkocher, füllte ihn zur Hälfte, hängte einen Teebeutel in die Tasse mit den Rosen, dann stellte er sich ans Fenster und wartete darauf, dass das Wasser kochte. Vom Küchenfenster aus sah er auf die Front des MC Hotel. Er war ein einziges Mal, kurz nach der Eröffnung vor drei Jahren, hineingegangen. Damals waren sie gerade erst aus ihrem Haus in der Myrtle Lane in diesen Wohnblock gezogen, wo sie eine Maisonettewohnung gekauft hatten. Der Eingang zum Hotel lag an der Ecke Bloomfield Avenue und Church Street, ein siebenstöckiger halbrunder Turm, von dem aus sich rund dreißig Meter lang die Sandsteinfassade des Hotels hinzog. Er hatte sich die Lobby, die Bar und das Restaurant angesehen und sich vorgenommen, bald einmal mit Helen hier essen zu gehen. Dann war er bei der nächsten – seiner ersten – Eigentümerversammlung Renee begegnet und hatte sein Vorhaben vergessen.

Das Wasser kochte, er goss es in die Tasse, stellte sie auf ein Tablett und legte einen Keks daneben, den er auf dem Weg nach oben selbst aß. Die Tür zu Helens Zimmer war geschlossen, und er hielt kurz inne, um zu hören, ob Lisa bei ihr war. In letzter Zeit schien seine Tochter ihm auszuweichen – war sie am Anfang von Helens Erkrankung immer zuerst ins Wohnzimmer gekommen, um ihn zu begrüßen, hatte sie irgendwann nur noch von der Tür aus einen Gruß gerufen und war dann rasch die Treppe hoch in die obere Etage gelaufen. Inzwischen nutzte sie meistens die Möglichkeit, mit dem Aufzug direkt in die obere Etage zu fahren, um ihn so nicht einmal ignorieren zu müssen.

Die hellen Vorhänge waren zugezogen und tauchten das Zimmer in fahles Licht. Helen hatte die Augen geschlossen. Das Tablett war zu groß für den Nachttisch. Mit einer Hand schob Carl die Bücher und Zeitschriften zur Seite und stellte die Tasse auf das Holz, dann blickte er sich nach etwas um, das er unterlegen könnte. Weil er nichts fand, nahm er die Tasse nochmals auf und wischte ihre Unterseite an seinem Ärmel ab, bevor er sie wieder abstellte. Als er aufblickte, sah Helen ihn mit weit geöffneten Augen an.

»Danke«, sagte sie. »Du hast mich geweckt.«

»Aha«, sagte er. Dann fügte er hinzu: »Tut mir leid.«

Helen seufzte. »Schon okay.« Sie sah auf die Tasse. »Kein Keks heute?«

»Du isst ihn doch nie«, sagte Carl. »Aber ich kann dir gern einen holen.«

»Nein, nein.« Helen machte eine unbestimmte Handbewegung: ein Wedeln vor ihrem Gesicht, als wollte sie alles – und ganz besonders ihn – verscheuchen. »Ich will eh keinen.«

Er sah sich nach einem Stuhl um, dann ließ er es bleiben.

»Wie geht's dir?«

»Wie soll's mir gehen?«

»Ist dir übel? Hast du Schmerzen?«

»Nein, nein«, sagte Helen wieder, in einem so leichten Ton, dass es fast ironisch klang. »Alles wunderbar.«

»Brauchst du noch etwas?«

Sie sah ihn von unten herauf an, und für einen Moment meinte Carl Hass in ihrem Blick zu erkennen. Aber vielleicht war es auch nur Ungeduld: die Ungeduld der Kranken mit dem Gesunden. Sie wandte den Blick ab und schüttelte den Kopf.

»Dann bin ich unten. Ruf einfach, wenn du etwas brauchst.«

Seine Stimme hatte einen unnatürlich fröhlichen Klang, er hörte es selbst und spürte die Hitze, die ihm den Hals heraufkroch. Ohne ihre Antwort abzuwarten, ging er zur Tür und zog sie sorgfältig hinter sich ins Schloss.

Vor Kurzem hatte er im *New Yorker* ein Interview mit dem Schauspieler Matthew McConaughey gelesen. McConaughey hatte gesagt, er glaube, dass die Zeit für eine neue Männlichkeit gekommen sei. Dass beides möglich sei. Verletzlichkeit und großes Ego, Verantwortung und Freiheit. Engel sein, hatte der allen Ernstes gesagt, und Teufel. Lächerlich, hatte Carl gedacht. Aber es ging ihm nicht mehr aus dem Kopf.

Auf der Straße schoben sich die Autos langsam voran, während rechts und links auf dem Bürgersteig Passanten mit Taschen und Tüten schlenderten. Direkt nach Thanksgiving war die Weihnachtsbeleuchtung angebracht worden, Tannengirlanden, mit Lichterketten umwickelt, rot und weiß gestreifte Plastikstangen, goldene Kugeln. Der Antiquitätenladen, der im Souterrain der Unitarierkirche lag und auch von dieser betrieben wurde, hatte einen großen rostigen Elch auf dem Gehweg platziert, bei dem nicht ganz klar war, ob er Dekoration war oder zum Verkauf stand. Gestern war Carl vor ihm stehen geblieben und hatte das rostige Tier genau betrachtet, das Geweih, die leeren Augen – ausgestanzte Löcher im Metall –, die auf eine große, ebenfalls verrostete Platte geschraubten Beine. Im Schaufenster hatte er eine Kette liegen sehen, himmelblaue Topase, Helens Lieblingsstein. Er hatte überlegt, in den Laden zu gehen – er hatte sich das Innere des Ladens schon vorgestellt: das leicht Muffige der Kleider und Teppiche, die alten Möbel und Kronleuchter, die stockfleckigen Bücher und Gemälde. Dann hatte er die Treppe vom Gehweg zum Eingang angeschaut – fünf steile Stufen – und hatte sich dagegen entschieden. Vor etlichen Jahren hatten Helen und er in dem Laden zwei gepolsterte Hocker gekauft, mit einem festen Webstoff bespannt, der im Laufe der Jahre von sattem Ocker zu blassem Hellgelb verblichen war. Bei ihrem Umzug von der Myrtle Lane in die Bloomfield Avenue hatten sie sie aussortiert und vors Haus gestellt. Es hatte fast eine Woche gebraucht, bis jemand sich ihrer erbarmte, und während dieser Woche hatte Carl der Anblick der beiden Hocker jeden Tag ein bisschen mehr betrübt.

Er ging die Bloomfield Avenue hinunter in Richtung Süden. Passanten kamen ihm entgegen, etliche Tische in den Cafés waren besetzt. Er erinnerte sich daran, wie leer hier alles im Lockdown gewesen war. Fast zwei Jahre war das jetzt her. Er hatte vom Küchenfenster im dritten Stock hinabgesehen; die Leere unter ihm hatte etwas von einem Feiertag an sich und etwas vom Ende der Welt. Wenige Wochen zuvor hatte Renee ihn verlassen, und so fand er sich damals plötzlich in einer Zwangsgemeinschaft mit Helen wieder, die diese nicht wollte und nicht gewährte. Erst im letzten Frühjahr, als sich die allgemeine Lage etwas entspannt hatte, nahm Carl seine vormittägliche Runde durch die Stadt wieder auf.

Sein erster Weg führte ihn immer in die Drogerie, auch wenn er keine Medikamente holen musste. Er lief zwischen den Gängen entlang, von der Abteilung mit Süßigkeiten zu den Regalen voller Vitaminpräparate, Kopfschmerztabletten und Schlafmittel, dann ging er zu den Zeitschriften und von da aus zur Spielzeugabteilung. Auf einem Drehgestell standen VW-Käfer, Chevrolets, LKWs und Feuerwehrautos in Bonbonfarben, die Stoßstangen altmodisch silbern, die Fenster aus durchsichtigem

Plastik. Wenn Carl früher Collin mit in die Drogerie genommen hatte, hatte er ihn bei den Autos abgesetzt und in der Zwischenzeit seine Besorgungen erledigt. Collin hatte die Autos vor sich aufgereiht und sie sehr vorsichtig eins nach dem anderen zurückgezogen, um sie ein oder zwei Meter fahren zu lassen. Carl konnte sich nicht erinnern, dass Lisa das je gemacht hatte – er ahnte, dass er es ihr wohl auch nicht erlaubt hätte. Er war nie so nachsichtig mit seiner Tochter gewesen wie mit seinem Enkel. Vielleicht war das der Grund dafür, dass Collin ein besseres Verhältnis zu ihm hatte als Lisa.

Bei ihrem letzten Spaziergang hatte er Carl gestanden, dass er gern so wäre wie er.

»Wie denn?«, hatte Carl gefragt. »Alt, klapprig und kurz vorm Exitus?«

Collin hatte gelacht und Nein gesagt. Das nicht. Aber erfolgreich in dem, was er tat. Und vor allem: das tuend, was er tun wollte.

»Du warst Kult«, sagte er. »Also, deine Vorlesungen waren Kult.«

»Na ja«, sagte Carl. Er wusste, dass Collin recht hatte, auch wenn er es nicht so ausgedrückt hätte. Fast immer waren bei seinen Vorlesungen die größten Säle bis auf den letzten Platz besetzt gewesen, und zahlreiche Studenten mussten auf der Treppe zwischen den Stuhlreihen sitzen. Er hatte das Unterrichten geliebt; zu seiner eigenen Überraschung fiel es ihm leicht. Wenn er zu Anfang jeder Vorlesung einen seiner Versuche vorbereitete, brauchte es nur eine Handbewegung, um Ruhe herzustellen. Das Abstrakte anschaulich machen, bei aller Komplexität unterhaltsam bleiben, das konnte er. Trotzdem war er pünktlich mit fünfundsechzig emeritiert worden, sein Nachfolger scharrte schon mit den Hufen. Dabei hätte Carl gerne noch weiter an der Montclair State University unterrichtet, an die er dreißig Jahre zuvor berufen worden war.

»Willst du denn nicht beim Militär bleiben?«, fragte er seinen Enkel. Collin schüttelte nur den Kopf und fuhr sich mit den Fingern durch die kurz geschorenen Haare. Nach drei Jahren bei der Armee, zu der er nach dem College so dringend hatte gehen wollen, schien er genug davon zu haben, und Carl ließ sich nicht anmerken, wie erleichtert er war.

Er legte eine Packung Tee in den roten Plastikkorb, dazu eine Tafel Schokolade. Für die großen Einkäufe war er nicht zuständig. Als die Diagnose ihrer Mutter feststand, hatte Lisa sofort eine Haushaltshilfe engagiert. Julka war polnischer Herkunft, eine robuste Frau in den Fünfzigern, die erst seit Kurzem in Amerika lebte (eine gescheiterte Ehe hinter sich, erwachsene Kinder, die sie nicht mehr brauchten, vielleicht auch einfach der Wunsch, neu anzufangen) und Englisch mit weniger Akzent sprach als Carl. Einmal hatte er sie gebeten, etwas auf Polnisch zu sagen, und er hatte es ihr hoch angerechnet, dass sie, ohne zu fragen, sofort ein paar Sätze für ihn formulierte. »*Najpierw zrobię kuchnię, potem łazienkę. Wtedy zajmę się twoją żoną.*« Er hatte sich setzen müssen. Es war verblüffend, wie er allein durch den Klang ihrer Worte in der Zeit zurückgeschickt wurde. Polnisch war nicht die Sprache seiner Eltern gewesen, aber sie hatten polnische Freunde in Zoppot gehabt – einige davon ehemalige Kollegen aus dem Krankenhaus seines Vaters –, von denen manche auch noch Jahre später Kontakt zu seiner Mutter hielten. Vor allem aber war es Ewa, an die Carl sich erinnerte. Sie, die schon in Zoppot im Haushalt geholfen hatte, war mit ihnen aus Polen geflohen, und wenn sie in Windisch einmal die Woche kam, um seiner Mutter mit der Wäsche zu helfen, erzählte sie Carl beim Bügeln Geschichten in einer

Mischung aus Polnisch und pommerschem Platt, die allesamt tragisch endeten.

Die schwarze Frau an der Kasse war neu hier, Carl war sich fast sicher. Sie nickte ihm kurz zu. »Haben Sie alles gefunden?«, und Carl sagte: »Ja, danke.« Trotz des frostigen Wetters trug sie nichts über dem kurzen roten Poloshirt. Die kräftigen Oberarme waren von einem dunklen Braun, ihr ganzer Körper muskulös und ausladend, die Haare in feucht glänzende Wellen gelegt. Er erinnerte sich, dass Lisa ihre Haare auch manchmal so frisiert hatte: aufgewickelt über Nacht, sodass sie am nächsten Morgen in großen Wellen bis zur Mitte ihres Rückens fielen. Aber ihr Haar war zu schwer, bereits am Mittag war von den Wellen fast nichts mehr zu sehen gewesen. Inzwischen hatte sie es kurz geschnitten, immer noch war es dicht und fast vollkommen schwarz.

Das Raymond's war leer um diese Zeit. Es war das älteste und kleinste Café in der Straße. Raymond selbst war vor einigen Jahren gestorben, seitdem führte sein Sohn Ian das Lokal weiter. Carl konnte sich an Ian erinnern, wie er als Kind auf dem Boden zwischen den Tischen mit seinen Actionfiguren gespielt hatte. Eine Zeit lang war er mit Lisa in dieselbe Klasse der Mount Hebron Middleschool gegangen, doch nach Lisas Schulwechsel war er aus Carls Blickfeld verschwunden, und Raymond hatte nur abgewunken, wenn Carl sich nach ihm erkundigte. Erst bei Raymonds Beerdigung, zu der mitzukommen Helen sich geweigert hatte, war er Ian wieder begegnet. Ian war damals Mitte vierzig gewesen. Unter dem schwarzen Anzug hatte er ein hellgrünes indisches Hemd getragen, eine Tatsache, die Carl fast ebenso verwirrte wie die Tätowierungen, die er an ihm entdeckte: zwei zum Beten gefaltete Hände mit dem Wort *»family«* unterhalb des rechten Ohres, und der

Schriftzug »*Don't be evil*« an den Händen, je ein Buchstabe auf jedem Finger. Es hatte für Carl nicht so ausgesehen, als wäre in Ians Leben alles glattgelaufen. Aber seitdem er das Café übernommen hatte, unterhielt Carl sich manchmal mit ihm, und zu seiner Überraschung schien Ian ganz und gar unversehrt. Über seine Vergangenheit sprach er allerdings kaum, und so war es durchaus möglich, dass das Gerücht, Ian habe die Jahre seiner Abwesenheit in der Geborgenheit eines ebenso obskuren wie harmlosen Ordens verbracht, bloß wilde Spekulation war.

»Hallo, Carl«, grüßte Ian, der nach der Helligkeit draußen im Halbdunkel hinter der Theke kaum auszumachen war. »Earl Grey und ein Croissant?«

»Ja«, sagte Carl. »Danke.«

Er steuerte den Tisch in der Fensternische an. Hier saß er immer, den Blick auf die Church Street mit ihren Blumenkübeln und Geschäften gerichtet. Im Sommer unterhielten sich die Leute bis spätabends draußen an den Tischen, und wenn Carl ein Fenster in seiner Wohnung öffnete, konnte er manchmal die Geräusche bis in den dritten Stock hören. Der Umstand, dass man in den meisten Restaurants die alkoholischen Getränke selbst mitbringen musste (offensichtlich waren die Lizenzen so teuer, dass sie sich für die Restaurantbesitzer nicht lohnten), hatte Carl immer gewundert, und die Beflissenheit, mit der die Kellner einen Kühler für den im Supermarkt gekauften Weißwein bereitstellten, erschien ihm ebenso freundlich wie unverständlich.

Auch im Raymond's gab es keinen Alkohol, und etwas in Ians Auftreten – etwas Geläutertes vielleicht – ließ Carl vermuten, dass dies nicht nur an der teuren Ausschanklizenz lag.

Ian brachte den Tee und ein Croissant zu Carl und stützte beide Hände auf den Tisch. »Alles klar bei dir?«

»Alles perfekt, danke.«

Carl zog Teller und Tasse zu sich heran. Auf der Untertasse lag ein Zitronenschnitz in einer kleinen silbernen Presse, ein Relikt aus der Vergangenheit, das ihn immer ein wenig an ein Zahnarztutensil erinnerte und das gut zu der geblümten Tapete passte. Es war seltsam, dass es hier früher moderner ausgesehen hatte: Während Raymond dem Café trotz des Tudorstils ein zeitgemäßes Interieur gegeben hatte, war Ian hinter den Geschmack seines Vaters zurückgegangen. Die futuristischen Plastikmöbel der Siebzigerjahre, die erst modern, dann unmöglich und schließlich wieder modern gewesen waren, hatte er durch Holzmöbel im Landhausstil ersetzt und getrocknete Kräutersträuße in blaue Tonkrüge gestopft. In verschnörkelter Schrift stand in fünf verschiedenen Sprachen »Guten Appetit« an einer der Wände.

Carl presste die Zitrone in seinen Tee, dann blickte er zu Ian hoch. »Bei dir auch?«

»Klar doch.« Ian lächelte ihn an. »Kaum zu glauben, dass es nur noch vier Tage bis Weihnachten sind. Ich bin noch gar nicht in Festtagsstimmung.« Er sah von Carl nach draußen, und Carl folgte seinem Blick auf die Straße, an deren Rändern sich die letzten Reste des Schnees zu kleinen Placken gesammelt hatten.

»Na ja«, Ian wandte sich wieder Carl zu. »Wahrscheinlich wird's jedes Jahr weniger aufregend, bis Weihnachten dann irgendwann einfach ein Tag wie jeder andere ist.« In seiner Stimme hatte eine Frage mitgeschwungen, und Carl trank einen Schluck Tee und antwortete: »Genau so ist es, Ian. Ganz genau so.«

Ein Paar betrat das Café, und Ian richtete sich auf und grüßte die Gäste. Der Mann war groß und massig, nicht eigentlich dick, dachte Carl, aber an der Schwelle dazu. Er selbst war immer sehr schlank und nicht allzu groß gewesen (ein Meter achtundsiebzig, aber er hatte ein Meter achtzig in seinen Pass schreiben lassen), und durch das Alter war er in den letzten Jahren kleiner geworden und eher dünn als schlank. Das Paar setzte sich an einen Nebentisch, beide nickten ihm zu, und Carl nickte auch. Der Mann musste bereits in den Dreißigern sein, die Frau schien gut zehn Jahre jünger, aber vielleicht täuschte das. Seit einiger Zeit schien Carl zunehmend die Fähigkeit einzubüßen, das Alter anderer Menschen richtig einzuschätzen. Vielleicht hing das damit zusammen, dass er sich selbst fremd wurde. Es war nicht Erschrecken, mit dem er sich im Spiegel sah, eher Verwunderung und der unerschütterliche Glaube daran, dass er nicht wirklich so alt aussehen konnte. Gott sei Dank war sein Spiegelbild leicht zu manipulieren. Er musste nur das Kinn etwas nach oben recken und statt der Deckenleuchte die Lampen rechts und links des Spiegels anmachen. Wenn er Helen anschaute, schien es ihm manchmal unglaublich, dass sie seine Frau war – seine *Frau*! Mehr als sein Spiegelbild war sie es, die ihm sein Alter bewusst machte. Im nächsten Jahr würde er achtzig, er wusste das natürlich, aber er konnte es nicht empfinden: Es war, als hätten sein Körper und sein Geist seit Längerem unterschiedliche Wege eingeschlagen und liefen nun jeder auf seiner eigenen Spur weiter, um irgendwann, in nicht allzu ferner Zukunft, gemeinsam unterzugehen. Während er seinen Tee trank und das Croissant aß, dessen Kruste in köstlichen Sprenkeln abblätterte, sah er durchs Fenster nach draußen, gleichzeitig lauschte er dem Gespräch des Paares am Nebentisch. Es war offensichtlich, dass die beiden nicht verheiratet waren. Man hörte es ihrem Geplauder an, das ziellos mal diese, mal jene Richtung einschlug – es ging um irgendeinen Harrington, den sie beide kannten und nicht mochten; um ihre Schwester, die bevorstehenden Feiertage –, aber eigentlich ging es bei all dem nur darum, miteinander zu reden und immer wieder zu entdecken, wie ähnlich sie einander waren und dass sie ein geradezu verblüffendes Glück gehabt hatten, als sie sich begegneten.

Carl erinnerte sich an einen Aprilnachmittag vor vielen Jahren. Er war damals noch ein gutes Stück von der Pensionierung entfernt, auch wenn sie sich schon am Horizont abzeichnete, und sie – Sheila – war die letzte Studentin, die ihn an diesem Nachmittag in seinem Büro aufsuchte. Der kleine Raum mit dem Panoramafenster, das den Blick auf den Campus freigab, war von der Sonne aufgewärmt, die nach Wochen mit Schnee und Kälte überraschend kraftvoll hervorgebrochen war. Sheila hatte kein anderes Anliegen, als ihm zu sagen, wie sehr sie seine Vorlesung gemocht hatte; zum ersten Mal habe sie verstanden, was es mit den Stoffeigenschaften der Alkanole auf sich habe. Sie hatte etwas Schwärmerisches an sich, wenn sie davon sprach. Als sie vorschlug, sich einmal in der Bibliothek zu treffen, wo Tische mit Schachbrettern standen – denn sie sei sicher, sagte sie, dass sie mit ihm endlich auch das Schachspielen begreifen würde –, willigte er sofort ein. Bereits am nächsten Nachmittag trafen sie sich, und die ersten zwei Stunden spielten sie tatsächlich Schach. Sie schlug sich redlich, verlor zwar jedes Mal, aber alles in allem war sie keine komplette Anfängerin. Sie lächelte. Nein, natürlich sei das keine Ausrede gewesen, um ihn zu treffen. Sie sah ihn dabei an, und er sah sie an, und (so sagte er es später zu Helen, die das allerdings nicht als Entschuldigung gelten ließ) die Liebe brach über sie herein. Sie schauten einander an und konnten nicht wegschauen und auch nichts dagegen tun, dass mit ihnen geschah, was geschah.

Drei Jahre hielt ihre Beziehung. Einmal fuhren sie sogar zusammen in Urlaub, nach Mexiko, wo sie als Mr. und Mrs. Ridley auftraten und sich zum ersten Mal stritten. Was hatte Helen während dieser Zeit gemacht? Carl fragte sich das erst einige Monate später, nachdem Sheila ihn wegen eines Chirurgen verlassen hatte, der ihr beim Skilaufen begegnet war. Ihre Trennung war so unausweichlich wie der Beginn ihrer Beziehung, Carl hatte sich fügen müssen. Es war ihm schwergefallen, und doch war die Trennung auch eine Erleichterung: ein Ende der Lügen und Auseinandersetzungen mit Helen, die sich darüber indes weniger freute, als er gehofft hatte.

»Noch einen Tee, Carl?«, fragte Ian, der unbemerkt an den Tisch gekommen war. Carl zuckte zusammen. Ian legte eine Hand auf seinen Arm. »Entschuldigung. Ich wollte dich nicht erschrecken.«

»Nein, nein, schon in Ordnung.« Carl nickte ein paarmal, dann hatte er sich wieder gefangen. Er war immer schon schreckhaft gewesen. Wer sich erschrickt, hat ein schlechtes Gewissen, hatte seine Mutter einmal zu ihm gesagt, und obwohl es mehr als siebzig Jahre her sein musste, erinnerte sich Carl an das Gefühl der Verlassenheit, das ihn damals befallen hatte.

Er sah aus dem Fenster. Weiß und schwer lag der Himmel über der Stadt und auf den kahlen Ästen der Bäume. Seitdem sie ihr Haus verkauft hatten, blieb ihnen das Laubrechen im Herbst erspart, das feuerfarbene Blättermeer, durch das sie sich Wochenende für Wochenende pflügen mussten. Einmal hatte Carl für Lisa ein Labyrinth durch die Blätter gezogen, aber sie war damals, in ihrem ersten Jahr hier in Montclair, schon sechs oder sieben gewesen und nur ihm zuliebe ein einziges Mal den Bahnen nachgelaufen.

Während er langsam den heißen Tee trank, machte das Paar am Nebentisch sich zum Aufbruch bereit. Der Mann rief nach Ian, um zu zahlen, die Frau hatte ihre Handtasche auf den Tisch gelegt und wühlte darin. Carl hörte sie sagen: »Du hast das Parkticket, oder?« Und die Stimme des Mannes: »Nein, du hast es gehabt.«

»Du bist doch gefahren.«

»Aber ich habe dir das Ticket gegeben.«

»Bist du sicher?«

»Natürlich.« Der Mann klang streng. »Absolut sicher.«

Carl drehte sich zu dem Paar um. Die Frau fuhr sich mit beiden Händen in die Manteltaschen, während ihr Freund danebenstand und sie abwartend ansah, die Lippen zusammengepresst, die Brauen hochgezogen. Carl hätte ihm gerne gesagt, dass das der falsche Weg war. Das Schlimmste war, dass der Mann ihn an sich selbst erinnerte. Wie oft war er ungeduldig mit Helen gewesen! Und wie sehr hatte sie das jedes Mal verunsichert!

Ein energischer junger Mann war er gewesen, als sie sich Anfang der Sechzigerjahre ineinander verliebt hatten. Und sie? Eine anschmiegsame junge Frau, die ihm zeitlebens dankbar dafür sein würde, dass er sie heiratete, obwohl sie keine Kinder bekommen konnte. Das waren die Rollenmodelle, die sie übernommen hatten – sie hatten keine anderen gekannt, und als sie feststellten, dass es andere gab, hatte nur er sich die Freiheit erlaubt, sie auszuprobieren. Während Helen, plötzlich allein in ihrer Ehe, sich in eine Liebe zu Lisa hineinsteigerte, die ihn ausschloss. Wie also sollte ausgerechnet er irgendwem etwas erklären können? Er, dessen Frau zu Hause lag und darauf wartete zu sterben, die sich vielleicht sogar danach sehnte, dass sie all das – die Schmerzen, die Angst, ihren Mann – hinter sich lassen konnte. Herrje, dachte er, wie hatte er es nur so vermasseln können? Trotz fast sechzig Jahren Ehe und zahlreicher Affären war er, was die Liebe anging, ein Anfänger, und es war anzunehmen, dass sich daran auch nichts mehr ändern würde.

Er hob den Arm und suchte Ians Blick, und Ian sah ihn sofort und nickte. Während Carl bezahlte, kam ihm ein Gedanke – so überraschend und unerwartet, dass er das Gefühl hatte, ihn festhalten zu müssen wie einen zappelnden Fisch. War es, dachte er, nicht vielleicht doch noch möglich, ein besserer Mensch zu werden? Kein großartiger, Gott bewahre, aber ein etwas besserer?

Der Antiquitätenladen war überheizt und schien bis auf die Verkäuferin, die aus einem angrenzenden Raum rief, dass sie gleich komme, leer zu sein. Carl war froh, dass ihn niemand beobachtet hatte, wie er die Treppe hinuntergestiegen war, langsam und den Handlauf umklammernd. Zwischen Bildern, Kleiderständern und Möbeln standen zwei Vitrinen mit Schmuckstücken, aber Carl warf nur einen kurzen Blick in beide, dann ging er Richtung Schaufenster. Eine Kommode aus glänzendem Nussbaumholz versperrte den Weg, und Carl setzte sich auf einen Armstuhl, der mit einem gestreiften, an mehreren Stellen fadenscheinigen Samtstoff bezogen war. Über ihm hing ein Kronleuchter mit zahllosen Glassteinen, die an langen Ketten aufgereiht waren. Wenn er den Kopf zurücklehnte und die Augen halb schloss, wurde aus dem Leuchten ein Funkeln.

»Kann ich Ihnen helfen?«, hörte er die Stimme der Verkäuferin.

Er richtete sich auf und sah sie an. Dunkle Flecken tanzten vor seinen Augen, dann verschwanden sie, und er erkannte, dass es sich bei der Verkäuferin um eine junge Frau, fast noch ein Mädchen, handelte. Blondes Haar fiel auf ihre Schultern, es sah aus, als flösse ein Licht um sie herum, als ginge ein Strahlen von ihr aus: Ihre Haut schien zu leuchten, ihre hellen Augen auch. Sie war auf so entschiedene Weise schön, dass es sich wie ein Angriff anfühlte, auf den er in keiner Weise vorbereitet war.

Er räusperte sich. »Die Kette mit den Topasen«, sagte er und deutete Richtung Schaufenster.

Das Mädchen ging zur Nussbaumkommode, schob sich seitlich daran vorbei, beugte sich ins Schaufenster und kehrte gleich darauf mit der Kette zu ihm zurück.

»Die ist toll«, sagte sie schwärmerisch. »Sie ist ganz neu reingekommen. Ich hatte sie auch schon in der Hand.«

»Aber?«, fragte Carl.

Das Mädchen sah ihn irritiert an. »Was aber?«

»Na ja.« Carl lächelte und ließ seinen Blick durch das Geschäft gleiten. Die Bleistiftzeichnung eines Kinderkopfes an der Wand, ein Ölbild mit Seerosen à la Monet, das Wasser übertrieben blau, ein Biedermeierschrank, poliert und prächtig und wie aus der Zeit gefallen. In einem riesigen silbergerahmten Spiegel begegnete er seinem eigenen Bild, der komische Alte und das Mädchen, er sah ganz verhutzelt aus neben ihr, es war zum Fürchten. »Sie mochten die Kette, aber Sie kauften sie sich nicht selbst.«

Das Mädchen lachte kurz auf. »Das stimmt.« Sie setzte schlicht hinzu: »Zu teuer für mich.«

»Ah ja.« Carl nickte. »Ich verstehe.«

Er ließ sich von ihr die zarte Goldkette geben. In regelmäßigen Abständen waren die Topase aufgereiht, jeder einzeln in einer goldenen Fassung. Das kleine Papierschildchen, das mit einem Faden befestigt war, zeigte einen Preis, der überraschend hoch war. Das Mädchen beobachtete ihn.

»Nicht wirklich ein Schnäppchen, ich weiß.« Sie krauste leicht die Stirn und lächelte ihn an. Wie musste er für sie aussehen? Krumm und alt, eine echte Antiquität, dachte er, und etwas an diesem Gedanken brachte ihn fast zum Lachen.

»Würden Sie sie für mich anprobieren?«, fragte er, und zu seiner Überraschung sagte das Mädchen sofort: »Klar«, und nahm ihm die Kette vorsichtig aus der Hand. Mit einer Hand schob sie sich die Haare aus dem Nacken, dann legte sie die Kette um ihren Hals und versuchte sie zu schließen.

»Soll ich helfen?«, fragte Carl, und nach einem fast unmerklichen Zögern sagte das Mädchen: »Ja, bitte«, und drehte ihm den Rücken zu. Er nahm die Kette in beide Hände, wenn er jetzt zitterte, würde er sie nicht schließen können. Er achtete darauf, das Mädchen nicht zu berühren, er wagte kaum zu atmen. Er wollte sich nichts erschleichen, nicht ihre Nähe, nicht einmal ihren Geruch, er wollte nur diese Kette an ihr sehen.

Das Mädchen ging ein paar Schritte zum Spiegel. Mit einer Hand befühlte sie die Steine, dann lächelte sie ihm im Spiegel zu. Eine Aufregung ergriff ihn, eine Art Beben. Er lächelte zurück.

»Hat Ihre Frau auch blaue Augen?«

Fast hätte er gesagt: Ist doch egal. Dann räusperte er sich.

»Grün. Sie hat hellgrüne Augen.«

»Passen Sie auf«, sagte das Mädchen. »Mit der Kette werden ihre Augen etwas Blaues bekommen, das ist seltsam.« Sie fasste mit beiden Händen in ihren Nacken, und diesmal brauchte sie keine Hilfe. Sie ging auf ihn zu, hielt ihm die Kette hin, und er nahm sie, ein Gewicht wie das eines Schmetterlings, kaum mehr.

»Ich kann Ihnen sonst gern auch noch ein paar andere Ketten zeigen«, sagte sie. »Oder diese Kette für einen Tag zurücklegen, wenn Sie noch überlegen wollen.« Sie ging zum Tresen, auf dem eine altmodische Registrierkasse stand und ein Drehgestell mit Metallautos in grellen Bonbonfarben, genau solche wie die in der Drogerie.

»Die sind aber nicht alt«, sagte Carl und deutete mit einem Kopfnicken auf das Drehgestell.

»Nein«, sagte das Mädchen, und ihre Stimme wurde um einen Hauch kühler. »Die sind neu, aber schön altmodisch.«

Sie machte sich an einem Regal unterhalb des Tresens zu schaffen, er konnte nicht sehen, was sie tat. Als sie wieder hochkam, hatte sie einen Karton in der Hand, aus dem sie Schleifen und Geschenkpapier holte und in einen flachen breiten Korb einräumte. Carl sah sich auf sie zugehen, er sah sich sagen: Nehmen Sie die Kette, ich schenke sie Ihnen. Er würde keine weitere Erklärung abgeben, nur dies: Nehmen Sie die Kette. Und er würde nichts dafür wollen, keinen Dank, keine Verabredung, keine Berührung, Gott bewahre. Er wusste, dass das vor zwanzig, dreißig Jahren anders gewesen wäre und dass womöglich auch ihre Reaktion eine andere gewesen wäre (denn er war eine Zeit lang das gewesen, was man gut aussehend nannte, und er hatte es gewusst und ausgenutzt). Die Erkenntnis, dass all das vorbei sein sollte, fühlte sich immer noch an wie ein Sturz ins Nichts.

Das Klingeln der Türglocke riss ihn aus seinen Gedanken. Zwei Männer traten ein, der eine hatte eine Mütze mit Ohrenklappen auf, von Schnee gesprenkelt – es musste, während Carl hier unten war, angefangen haben zu schneien. Die Verkäuferin lächelte den Besuchern zu, und Carl meinte, das kurze Erstaunen in den Blicken der Männer zu erkennen und zu sehen, wie sie sich zu voller Größe aufrichteten. Es erinnerte ihn an den Irish Setter, den Helen und er einige Jahre lang gehabt hatten, der sich immer, wenn ein Weibchen in der Nähe war, in die Brust warf und in einen tänzelnden Schritt fiel.

»Ich nehme die Kette«, hörte er sich sagen, und das Mädchen wandte ihm wieder ihre Aufmerksamkeit zu und sagte: »Glück für Ihre Frau.«

»Komm rein«, rief Helen, nachdem er geklopft hatte.

Sie lächelte ihm entgegen, kurz nur, aber es war eindeutig ein freundliches Lächeln.

»War Lisa hier?«, fragte Carl.

Seine Frau schüttelte den Kopf. »Heute noch nicht.« Sie richtete sich ein wenig auf, und Carl beugte sich zu ihr hinab, um ihr mit dem Kopfkissen zu helfen.

»Aber Julka war hier«, sagte Helen. »Sie hat mir Essen mitgebracht, chinesisches, und dann hat sie zugeschaut, wie ich die Suppe löffelte. Es war schrecklich, aber auch nett.« Sie zuckte mit den Schultern. »Und sie hat erzählt, dass sie an Weihnachten allein sein wird. Stell dir vor, ganz allein. Eigentlich hatte ihr Sohn aus Polen kommen wollen, aber das geht jetzt nicht, und ihre Freundinnen – sie hat da zwei, drei erwähnt – sind bei ihren Familien.« Mit einer Hand strich sie ein paarmal über die Bettdecke, als wollte sie unsichtbare Krümel beseitigen. »Und darum habe ich sie eingeladen. Nicht für Heiligabend, aber für den ersten Weihnachtstag. Sie wollte erst nicht, aber ich konnte sie dann doch überreden.« Helen sah Carl an, sie wirkte plötzlich unsicher. »Ist das okay?«, fragte sie. »Ich hätte dich vielleicht erst fragen sollen.«

»Nein, nein«, sagte Carl.

Nachdem er bezahlt hatte, hatte die Verkäuferin die Kette genommen und sie in eine kleine, mit Samt ausgepolsterte Schachtel gelegt, für einen Moment hatten sie beide das helle Blau der Topase und das Gold auf dem Samt betrachtet. Um die Schachtel hatte sie eine der Schleifen gebunden und die Schachtel dann in eine kleine Papiertüte gesteckt. Wenn er jetzt seine Manteltasche berührte, konnte er das Knistern hören, und etwas daran schien den Sturz ins Nichts noch für kurze Zeit aufzuhalten. Er wusste nicht, ob es am Mädchen lag, an der Kette oder einfach daran, dass ihm an diesem grauen Dezembermorgen unerwartet etwas so Schönes begegnet war.

»Nein«, wiederholte er. »Alles okay. Ich freu mich sogar.«

Januar

»Kommen Sie, kommen Sie!«, rief Carl, die Tür weit geöffnet, und als die Ärztin vor ihm stand, eine Maske über dem unteren Teil ihres Gesichts, sodass er nur ihre Augen sehen konnte – asiatische Augen, wie die von Lisa –, sagte er, statt einer Begrüßung: »Geht's Ihnen gut?« Aber er wartete ihre Antwort nicht ab, sondern fuhr gleich fort: »*Ihr* geht es schlecht, die Nacht war furchtbar.«

Die Ärztin nickte und legte Carl beruhigend eine Hand auf den Arm, dann sagte sie leise: »Ich schau mal nach ihr«, schob sich an ihm vorbei und ging die Wendeltreppe nach oben. Carl sah ihr hinterher. Die Treppe schien ihm plötzlich unüberwindlich hoch, als müsste er steile, eng gewundene Serpentinen emporklettern. Was hatten sie sich bloß dabei gedacht, als sie diese Wohnung gekauft hatten, beide schon weit in den Siebzigern? Ja, klar, man konnte mit dem Aufzug bis in den vierten Stock fahren und von dort aus die obere – Helens – Etage der Wohnung betreten. Aber als sie hier eingezogen waren, hatten sie in diesen Kategorien noch gar nicht gedacht: Helens Etage. Seine. Es war eine der guten Phasen in ihrer Ehe gewesen, ein Aufbruch, der wie alle Aufbrüche das Versprechen mit sich brachte, Schlechtes hinter sich zu lassen. Es diesmal nicht zu verpatzen.

Dabei hätten sie im selben Gebäude eine Wohnung kaufen können, die die gleiche Grundfläche – gut hundert Quadratmeter – auf einer Ebene gehabt hätte. Aber sie hatten beide die Idee reizvoll gefunden, weiter auf zwei Etagen zu leben, sodass sie wie bisher den Wohnbereich vom Schlafbereich trennen könnten.

»Wie geht es ihr?«, fragte Carl, als die Ärztin die Treppe wieder herunterkam. Noch immer hatte sie die Maske auf, und bevor sie antworten konnte, fragte Carl: »Wollen Sie, dass ich auch eine anziehe? Kann ich gerne machen.« Er deutete vage auf die Kommode, auf der eine offene Schachtel stand. Im frühen Herbst war die Maskenpflicht im ganzen Bundesstaat ausgesetzt worden, aber seit zwei, drei Wochen wurde darüber diskutiert, sie wieder einzuführen. In Newark und Morristown musste man bereits seit letzter Woche wieder welche tragen, und Montclair würde wahrscheinlich auch bald folgen.

Die Ärztin zuckte mit den Schultern und winkte mit beiden Händen ab. Ihre Augen sahen aus, als ob sie lächelte. »Schon okay«, sagte sie. Dann fragte sie: »Können wir uns einen Moment hinsetzen? Ginge das?«

»Natürlich.« Carl machte eine einladende Geste in Richtung Esszimmer. »Hier entlang, bitte.«

Er ließ die Ärztin vorangehen. Sie trug keinen Arztkittel, einfach eine weiße Hose, darüber einen langen Wollpullover in Hellgelb. Als sie gekommen war, hatte sie einen gefütterten Anorak angehabt, der sie dicker erscheinen ließ. Jetzt sah Carl, dass sie zierlich war, die weite Hose schlackerte beim Gehen um ihre Beine. Er schätzte sie auf Mitte dreißig, aber sie konnte auch älter sein, bei Asiatinnen war er sich immer unsicher. Außerdem sah er ja nur einen Teil ihres Gesichts. In den letzten zwei Jahren hatte ihn das oft verblüfft: wie falsch die Vorstellung von einem Gesicht sein konnte, wenn man nur die obere Hälfte davon sah.

»Geht es ihr schon länger so schlecht?« Die Ärztin hatte sich auf den Stuhl gesetzt, der – als er und Helen noch zusammen gegessen hatten – seiner gewesen war. Sie hatte die Hände vor sich auf den Tisch gelegt, schmale lange Finger mit kurz geschnittenen Fingernägeln, die überraschend breit waren. Wie kleine Schaufelblätter, ging es Carl durch den Kopf.

»Nicht immer«, sagte er.

Die letzte Nacht war besonders schlimm gewesen. Er hatte sie stöhnen hören, und einmal – es musste bereits gegen Morgen gewesen sein, denn von der Straße waren die Geräusche und das orangefarbene Licht der Müllabfuhr durch die Vorhänge gedrungen – war er von ihren Schreien aufgewacht. »Ich kann nicht mehr, o Gott, ich kann nicht mehr!« Sie schrie es immer wieder, aber als er zu ihr ins Zimmer gelaufen war, hatte sie ihn mit einem so wütenden Blick bedacht, dass er sich hinter die angelehnte Tür zurückgezogen und von da aus gefragt hatte, ob er etwas tun könne. »Soll ich einen Krankenwagen rufen?« Sie hatte nicht geantwortet, und er hatte gesagt: »Lass mich einen Arzt holen!«, und dann noch »Komm schon, Helen, bitte« hinzugesetzt, aber sie hatte ihm nicht geantwortet und auch nicht mehr geschrien. Den Rest der Nacht hatte er wach im Bett gelegen, und am Morgen hatte er Helen einen Tee gebracht. Sie war blass gewesen, und sie sah gleichzeitig fassungslos und sehr konzentriert aus. Es war offensichtlich, dass sie ihn weder anschauen noch mit ihm reden oder den Tee trinken würde. Er rief Lisa an und fragte nach der Nummer von Helens Ärztin, und Lisa hatte sie ihm dreimal diktieren müssen, weil er immer wieder durcheinandergekommen war.

»Das Problem ist natürlich«, sagte die Ärztin – Dr. Tran oder Dr. Pham –, »dass sich das alles nicht mehr bessern wird.«

Carl nickte mehrmals, ohne sie anzusehen.

»Es wird im Gegenteil sogar schlimmer, sie wird immer schwächer werden, immer seltener wach sein, und sie wird – leider – auch immer mehr Schmerzen haben.«

Sie hielt inne, als erwartete sie eine Reaktion, und Carl gab ein zustimmendes Geräusch von sich.

»Aber wenigstens dagegen kann man etwas tun«, sagte die Ärztin. Carl erinnerte sich plötzlich an ihren Namen: Lin Pham. Und ihm fiel auch wieder ein, wie er es sich hatte merken wollen: Lin Pham ist infam. Obwohl das natürlich Unsinn war.

Er fragte: »Sie meinen Morphium?«, und die Ärztin nickte. »Morphium, Opiate, es gibt, Gott sei Dank, inzwischen sehr gute Mittel, um den Schmerz in den Griff zu bekommen. Sie machen alle stark abhängig, aber immerhin darum müssen wir uns jetzt nicht mehr sorgen.« Sie zögerte kurz. »Allerdings wird sie dann immer weniger ansprechbar sein.« Sie zog jetzt die Maske herunter, und Carl konnte sehen, dass er sich getäuscht hatte: Rechts und links ihres Mundes verlief je eine tiefe Falte. »Was ich damit sagen will …« Sie zögerte kurz, dann beugte sie sich ein wenig vor und legte ihm eine Hand auf den Unterarm. »Sie sollten bald klären, was Sie klären wollen. Je früher, desto besser.«

»Da gibt es nichts zu klären«, sagte Carl, und mit Blick auf Lin Pham – auf ihr argloses Lächeln –, fügte er hinzu: »Es ist alles schon so lange zerrüttet, dass sich nichts mehr kitten lässt.«

Gegen Mittag kam Lisa. Er hatte sie angerufen, kaum dass die Ärztin gegangen war, und Lisa hatte gesagt: Okay, klar, sie komme, aber sie sei gerade in Eile. Carl hatte im Hintergrund

Stimmen gehört, und etwas klirrte, als ob zwei Metallstücke zusammenstießen; es hatte ihn verwirrt.

Sie klingelte bei ihm, statt direkt nach oben zu fahren – sie hatte für beide Etagen Schlüssel. Bevor sie zu ihrer Mutter hochging, setzte sie sich mit ihm ins Wohnzimmer und ließ ihn erzählen, von der Nacht und den letzten zwei Tagen.

»Sie will mich nicht bei sich haben«, klagte Carl, und Lisa war so freundlich, nichts zu erwidern, sondern nur zu nicken. Ihr kurzes Haar war fedrig geschnitten, mit kleinen abstehenden Fransen über den Ohren, wodurch ihr Gesicht noch breiter wirkte. Gut möglich, dass sie sich selbst die Haare schnitt. Er stellte sich vor, wie sie vor dem Spiegel stand und Strähne um Strähne kürzte, bis ihr Haar wie eine schwarze ausgefranste Haube auf ihrem Kopf thronte. Welch Kontrast zu damals, als sie von ihnen verlangt hatte, sie zu einer japanischen Friseurin in Jersey City zu bringen, die auf asiatische Haare spezialisiert war. »Ihr denkt immer nur an euch!«, hatte sie geschrien, als Helen ihr vorgeschlagen hatte, sie mit zu ihrer eigenen Friseurin zu nehmen. Heute hätte sie eine dieser reizlosen Krankenschwestern sein können, die von Patient zu Patient eilten und nie die Übersicht verloren.

»Wie geht's denn dir?«, fragte sie.

Carl dachte daran, wie die meisten seiner Tage aussahen: die Besorgungen am Morgen, die immer gleiche Runde, von der Drogerie zu Raymond's Café, wo er manchmal einem seiner wenigen verbliebenen Bekannten begegnete. Ian, mit dem er ein paar Worte wechselte. Ein- oder zweimal die Woche ging er weiter zur Bibliothek, die seit letztem Sommer wieder geöffnet hatte. An manchen Vormittagen lag dort ein Hund auf der Treppe, die zur Eingangstür führte, ein großer schwarzer, mit so viel Fell, dass man genau hinschauen musste, um zu sehen, wo vorne und hinten war. Der Hund gehörte einer der Bibliothekarinnen, die stundenweise dort arbeitete, eine nicht mehr ganz junge, blonde Frau mit dem Akzent einer Schwedin oder Holländerin. Einige Male hatte er mitbekommen, wie sie auf ihren Hund angesprochen worden war. Er hatte gehört, wie ihr erklärt wurde, dass es in Amerika nicht üblich sei, seinen Hund vor einem Gebäude anzubinden.

»Und warum bitte nicht?«, hatte die Frau mit einem Stirnrunzeln gefragt. Der Hund könne entführt werden, beschied man ihr. Oder vergiftet.

»Glaub ich kaum«, hatte die Bibliothekarin erwidert.

Aber tatsächlich hatte er den Hund danach für zwei oder drei Wochen nicht gesehen, bevor dieser dann wieder auf den Stufen lag, als wäre nichts geschehen.

Carl hatte ein paarmal versucht, Blickkontakt mit der Bibliothekarin herzustellen; er wäre sofort bereit gewesen, ihr beizustehen. Aber es schien fast, als wäre er unsichtbar für sie. Keine wirklich neue Erfahrung: Schon seit etlichen Jahren hatte er das Gefühl, dass er kaum noch gesehen wurde. Als wäre das Alter eine Tarnkappe, wie sie in Märchen vorkam, nur dass es keine war, die man freiwillig aufsetzte. Er war zur Überzeugung gelangt, dass die Menschen durch ihn hindurchsahen, um ihn nicht in Verlegenheit zu bringen, und es war verblüffend, wie sehr diese Erkenntnis schmerzte. Sie stieß ihn in eine Einsamkeit, die sich wie ein nächtlicher See schwarz und tief um ihn ausbreitete.

Es kam ihm nicht in den Sinn, seiner Tochter davon zu erzählen. Neben ihrer Mutter wäre sie die Letzte, die ihn bemitleiden würde.

»Ganz gut«, sagte er. »Und bei dir und Collin? Alles okay?«

Nach ihrem Ex-Mann Jason erkundigte er sich nicht mehr.

Seit ihrer Scheidung vor zehn Jahren war es beinahe so, als hätte es ihn nie gegeben. Oder als wäre er gestorben, ohne einen einzigen Trauernden zu hinterlassen. Dabei hatte Carl ihn gerngehabt, allein schon, weil er Lisa – als sie ihn mit Mitte zwanzig kennenlernte – auf den richtigen Weg brachte: Sie beendete ihre Ausbildung, zog von New York zurück nach New Jersey, fing als Büromanagerin bei einer Anwältin an und wurde bald darauf schwanger, was ein Ende ihrer pharmakologischen Experimentierfreude mit sich brachte. Carl erinnerte sich, wie er Jason das erste Mal begegnet war. Jason konnte damals nicht viel älter als fünfundzwanzig gewesen sein, ein eher gedrungener Mann, mit schwarzem Haar, das etwas länger als nötig war, und karamellfarbenen Augen hinter dichten Wimpern. Seine Eltern waren wenige Jahre zuvor aus Kuba nach Amerika gekommen, und Jason erzählte Carl, dass er ursprünglich Jesús geheißen hatte. »Aber ehrlich, ich bitte dich«, sagte er und lachte. »O Jesus!« Er sprach den Namen nicht spanisch, sondern englisch aus.

Jasons Eltern hatte Carl nur wenige Male getroffen, zuletzt bei Collins Taufe, die sie in West Orange, in einem Diner in der Nähe der Autobahn, gefeiert hatten. Bullshead war der Name des Restaurants gewesen, fiel Carl jetzt ein, und obwohl man den Lärm der Autos hören konnte, war es ein nettes Restaurant, dessen Spezialität mit Honig glasierte Spare Ribs waren. Er und Jasons Vater Tomás hatten beide welche bestellt, und während sie einander gegenübersaßen und an den Rippchen nagten, die Münder und Hände fettig, hatten sie sich zugenickt und jeder ein paar lobende Worte in einem seltsamen Gemisch aus Spanisch und Englisch von sich gegeben, während die Großmütter das Baby hin und her reichten wie einen besonders wertvollen Pokal.

Jason war Tierarzt, und immer wenn mit Pozor, dem Irish Setter, den Helen und Carl sich nach Lisas Auszug zugelegt hatten, etwas nicht stimmte, brachte Carl ihn zu ihm in die Gemeinschaftspraxis außerhalb von Morristown. Jason war es auch, der Pozor schließlich einschläferte, als er, vierzehnjährig, plötzlich eines Morgens von den Schultern an gelähmt war. Ein Gehirntumor. Jason hatte ihm langsam das Pentobarbital gespritzt. Carl hatte Pozor gestreichelt, und der Hund war unter seiner Hand eingeschlafen, und dann, als wäre es nur ein kleiner Schritt – und vielleicht war es das ja auch –, war er gestorben. Jason hatte Carl noch für eine Viertelstunde bei Pozor gelassen, und Carl hatte bis heute nicht vergessen, wie behutsam Jason ihn behandelt hatte, wie rücksichtsvoll er gewesen war. Aber mit Jasons und Lisas Ehe war es bald darauf bergab gegangen: ein Fehltritt vielleicht oder einfach eine Entfremdung, Carl wusste es nicht, und Helen, die damals viele nächtliche Telefongespräche mit ihrer Tochter führte, schwieg ihm gegenüber. Carl war ohnehin zu beschäftigt, um sich groß darüber zu ärgern. Vier Jahre nach seiner Pensionierung hatte er mit einer Kollegin aus der Anorganischen Chemie noch einmal einen lukrativen Forschungsauftrag an Land ziehen können, und als aus den vielen gemeinsamen Stunden im Labor eine Affäre wurde, kam Carl für Wochen kaum nach Hause.

»Collin will das Militär verlassen«, sagte Lisa. »Hat er dir das erzählt?« Sie stimmte in Carls Nicken ein. »Find ich gut. Nur, dass er nicht weiß, was er stattdessen machen möchte.«

Sie sah Carl nicht an, während sie mit einem Zeigefinger Krümel vom Tisch auf den Boden wischte. »Er ist vierundzwanzig und fängt jetzt gerade mal an zu überlegen, wohin es gehen soll. Klar, besser spät als nie. Aber trotzdem.« Sie gab ein kurzes Schnauben von sich. »Wie die Mutter, so der Sohn, nicht wahr? Na ja, ohne die Drogen allerdings.« Sie machte eine Pause, und Carl hatte den Eindruck, dass ihr Blick zu ihm verlegen war. »Also, glaube ich zumindest.«

»Bestimmt«, beeilte Carl sich zu versichern. »Collin nimmt keine Drogen.«

Als er es ausgesprochen hatte, merkte er, dass er den Namen seines Enkels zu sehr betont hatte. Aber Lisa war schon aufgestanden und rückte den Stuhl zurück an den Tisch.

»Ich geh dann mal nach oben«, sagte sie, und Carl sagte Ja und brachte sie zur Wendeltreppe, die ihn von der Etage seiner Frau trennte.

Am Nachmittag kam die Sonne heraus, und Carl stand am Fenster und schaute auf die gegenüberliegenden Häuser, die im gleißenden Licht nach dem Regen wie gewaschen aussahen. Es wunderte ihn immer, wie unvermittelt ihn die Lebenslust einholte. Er konnte noch so niedergeschlagen sein oder angsterfüllt – und bei Gott: Wie sollte man keine Angst haben? –, und doch passierte es immer wieder, dass ihn das alles ansprang wie ein Feuer: Etwas entflammte in ihm, ein kleines, nicht zu löschendes Licht, und es überlief ihn vor Glück angesichts all der Schönheit, die sich ihm darbot.

Er verließ die Küche und begann langsam die Treppe nach oben zu steigen. Nach einigen Stufen hielt er inne, um zu lauschen, dann stieg er weiter. Aus Helens Zimmer war kein Geräusch zu hören, und statt an die Tür zu klopfen, drückte er leise, leise die Klinke herunter. Das Zimmer lag im Halbdunkel, nur schemenhaft konnte er die Umrisse seiner Frau auf dem Bett erkennen. Es war stickig, und er fragte sich, ob er das Fenster einen Spalt öffnen sollte oder ob es Helen dann zu kalt werden würde. Sie war in den letzten Monaten sehr stark abgemagert und fror ständig. Es war seltsam, wie sich im Laufe der Wochen ihr Gesicht verändert hatte: Schien sie zunächst durch den Gewichtsverlust verjüngt – manchmal hatte er tatsächlich das Mädchen in ihr wiedererkennen können, das sie gewesen war, als er ihr erstmals begegnete –, schlug diese Wirkung nun in ihr Gegenteil um. Die Wangenknochen traten immer mehr hervor, die Augen sanken ein, und ihre Zähne, die noch ihre eigenen waren und auf die sie immer so stolz gewesen war, sahen plötzlich gelb und viel zu groß aus. Aus der Überlebenden war eine Sterbende geworden, und irgendwann, vor einigen Tagen erst, hatte Carl das auch eingesehen. Noch an Weihnachten – das sie tatsächlich gemeinsam mit Julka gefeiert hatten, die Helen Socken und ihm einen Schal gestrickt hatte – hatte ein Gefühl der Hoffnung in der Luft gelegen. Der Hoffnung, dass Helen gesund werden könnte, und auch der Hoffnung, dass aus dem Leben auf zwei Etagen nach mehr als zwei Jahren wieder ein gemeinsames werden könnte. Zumindest hatte Carl das so wahrgenommen. Und Helen war ihm gegenüber tatsächlich freundlich gewesen an diesem ersten Weihnachtstag, an dem sie gemeinsam mit Julka von der viel zu großen Gans aßen, die sie fertig zubereitet von Rosario's Butcher Shop hatten liefern lassen. Julka hatte die Gans sehr gelobt und noch ein zweites und drittes Mal genommen, auch wenn Carl sah, dass sie es vor allem ihnen zuliebe tat. Sie hatte von ihrem Leben in Polen erzählt – vom dreigeschossigen Stoffladen, den sie mit ihrem Mann in Warschau betrieben hatte (»Ulica Marszałkowska«, hatte sie zu Carl gesagt, »Nähe Plac Defilad«, als ob ihm das auch nur das Geringste sagen würde). Stoffe aus aller Welt, indische Seide, französische Spitze, Samt, der, wenn man über ihn strich, ein Geräusch machte, von dem Julka sagte, dass es ihr Schauer über den Rücken jagte. Knöpfe, Nähnadeln,

Garne, Schnittmuster, außerdem, im zweiten Stock, eine Abteilung mit Wolle. Julka und ihr Mann hatten den Laden von einer Frau übernommen, die ihn in vierter Generation führte und deren Kinder kein Interesse an dem Geschäft hatten. Eine Zeit lang war es gut gelaufen – sie hatten viel gearbeitet, ihre beiden Söhne waren ja schon fast erwachsen und brauchten sie nicht mehr so viel. Doch je besser der Laden lief, desto mehr veränderte sich Julkas Mann: nicht nur, dass er sich plötzlich ein Rennpferd zulegte, einen großen nervösen Rappen, den er bei jedem Rennen von der Tribüne aus anfeuerte und der nie gewann. Auch seine Interessen wandelten sich.

»In welcher Weise?«, fragte Helen.

»Sie verlagerten sich.«

»Verlagerten?«, hakte Helen nach, und schon bevor Julka zur Antwort ansetzte, wusste Carl, was sie sagen würde.

»Von mir auf andere Frauen.«

Julka lachte, und Helen schwieg betreten und wandte den Blick ab.

Inzwischen war ihr Mann verstorben. Julka sagte es, als wollte sie Helen damit trösten. Sie war plötzlich beklommen, und Helen half ihr nicht, sondern nickte nur zerstreut und setzte ein Lächeln auf, das sich nicht einmal den Anschein gab, echt zu sein. Das Pferd hatte Julka verkauft, den Laden und die Wohnung auch, und das Geld hatte sie zwischen sich und ihren Söhnen aufgeteilt und war nach Amerika gegangen.

Sie sagte abschließend: »Um hier mein Glück zu versuchen«, und Carl rief jovial: »Und hier sind Sie nun!«

Der Rest des Abends verlief schleppend, und bis zu ihrem Abschied an der Tür, zu der Carl sie begleitete, musste Julka den Eindruck haben, sich einen unverzeihlichen Fauxpas geleistet zu haben. Als sie gegangen war, blieb Helen nur noch kurz im unteren Stockwerk, dann wünschte sie Carl eine gute Nacht und fuhr mit dem Aufzug nach oben. Sie hatten vereinbart, den Abwasch bis zum nächsten Tag stehen zu lassen, wenn Lisa und Collin kommen und ihnen helfen würden, aber Carl drehte das Radio an und machte sich, während er die Nachrichten hörte, an die Arbeit. Es hatte etwas Tröstliches, die Töpfe und Schüsseln in das mit warmem Seifenwasser gefüllte Becken zu tauchen und dabei von den Katastrophen in der Welt zu hören.

»Helen!«, rief er leise. Sie antwortete nicht, und Carl konnte ihren Atem hören. Er sah auf seine Armbanduhr. Bald würde die Pflegerin kommen, aber Carl wollte nicht mehr warten. Die hellen Stunden waren knapp, ab halb fünf senkte sich die Dunkelheit über die Stadt, der Abend begann, und dann würde auch dieser Tag vorbei sein, ein weiterer auf dem Stapel der verlebten Tage. Er hatte den Eindruck, dass er durchdrehen müsste, wenn er heute nicht wenigstens einmal draußen gewesen wäre, unter Menschen, die ihn gleichgültig in ihren Strom aufnehmen würden. Er zog Mantel, Handschuhe und Mütze an und verließ grußlos die Wohnung.

Februar

Es war Neugier, keine morbide Lust, die Carl dazu trieb, sich jeden Morgen als Erstes die Todesanzeigen in der *Montclair Gazette* durchzulesen. Wären er und Helen morbid veranlagt, hätten sie bloß in ihrem Haus in der Myrtle Lane bleiben müssen. Im Laufe der Jahre waren so viele ihrer Nachbarn und Freunde gestorben, dass sie sich manchmal wie die letzten Überlebenden einer Schiffskatastrophe fühlten. Aus unerklärlichen Gründen hatten sie sich bisher über Wasser halten können, während die anderen einer nach dem anderen untergegangen waren.

John Antrim, Abigail Morris und Greta Lessin, die etwas später in die Myrtle Lane gezogen war, geschieden und mit zwei kleinen Söhnen, für die die älteren Kinder der Nachbarschaft als Babysitter hergehalten hatten. Jack Heller, ein umgänglicher Ingenieur, über dessen Mitgliedschaft bei den Republikanern sie abwechselnd gespottet und gestöhnt hatten. Seit seiner Pensionierung hatten er und seine Frau Evelyn jeden Winter angekündigt, nach Florida zu ziehen, um diesen Plan spätestens im April wieder aufzugeben. Thomas Clark, ein Junggeselle, der nie ohne Baseballkappe aus dem Haus ging. Im Jahr vor ihrem Umzug waren dann noch ihre direkten Nachbarn, Corinne und Gary Wheeler, beide in ihren Achtzigern, an

Krebs erkrankt. Carl hatte Gary, Helen Corinne im Krankenhaus besucht. Ein paarmal hatten sie gemeinsame Besuche abgestattet, und manchmal waren sie dort auch Maxwell, dem Sohn der beiden, begegnet, der als Astrophysiker bei der NASA in Orlando arbeitete und zu ihrer Überraschung mit einem Mann verheiratet war.

Wenn Carl damals seine Straße entlanggelaufen war, hatte er das Gefühl gehabt, ein schadhaftes Gebiss abzuschreiten: Hier fehlten etliche Zähne, da war einer von Karies angefressen, und dort würde bald einer gezogen werden.

Ihr Haus in der Myrtle Lane war schon alt gewesen, als sie vor mehr als vierzig Jahren dort eingezogen waren. Aus den Achtzigerjahren des vorigen Jahrhunderts stammend, wies es die typischen Elemente des viktorianischen Baustils auf: die breite Veranda, von vier Doppelsäulen gestützt, die aufwendigen Holzverzierungen an den Bogenfenstern und Dachtraufen, die Erker und rechts des Eingangs einen Turm, dessen Spitzdach ihn immer an einen Hexenhut erinnert hatte. Sie hatten zuvor in Princeton, wo Carl eine Assistenzprofessur gehabt hatte, in einem der rot verklinkerten Mietshäuser gelebt, und wenn Helen dort mit Lisa im Garten spielte, musste sie immer darauf achten, dass Lisa im eingezäunten Bereich des kleinen Spielplatzes blieb und nicht auf den Rasen trat. Schon damals, mit drei Jahren, hatte Lisa das besonders gelockt, was verboten war. Wenn Helen ihm von ihren Ausbruchsversuchen erzählte, hatten sie beide gelacht. »Es fehlt nur noch, dass sie sich wie ein Dackel unter dem Zaun hindurchgräbt«, hatte Helen einmal gesagt, und es war zu einem Bonmot in ihrer Familie geworden, das sie nach Lisas nächtlichen Ausbrüchen über ihren Balkon (um sich mit einem der Jungen zu treffen, mit denen sie irgendwelche Drogen nahm und Sex hatte) nicht mehr bemühten.

Es war sein Vorschlag gewesen, die viktorianische Villa gegen eine Wohnung im Stadtzentrum zu tauschen, aber Helen hatte so schnell zugestimmt, dass sie es bald als gemeinsame Idee betrachteten.

Innerhalb weniger Wochen hatten sie nicht nur ihr Haus für das Achtfache seines ursprünglichen Preises verkauft, sondern auch in einem neu entstandenen Gebäudekomplex an der Hauptstraße eine Maisonettewohnung gefunden, die so großzügig war, dass sie sich fragten, warum sie diesen Schritt nicht schon viel früher gewagt hatten. Zum ersten Mal in ihrem Leben stellten sie nun auch eine Putzfrau ein, die zweimal die Woche kam, alles staubsaugte und putzte, den Kühlschrank neu sortierte und sogar sämtliche Schuhe im Regal polierte. Das restliche Geld legten sie in einem Fonds für Collin an. Außerdem zahlten sie einen großen Betrag auf ein Konto ein, das sie bei Lisas Auszug für sie eingerichtet und vor ihr verschwiegen hatten, da sie damals beide der Ansicht waren, dass es besser war, Lisa wusste nichts von diesem Notpolster.

Die ersten Wochen in der neuen Wohnung waren die besten seit Jahren. »Die Freuden des Neuanfangs«, sagte Helen scherzhaft, als sie im Möbelhaus in Paramus ein paar Sachen aussuchten (zwei Sessel, dazu ein Beistelltisch, außerdem Nachttische aus honigfarbenem Holz und eine flache Keramikschale, die sie nicht brauchten, aber mochten). An einem dieser Tage drehte Helen sich zu ihm, als sie im Bett lagen. Im Dunkeln redeten sie, und als Carl sich an sie drängte, wehrte Helen ihn nicht ab, sondern zog ihn nach kurzem Zögern an sich. Carl war es vorgekommen, als hätten sie all die Jahre nur das gebraucht: einen Neuanfang. Endlich schien es möglich, alles hinter sich zu lassen: seine Affären, die Streitereien, die Probleme mit Lisa und – vor allem in letzter Zeit – die kranken und sterbenden Freunde, die ihnen vorführten, was sie erwartete. In den folgenden Tagen fühlte er sich manchmal wie zu Beginn ihrer Beziehung. Oder wie damals, als sie beschlossen hatten, nach Amerika zu gehen und ihre Heimat – die ohnehin nie so recht seine geworden war – zu verlassen. Sich, wie er damals manchmal etwas pathetisch dachte, aus den Zwängen der Vorbestimmung zu befreien und selbst neu zu erfinden; »*hello*«, hatte er geübt, wenn er alleine war, »*my name is Carl Kruger*« (das Ü war dem U gewichen), »*how do you do?*«.

Für einen Abend im Juni, zwei Monate nach ihrem Einzug im Riverton Grant, wie sich das Apartmenthaus etwas hochtrabend nannte, war die Eigentümerversammlung angesetzt. Helen hatte den ganzen Tag Kopfschmerzen gehabt, und sie beschlossen, dass Carl alleine teilnehmen und sich der Hausgemeinschaft vorstellen würde. Helen hatte ihn genötigt, eine schwarze Hose statt der Jeans anzuziehen und dazu den hellblauen Kaschmirpulli, den sie ihm geschenkt hatte, weil er angeblich das Blau seiner Augen betonte. Keine Turnschuhe, hatte sie bestimmt, als er losgehen wollte, und er hatte ergeben wie ein Schuljunge genickt und sich die braunen Budapester angezogen, die ihm eigentlich zu unbequem waren.

Die Versammlung fand im Keller des Gebäudes statt, in einem großen, etwas kahlen Raum, der mit einer Bar und einigen runden Tischen mit jeweils vier Stühlen wie ein Bistro ausgestattet war. Eine flache Deckenlampe mit Leuchtstoffröhren ließ den Raum ungemütlich wirken. Auf dem Tresen der Bar standen Tassen und eine große Thermoskanne mit Kaffee, daneben eine Schale mit Oreos und einigen in Goldfolie verpackten Reeses. Eine hochgewachsene Frau mit welligem schulterlangem Haar begrüßte die Neuankömmlinge und bot ihnen Kaffee an. Als sie Carl sah, trat sie lächelnd auf ihn zu.

»Wir kennen uns noch nicht«, sagte sie. »Mein Name ist Renee; ich organisiere diese Versammlungen.«

Carl sagte seinen Namen und nahm dankend die Tasse, die sie ihm reichte. Von seinem Platz an einem der runden Tische beobachtete er sie. Ihr Haar hatte zahlreiche graue Strähnen, die in der dunkelblonden Melange jedoch kaum auffielen. Ihr Kleid war rostbraun und knielang, ein Wickelkleid, das ihre schmale Figur betonte und zu den eng sitzenden braunen Wildlederstiefeln passte. Um den Hals trug sie eine lange Kette mit einem runden goldenen Anhänger wie eine antike Münze. Die meisten der Besucher waren leger gekleidet, eine junge dicke Frau trug sogar einen rosafarbenen Jumpsuit aus Sweatshirtstoff, der für Carl wie ein Strampelanzug aussah. Zwischen den anderen wirkte Renee wie die Veranstalterin einer Party, deren Gäste die Einladung nicht genau gelesen hatten. Sie selbst schien davon gänzlich unberührt. Auf jeden neu Eintretenden ging sie lächelnd zu, manche umarmte sie, mit anderen plauderte sie für ein, zwei Minuten. Es schien ihr Talent zu sein, jedem Einzelnen das Gefühl zu geben, willkommen zu sein. Trotzdem konnte Carl sich des Eindrucks nicht erwehren, dass sie ihn besonders herzlich begrüßt hatte. Als ihr Blick ihn streifte, fing er ihn auf wie einen zufällig in seine Richtung fliegenden Ball. Sie lächelte kurz irritiert, bevor sie wegschaute. Bald darauf ging sie zur Tür und schloss sie, dann stellte sie sich neben die Theke und erklärte die Versammlung für eröffnet. Sie sei, sagte sie, wie die meisten ja wüssten, auch nur eine Wohnungsbesitzerin, aber aufgrund einer Anfrage der Hausverwaltung habe sie sich mal wieder bereit erklärt – sie sagte: breitschlagen lassen –, die Sitzung zu leiten. Sie lächelte gequält und verdrehte die Augen ein wenig, was Carl ebenso unpassend wie anziehend für eine Frau ihres Alters fand (er schätzte sie auf

Anfang sechzig und lag damit, wie er einige Wochen später erfuhr, richtig). Dann nannte sie den ersten Tagesordnungspunkt, Beschwerden wegen Verschmutzungen im Bereich der Mülltonnen, und gab das Wort an Sergio weiter, den Hausmeister des Gebäudes.

Nachdem die Versammlung beendet war, blieb Carl zunächst sitzen. Dann schlenderte er, als die meisten den Raum schon verlassen hatten, zur Theke, um sich einen Keks zu nehmen. Er konnte Renee problemlos beobachten: Sie wandte ihm den Rücken zu und war gerade im Gespräch mit den Wilderses – Betty und Michael Wilders –, die direkt unter ihnen wohnten. Helen hatte ihm erzählt, dass sie im gleichen Alter waren, aber Carl schien das unmöglich. Michael Wilders stützte sich auf seinen Stock, während Betty unsicher am Tisch lehnte und Renee vor ihnen stand wie ihre hoch aufgeschossene Tochter. Als sie endlich gingen, waren außer Carl und Renee noch zwei Personen im Raum – die dicke Frau im Strampelanzug und ein Schwarzer mit Hornbrille und einem Tweedjackett. Er nickte Carl freundlich zu, und Carl überlegte, ob sie sich von der Uni kennen konnten. Vielleicht war er ja einer seiner Studenten gewesen? So etwas war schon ein paarmal vorgekommen, und nur selten war es ein gegenseitiges Erkennen gewesen, wobei Carl immer so gut wie möglich versucht hatte, seine Vergesslichkeit zu verbergen. Renee sammelte die restlichen Tassen ein und brachte sie zur Theke. Der schwarze Mann verabschiedete sich, die dicke Frau musste unbemerkt den Raum verlassen haben.

»Gibt es noch etwas, Carl?«, fragte Renee. Sie klang freundlich und geschäftsmäßig. Ja, sagte er, er wolle helfen. Er trat zu ihr hinter die Theke und nahm das Geschirrtuch, das neben dem Spülbecken lag.

»Einer muss ja abtrocknen, warum dann nicht ich?«

Sie sah ihn forschend an. Er hielt ihrem Blick stand.

»Gut«, sagte sie schließlich und drehte das Wasser auf, um das Becken zu füllen.

In den letzten zwei Jahren waren noch mehr ihrer Freunde gestorben, auch Jacks Frau Evelyn. Sie war eine der Ersten in Montclair gewesen, die dem Virus zum Opfer fiel, zu einem Zeitpunkt, als sie alle erst langsam anfingen zu begreifen, was sich da zusammenbraute. Carl erinnerte sich, wie er ihre Todesanzeige las und nur einen Tag später die von seinem früheren Kollegen Steve Bush. Auch Steve, der regelmäßig beim New-York-Marathon mitgelaufen war und fast immer einen der vorderen Plätze belegt hatte, war an Covid gestorben.

Er faltete die Zeitung zusammen. Heute hatte er keinen der Toten gekannt. Die meisten waren einige Jahre älter als er gewesen, aber zwei auch deutlich jünger, ein Mann und eine Frau. Die Anzeige der Frau zierte ein Foto, und er hatte ihre Züge studiert, ihr ahnungsloses Lächeln. Nichts an ihrem Gesicht deutete darauf hin, dass sie bald sterben würde. Warum um alles in der Welt ließ jemand ein Foto in die Todesanzeige setzen? Er würde eine Notiz machen müssen, wie er überhaupt die ganze Sache endlich einmal planen musste: die Beerdigungsfeier, die Musik, das Essen. Den Grabstein für sich und Helen auszusuchen, würde wohl seine Aufgabe sein. Am liebsten wäre ihm einer jener Soldatengrabsteine, schmal und weiß, schlicht wie ein Zahn. Er wusste nicht, ob Helen eigene Pläne gemacht hatte – vielleicht hatte sie Lisa schon lange genaue Anweisungen gegeben. Vor Jahren hatte sie einmal gesagt, dass sie verbrannt werden wolle und ihre Asche im Garten unter den Wurzeln des Rosenstrauchs vergraben werden sollte. Er fragte sich, ob Rosen menschliche Asche vertrugen; davon abgesehen hatten sie inzwischen keinen

Garten mehr. Gut möglich war auf jeden Fall, dass sie nicht neben ihm begraben werden wollte. Dass sie nach ihrem Tod ausführte, was sie zu ihren Lebzeiten nie geschafft hatte: ihn zu verlassen.

Als Lisa noch in den Kindergarten ging, hatte er mit ihr einmal den Calverton National Cemetery auf Long Island besucht. Es war kurz nach ihrer Ankunft in Amerika gewesen, und für ihn war vieles ebenso fremd wie für seine vierjährige Tochter, was eine seltsame Komplizenschaft zwischen ihnen heraufbeschwor. Der Apriltag war nach dem schneereichen März überraschend sommerlich gewesen, und er hatte im grellen Licht der Mittagssonne neben Lisa gestanden und ihren Blick auf die endlosen Reihen identischer Grabsteine geteilt: das Weiß vor dem entschlossenen Grün des Rasens, in einer geometrischen Präzision, die ihn an eine riesige Truppe Synchronturner denken ließ. Er war damals zweiunddreißig Jahre alt gewesen, der Krieg lag fast ebenso lang zurück, ein ferner Bestandteil seiner Biografie, auch wenn seine Erinnerung erst nach der Flucht einsetzte und er von allem, was davor geschehen war, nur durch Erzählungen seiner Mutter und seiner Brüder Konrad und Hermann wusste. Seine Auswanderung nach Amerika hatte er mit den deutschen Verbrechen nie in Verbindung gebracht, sondern einzig dem Angebot der Princeton University, seiner wissenschaftlichen Neugier und einem diffusen Fernweh zugeschrieben, aber es ließ sich nicht leugnen, dass es eine Erleichterung gewesen war, in seine neue Existenz einzutauchen: Carl Kruger, apolitisch, heimatlos. Vaterlos. Aber das war er ja eigentlich schon immer gewesen.

In den ersten Jahren waren sie jeden Dezember nach West-Berlin gereist. Hatten die Weihnachtstage mit Helens Mutter, Stiefvater und älterer Schwester Dorit verbracht, eine zähe Gans gegessen und das Grab von Helens Vater besucht, der es geschafft hatte, den Krieg bis zu seinem Ende zu überleben, bloß um kurz danach an einem Herzinfarkt zu sterben. Seit ihrer Pensionierung war in manchen Jahren auch seine Mutter dabei. Ein einziges Mal waren sie alle in die DDR gereist. Aber obwohl Carl froh gewesen war, seine Brüder wiederzusehen, war es bei dem einen Mal geblieben. Zu unsicher schien ihm die Zusage der Regierung, zu willkürlich deren Entscheidungen; trotz der Amnestie hörte man immer wieder von Festnahmen. Hinzu kamen Spannungen mit Konrad.

Mit der Zeit waren die Besuche in Deutschland weniger geworden, und nachdem Helens Mutter gestorben war, hatten sie es vorgezogen, Weihnachten nur noch in Amerika zu verbringen. Die Ausflüge ins festlich erleuchtete Manhattan gehörten für ihn immer noch zu den schönsten Erinnerungen an diese Zeit, und er bereute es keine Sekunde, dass sie die regelmäßigen Reisen nach Berlin zugunsten New Yorks aufgegeben hatten. Erst nach der Wende – diesem Ereignis, das Carl auch heute noch so unglaublich vorkam wie die vierzig Jahre währende Teilung eines Landes – waren sie zu Weihnachten wieder nach Deutschland gereist. Lisa hatte sie nicht begleitet; sie war damals auf dem College in Edison und beschränkte den Kontakt zu ihnen auf ein Minimum. Mit einem Mietauto waren Carl und Helen von Berlin nach Windisch gefahren, und Carl hatte versucht, in den heruntergekommenen rußschwarzen Straßen die Stätten seiner Kindheit wiederzuentdecken: der Laden, in dem er und seine Freunde Süßigkeiten und Silvesterkracher gekauft hatten. Die Unterführung beim Bahnhof, in der sich die Jugendlichen der Stadt trafen, und die darum bei den Passanten nicht beliebt gewesen war. Der Spielplatz, auf dem sie noch als Fünfzehnjährige herumgehangen hatten, während die kleineren

Kinder unermüdlich auf dem schlichten Karussell kreisten – er erinnerte sich an den Tag, an dem ihm plötzlich schon vom Zuschauen schlecht geworden war. »Jetzt bist du erwachsen«, hatte sein Freund Edgar triumphierend gesagt. »Weil bei dir die Entwicklung des Gleichgewichtssystems abgeschlossen ist.« Edgars Mutter war Ärztin. »Ich trage neuerdings einen Pilzkopf«, schrieb er Carl in einem Brief, da studierten sie beide – Carl in West-Berlin und Edgar Medizin in Halle. »Von Weitem sehe ich aus wie ein Champignon.« Carl fuhr mit Helen zu dem Mehrfamilienhaus, in dem der Freund mit seinen Eltern gelebt hatte und in dem sie Nachmittage lang auf dem Boden des Kinderzimmers gelegen und mit dem Metallbaukasten gespielt hatten. Helen ließ sich alles zeigen und hörte zu, und so fremd ihm früher der Westen des Landes gewesen war, so fremd war ihr nun der Osten.

Mehr als dreißig Jahre waren seitdem vergangen, und in all der Zeit war sein Bruder Konrad mit seiner Familie nur einmal zu ihnen gekommen, sein Bruder Hermann gar nicht. Hermann war freilich ein anderer Fall. Zwei Querstraßen von seinem Elternhaus entfernt hatte er nach seiner Ausbildung ein altes Fachwerkhaus gekauft, das er sofort begonnen hatte zu renovieren. Doch schon bald hatte er die Bauarbeiten eingestellt – das halbe Haus geweißelt, nur ein paar der Fenster ausgetauscht, die neu gebaute Treppe zum Eingang unverputzt. Nach Aussage seiner Mutter lag es nicht an fehlendem Material, dass Hermann nicht weitermachte. Sie bekamen nie heraus, was geschehen war, aber irgendetwas musste ihn, der schon immer eigenbrötlerisch gewesen war, mit aller Macht aus der Bahn geworfen haben. Zwar ging er weiter seiner Arbeit als Buchhalter der Konsumgenossenschaft nach, aber aus den Briefen seiner Mutter erfuhr Carl, dass er das Haus verfallen ließ und niemals jemanden zu sich einlud, nicht einmal sie. Als Carl Hermann nach der Wende wiedersah, trafen sie sich nicht bei ihm, sondern in ihrem Elternhaus: zwei Männer um die fünfzig, die zusammen aufgewachsen waren und sich seitdem immer weiter voneinander entfernt hatten.

Die Uhr am Backofen zeigte zehn nach zehn. Um elf war er mit Trevor North verabredet, einem Kollegen aus der Zeit in Princeton, der dort, anders als er, eine dauerhafte Stelle gefunden hatte und trotz seiner Emeritierung vor zwölf Jahren noch regelmäßig Vorlesungen hielt. Das war umso verwunderlicher, als seine Karriere in Princeton nicht eben steil verlaufen war. Wenn stimmte, was Carl im Laufe der Jahre über seinen Freund gehört hatte, war er der Typ von Professor gewesen, dessen hervorstechende Qualität es war, immer da zu sein. Das Faktotum des Instituts, hatte er ihn manchmal gegenüber Helen genannt, und sie war jedes Mal so freundlich gewesen, ein zustimmendes Geräusch zu machen.

Als er im Raymond's eintraf, saß Trevor schon in der hintersten Ecke des schmalen Raums und schaute in sein Handy.

»Warum sitzt du so weit hinten?«, fragte Carl, und Trevor blickte mit einem belustigten Ausdruck im Gesicht auf.

»Dir auch einen wunderschönen Morgen«, sagte er in einem spöttischen Singsang und erhob sich, um Carl mit einer lockeren, nicht ganz ernst gemeinten Umarmung zu begrüßen. »Alles im Lot?«

»Natürlich.« Carl streckte sich ein wenig. Trevor war dünner geworden, bemerkte er, wie die mageren Flügel eines Riesenvogels lagen seine Arme um Carl.

Sie hatten immer das gehabt, was man eine distanzierte Freundschaft nennen konnte. Sie waren mehr als Bekannte – so wussten sie beide ganz gut über den jeweils anderen Bescheid und vermieden es, einander zu lang aus den Augen zu verlieren –, aber auch nicht so eng, dass sie sich gegenseitig ihre Sorgen anvertrauten. Nur einmal, vor gut zwanzig Jahren, als Trevor seine Frau Thekla verließ, um mit einer Professorin der Kulturwissenschaften zusammenzuziehen, hatten sie ein persönlicheres Gespräch geführt, in dessen Verlauf Carl einräumte, selbst eine Affäre mit einer seiner Studentinnen zu unterhalten. Trevors Reaktion auf sein Geständnis hatte ihn verblüfft. Na ja, hatte Trevor gesagt, bei dir ist das ja nichts Ungewöhnliches. Ganz so, als wäre Carls Liebesleben nicht nur allgemein bekannt, sondern würde auch von niemandem ernst genommen. Wahrscheinlich, hatte er sich eingestehen müssen, nachdem er einige Tage darüber nachgedacht hatte, war es genau so, und Trevor hatte nur das ausgesprochen, was alle dachten. Nun gut, es gab ja durchaus Schlechteres, als den Nimbus eines Verführers zu haben, auch wenn er selbst sich nie so gesehen hatte. In seiner Wahrnehmung waren es die Frauen, diese unergründlichen, liebesbegabten Wesen, die sich ihm immer wieder überraschend freigebig zuwandten, während ihm keine andere Wahl blieb, als sich von ihnen in jede gewünschte Richtung lenken zu lassen.

»Wollen wir uns nicht vorne ans Fenster setzen?«, fragte Carl, und Trevor zuckte nur mit den Schultern und trug sein Handy, seine Jacke, Tasche und halb volle Teetasse an den Tisch, an den Carl vorausgegangen war.

Ian hatte das Manöver mit geduldigem Blick verfolgt und kam nun zu ihnen herüber. Er begrüßte Carl, und der stellte die beiden Männer einander vor. Er war erleichtert, dass sie sich die Hand gaben und nicht die mit der Pandemie in Mode gekommene Fistbomb-Begrüßung ausführten, die angeblich sicherer war, ihn aber immer nur an großtuerische Teenager erinnerte.

»Was gibt's Neues?«, fragte Carl, nachdem er seinen Kaffee bekommen hatte. Ian servierte ihn immer mit einer Decke aus Milchschaum, in die er so etwas wie ein Herz hineinzauberte.

»Wie kommst du darauf, dass es in unserem Alter noch etwas Neues geben könnte?«, fragte Trevor zurück, aber Carl konnte ihm ansehen, dass er tatsächlich etwas mitzuteilen hatte. Und nach seiner Miene zu urteilen, war es wohl etwas Gutes.

»Da hast du recht.« Carl lächelte maliziös, dann begann er rasch von einem Artikel zu erzählen, den er am Morgen in der *New York Times* gelesen hatte. Es ging um Bidens Bemühungen, einen der Richter des Supreme Court – den Demokraten Stephen Breyer, der mit dreiundachtzig Jahren sein Amt aufgab – durch eine schwarze Richterin zu ersetzen.

»Das wäre tatsächlich die Erste«, sagte er. »Eigentlich schwer vorstellbar, nicht wahr?«

Er konnte sehen, wie Trevor zunehmend ungeduldig zuhörte; er war selbst verwundert, an wie viele Details des Artikels er sich erinnerte. Eines war ihm besonders im Gedächtnis geblieben: Breyers Aussage, dass er keineswegs gedenke, in den Ruhestand zu gehen. Er freue sich auf weitere Arbeit als Richter, Dozent und andere Angebote. Was für andere Angebote?, hatte Carl wütend gedacht.

»Ah ja,« unterbrach ihn Trevor. »Das ist interessant.« Er legte Carl eine Hand auf den Arm, um ihn am Weitersprechen zu hindern. »Eigentlich gibt es doch etwas Neues.«

Carl sagte: »Ach?«, und nahm einen Schluck seines inzwischen lauwarmen Kaffees.

»Du weißt doch«, begann Trevor, »... oder vielleicht weißt

du das auch nicht? Na, wie auch immer: Ich schreibe. Nichts Fachliches, meine ich. Literatur.«

Er sah vom Tisch zu Carl, der leicht den Kopf schüttelte.

»Nein. Wusste ich nicht.« Er sah Trevor fragend an. »Krimis?«

»Guter Gott, nein! Keine Krimis.« Trevor sagte es, als ob Carls Frage eine Beleidigung enthalten hätte. »Literatur«, sagte er. »Also Literatur-Literatur. Nicht irgendwelche Genre-Sachen.«

»Verstehe.« Carl nickte ein paarmal, dann nahm er den letzten Schluck seines Kaffees. »Literatur-Literatur.« Er lächelte spöttisch. »Eine ganze Menge Literatur ist das ja.« Doch als er Trevors mürrischen Gesichtsausdruck sah, sagte er versöhnlich: »Richtige Literatur also. Gut, gut.«

»Ja«, sagte Trevor. »Und es ist mir tatsächlich sehr ernst damit, wenn du verstehst, was ich meine. Ich schreibe schon lange, aber ich habe es nie jemandem gesagt – außer Camille wusste es eigentlich niemand, und sie war es auch, die mich ermutigt hat, das Manuskript an einen Agenten zu schicken. Sein Name ist Woody Bergman, er lebt auf Long Island, hat ein paar bekannte Autoren im Programm, aber ist auch keiner der ganz Großen im Literaturgeschäft, also gerade richtig für mich als Anfänger.«

»Okay«, sagte Carl. »Klingt gut.« Er winkte Ian, um sich einen Tee zu bestellen. Carl wusste, was er jetzt fragen musste, und er ließ sich absichtlich Zeit damit. Es war nicht neu, dass Trevor ihn zu seinem Publikum machte; bereits als sie gemeinsam in Princeton arbeiteten, lud er ihn zu jedem noch so kleinen Vortrag ein, den er hielt.

»Und was sagt Bergman?«, fragte er schließlich, und Trevor, mit seinem zu langen, zu modisch frisierten Haar, schaute nicht auf, sondern rührte sinnierend in der Tasse.

»Er mag es«, sagte er schlicht. »Er findet es sogar großartig.« Er schnaubte kurz, wie um zu zeigen, dass er das selbst nur schwer glauben könne. Dann blickte er Carl herausfordernd an. »HarperCollins übrigens auch. Sie haben mir einen ziemlich fantastischen Vorschuss angeboten.«

Frag nicht, sagte Carl lautlos zu sich selbst. Er schaffte es tatsächlich, sich daran zu halten.

»Jetzt muss nur noch Rechtliches abgeklärt werden.«

»Rechtliches?«, fragte Carl.

»Na, du weißt schon.« Trevor machte eine wedelnde Bewegung mit einer Hand, als wollte er das Thema vom Tisch wischen. »Details des Vertrags. Persönlichkeitsrechte und so weiter. Was man halt so macht.«

»Ist es etwa ein autobiografischer Roman? Ich meine, schreibst du über Thekla? Oder Camille? Oder deine Kindheit in New York?« Die Vorstellung, dass Trevor sein langweiliges Leben vor aller Welt ausbreitete, hatte etwas Abstoßendes, fand Carl. Es war, als wollte er plötzlich in aller Öffentlichkeit seine Notdurft verrichten.

»Nein«, sagte Trevor. »Nicht autobiografisch. Aber du weißt ja, wie das ist. Man kann nur über das schreiben, was man erlebt oder vielmehr beobachtet hat. Ich meine, ich habe ja nur dieses eine Leben, um Erfahrungen zu machen. Ich habe ja kein Parallelleben.« Er verzog unwillig das Gesicht, als hätte Carl ihm genau das unterstellt: ein Parallelleben zu haben. »Und das, worüber ich schreibe, sind eben Begebenheiten und Menschen, die mir in ähnlicher Weise durchaus schon begegnet sind. Aber alles ist natürlich fiktionalisiert, ist ja klar. Keiner direkt erkennbar, es sei denn, man *will* sich unbedingt darin erkennen. Daran kann ich dann natürlich nichts ändern. Aber selbst dann muss man das ja nicht öffentlich machen, nicht wahr?« Er unterbrach sich, setzte ein breites, unglückliches Lächeln auf und zog ratlos die Augenbrauen hoch. »Na ja, wie auch immer. Schau's dir einfach mal an.«

Bevor Carl etwas erwidern konnte, bückte sich Trevor zu seiner Ledertasche, öffnete sie und holte ein dickes Manuskript heraus, das an einer Seite geheftet und an der anderen mit einer Schnur lose zusammengebunden war. Er legte den Packen auf den Tisch und machte eine kleine einladende Geste.

»Ich?«, fragte Carl ungläubig und griff nach dem Packen. *Die Enttäuschung* stand in großen Buchstaben auf der ersten Seite. Darunter: *von Trevor J. North.* J. steht für was?, dachte Carl. John? James? Wahrscheinlich Jeronimus. Drunter machte der es nicht.

»Komme ich etwa darin vor?« Carl ließ die Seiten an seinem Daumen entlangblättern.

»Ja.« Trevor nickte. »Du und ein paar andere.« Er machte eine Pause, in der er sich das Haar aus der Stirn schob. Es war eindeutig zu lang, die Locken fielen in einem so dichten Busch in die Stirn, als gehörten sie zu einem viel jüngeren Mann, und nur der Umstand, dass sie grau waren, versöhnte Carl ein wenig.

»Aber du«, sagte Trevor, »bist die Hauptperson.«

März

Die zweite Märzwoche war angebrochen, begleitet von einem Regen, der fünfhundert Kilometer weiter südlich Überschwemmungen verursachte. Carl sah im Fernsehen, wie sich das Wasser in die Straßen von Richmond schob und scheinbar mühelos Autos und Zäune mit sich riss. Hölzerne Laternenmaste gaben nach wie Streichhölzer, dünne Hauswände leisteten keinen Widerstand. In einem Beitrag schwamm ein Mann in den Fluten, mit gleichmäßigen Bewegungen durchpflügten seine Arme das Wasser. Zur gleichen Zeit zeigte NBC Aufnahmen des kalifornischen Lake Oroville, der auf ein Drittel seines Pegelstands gesunken war.

Der Klimawandel war Thema einer Pressekonferenz von Gouverneur Gavin Newsom und auch von Joe Bidens Rede zur Lage der Nation. Carl verfolgte beide Ansprachen bis zum Ende. Die dunkle Stimme Newsoms, der ihn immer, besonders als er im Herbst vor Ort bei den Bränden gewesen war, an einen Actionhelden erinnerte. Dagegen Bidens Greisenaura. Er war im gleichen Alter wie Carl, aber obwohl Carl es besser wusste, kam ihm Biden deutlich älter vor. Sein Blick zum Teleprompter, die konzentrierte Sprechweise. An einigen Stellen fürchtete Carl, Biden würde ins Stottern geraten – und anschließend jeder

Lapsus wieder und wieder auf FOX News vorgeführt werden. Kein Respekt, dachte Carl. Und so viel Hass, als befände sich das Land mit sich selbst im Kalten Krieg.

Ihr habt es ganz schön verbockt, dachte er. *Wir* haben es verbockt.

Seit zwei Tagen war Helen nicht mehr ansprechbar. Wenn er vor ihrem Zimmer stand, konnte er ihren Atem hören, das gleichmäßig schwere Geräusch, mit solch langen Pausen dazwischen, als müsste sie sich immer wieder einen Ruck geben, den nächsten Atemzug zu tun. Die Ärztin hatte ihm versichert, dass sie keine Schmerzen habe. Aber wie konnte sie das wissen? Helen hatte sich zurückgezogen, es war, als wäre sie schon nicht mehr da, als habe sie den Körper, der sie fast achtzig Jahre umhüllt hatte, bereits verlassen. Auf seltsame Weise war ihm das nicht ganz unvertraut von ihr: Es erinnerte ihn daran, wie sie manchmal auf Feiern höflich lächelnd auf einem früh am Abend gewählten Platz in einem Sessel oder auf dem Sofa verharrte, während sie sich innerlich vom Geschehen verabschiedet hatte. Du bekommst überhaupt nicht mit, was um dich rum geschieht, hatte er ihr einmal nach solch einer Party vorgeworfen, und sie hatte darauf entgegnet: Schön wär's.

Schon seit einigen Wochen kam die Ärztin nur noch selten vorbei, stattdessen erschien alle drei Tage jemand vom ambulanten Hospiz. Meistens war es eine junge Frau, die mit ihrem Pferdeschwanz und dem Babyspeck, der ihr Gesicht rund machte, fast wie eine Jugendliche aussah. Sie war es auch gewesen, die Carl eine Broschüre gegeben hatte, in der ihm der Ablauf der nächsten Tage und Wochen erklärt wurde. Die Leistungen, die erbracht werden konnten (vor allem ging es um Schmerzlinderung, die körperliche Pflege fiel nicht in ihren Bereich), die zu erwartenden Ängste und Fragen der Sterbenden (auch solche nach dem Sinn des Lebens), Panik, Unmut, Kapitulation. Irgendwann die Agonie, die sich über Tage hinziehen könnte. Unruhe, Krämpfe. Kirchhofrosen. Carl musste den Begriff im Internet nachschauen; hinter dem romantischen Wort verbargen sich tatsächlich Totenflecke, die schon zu Lebzeiten auf der Haut der Sterbenden auftreten konnten. Er hatte alles gelesen und verstanden, und gleichzeitig war es ihm unbegreiflich, dass dies nun Helens unausweichliches Los sein würde. Ihr Ziel, an dem sich nichts mehr ändern ließe. Es half nichts, dass er sich sagte, dies sei schon immer die Richtung gewesen, wir werden geboren, um zu sterben, natürlich, aber das ließ sich leichter akzeptieren, wenn es ein Punkt in der Ferne war, einer, der verschwand hinter dem geschäftigen Kreisen des Lebens. Nun kam es ihm vor, als wäre der ferne Punkt übergroß geworden: ein schwarzes Loch, das sich direkt vor ihnen auftat, um Helen in sich aufzunehmen und bald auch ihn.

Es wäre ein Trost gewesen, daran zu glauben, dass man sterben musste, um zu leben, *wieder* zu leben, in neuen Sphären und Elementen. Er hatte es versucht. Vor Jahren – es war kurz nach seiner Pensionierung gewesen, als die Tage sich plötzlich gähnend leer vor ihm ausbreiteten – hatte er alles gelesen, was ihm dazu in die Hände fiel. Von der Bibel über den Tanach, sogar im Koran hatte er einige Suren gelesen und eine Einführung in die Grundlagen der buddhistischen Religion. Aber all die Vorstellungen von einem Leben nach dem Tod waren ihm eher beängstigend als tröstlich erschienen: Wer garantierte ihm denn, dass er auf der richtigen Seite landen und nicht etwa gefoltert oder als Käfer reinkarniert werden würde? Dann lieber kein Glaube, hatte er damals entschieden. Zumal er sich ja ohnehin nicht erzwingen ließ. Er war ein Sprung, den man wagen musste, aus Überzeugung und gegen die Vernunft, und dazu war Carl noch lange nicht bereit. Dabei waren seine Eltern Gläubige gewesen, wenn sie auch gegensätzlichen Gottheiten gehuldigt hatten: Seine Mutter seit jeher protestantisch, woran sie auch dann noch festhielt, als es plötzlich verpönt war. Sein Vater ein überzeugter Kommunist, der bis zum Schluss an das diesseitige Elysium der klassenlosen Gesellschaft glaubte. Er selbst würde sich damit abfinden müssen, im Unvollkommenen zu leben und ins Nichts zu vergehen. Zu kompostieren wie eine Pflanze oder in Abertausenden Aschepartikeln zu verwehen. Auch wenn sich das ebenso wenig vorstellen ließ wie eine immerwährende Seligkeit.

Carl schaltete den Fernseher aus und ging in die Küche, um sich ein Glas Wein zu holen. Auf dem Tisch lag das Manuskript von Trevor. Er hatte die ersten Seiten gelesen und es gleich wieder zugeschlagen. Das sollte er sein? John Clover, Dekan des biologischen Fachbereichs, ein »jugendlich schlaksiger« Mann, mit »blondem fedrigem Haar«, der, die Ledertasche umgehängt, durch die Gänge der Universität eilt, immer ein wenig zu leutselig, zu beflissen, vor allem gegenüber den Studentinnen, die ihn hinter seinem Rücken »Don John« nennen? Schon auf den wenigen Seiten hatte Carl die eigentümliche Tonlage wahrgenommen, mit der Trevor seinen Helden – *ihn* – betrachtete. Das Herablassende der Beschreibung, in die sich, wie um ihn einzulullen oder um die Figur komplexer zu gestalten (Literatur-Literatur!), positive Zugeständnisse mischten. Die wissenschaftlichen Verdienste Johns, die Beliebtheit seiner Vorlesungen, die grundsätzliche Freundlichkeit, die ihn auszeichnete, die ihn allerdings immer auch ein wenig schlicht wirken ließ.

Es war seltsam, dass der Neid, den er empfand – denn wenn er ehrlich war, musste er zugeben, dass er seit Ewigkeiten neidisch auf Trevor war –, sich offensichtlich ebenso auf Trevors Seite fand. Nur so ließ sich erklären, was der ihm antat. Natürlich gab es auch die Möglichkeit, dass Trevor ihn einfach hasste. Doch wozu dann die jahrzehntelange Kameraderie? Um ihn auszuspionieren? Konnte das sein?

Carl trank den Wein, dann spülte er das Glas mit warmem Wasser aus. Jetzt bloß keine Paranoia! Es führte kein Weg daran vorbei: Er würde das Manuskript zu Ende lesen müssen. Das war er sich selbst schuldig. Und er würde sich verteidigen, immerhin gab es so was wie Persönlichkeitsrechte. Vielleicht müsste er drohen, vielleicht reichte ein klärendes Gespräch. Vor allem aber würde er aufpassen müssen, nicht alles infrage zu stellen – sein gesamtes Leben, die Freude, die er an seinem Beruf gehabt hatte, am Unterrichten, am Experimentieren im Labor, am stundenlangen Lesen in seinem Büro (der Blick aus dem Fenster auf den Rasen des Campus und rechts, am Rande seines Blickfelds, im Sommer die Hortensien, rosafarbene und himmelblaue Blütenbälle). Ja, auch an den Studenten und Studentinnen, die ihn in ebendiesem Büro aufsuchten, bereit, ihn zu bewundern. Dass sich manchmal Liebe da ergeben hatte, wo sie sich nicht hätte ergeben sollen: geschenkt! Es waren andere Zeiten gewesen, neue Zeiten, und dass man nun plötzlich in die alte Verknöcherung zurückfiel, war nicht seine Entscheidung.

Er nahm das Manuskript mit ins Esszimmer und legte es geöffnet auf den Tisch. Dann ging er die Treppe ins obere Stockwerk hoch. Durch die geschlossene Tür konnte er Helens Atem hören. Stoßweise, angestrengt wie zuvor. Seit dem frühen Nachmittag war Lisa bei ihr, und auch die junge Frau vom Palliativteam war kurz da gewesen. Bereits bei ihrem ersten Besuch hatte sie ihm vorgeführt, wie man das Morphium verabreichte.

Wie man die Aluminiumfolie des Fläschchens mit der Nadel der Einmalspritze durchbohrte, die Flüssigkeit aufzog, wie man an Helens magerem Bauch die Haut zusammenpresste und die Nadel hineinstieß. Er solle, hatte die Schwester gesagt, großzügig sein, wenn er den Eindruck habe, dass Helen leide, und er hatte sich später gefragt, ob sie ihm damit etwas anderes hatte sagen wollen: Durfte er Helens Leid verkürzen, meinte sie das? Aber die Frage erübrigte sich. Nicht er, sondern Lisa, die seit einer Woche jede Nacht in Helens Zimmer schlief – auf seiner Seite des Bettes, das er vor mehr als zwei Jahren hatte räumen müssen –, verabreichte die Spritzen. Offensichtlich machte seine Anwesenheit Helen nervös. Es war ihm selbst aufgefallen, dass ihr Atem schneller ging, wenn er eintrat, und einmal, vor zwei Tagen, schien sie ihr Gesicht zu verziehen, als er ihre Hand in seine nahm. Auch Lisa musste es gesehen haben, denn sie schaute ihn mit einem traurigen Ausdruck auf ihrem breiten hübschen Gesicht an und sagte: »Warte ruhig unten, ich komme gleich.« Worauf er Helens papiertrockene Hand losgelassen hatte und leise aus dem Zimmer gegangen war.

Er setzte sich an den Tisch und schlug das Manuskript an der Stelle auf, wo er es mit einem Eselsohr markiert hatte. Eine große Ecke des Blattes hatte er umgeknickt, etwas, was er mit seinen eigenen Papieren nie machen würde, aber dieses Mal hatte es ihm eine grimmige Erleichterung verschafft, die Seite zu verunstalten. Er begann zu lesen, dann stand er nochmals auf, um einen Stift aus seinem Büro zu holen. Wenn er sich zur Wehr setzen wollte, würde er planmäßig vorgehen müssen. Wie die Arbeiten seiner Studenten würde er dieses Manuskript korrigieren – rote Anmerkungen am Rand, eine schier endlose Errata-Liste, die er Trevor präsentieren würde. Und dann würde er sich erlauben, was er sich als Professor nur bei vollkommenem Versagen seitens eines Prüflings gestattet hatte: Er würde ihn nach allen Regeln der Kunst herunterputzen.

»Du musst hier mal aufräumen«, sagte Lisa und ließ dabei ihren Blick durchs Esszimmer schweifen. Die Küchenzeile war nur durch eine breite Theke vom Rest des Raumes getrennt. Die zwei Barhocker davor hatte Carl als Ablage für Jacke, Schal und Mütze benutzt, unter einem der Stühle standen seine Straßenschuhe. Auf dem Tresen stapelten sich Postsendungen und Kataloge neben dem Geschirr der letzten drei Tage. Eines der Samenpäckchen, die Helen jedes Frühjahr bestellte, war eingerissen, und die schwarzen winzigen Körner lagen wie verstreuter Pfeffer auf dem weiß lackierten Holz. Obwohl sie keinen Garten mehr hatten, war Helen ihrer Gewohnheit treu geblieben. In drei gleichmäßigen Reihen streute sie jedes Frühjahr neue Samen in das Hochbeet, das sie kurz nach ihrem Umzug im Home Depot in Bloomfield gekauft hatten und das seitdem die Hälfte des Balkons einnahm.

»Soll ich dir helfen?« Lisa klang müde, und als Carl sagte: »Die Putzfrau kommt morgen«, ließ sie sich auf den Stuhl neben ihm sinken. Er schob das aufgeschlagene Manuskript zur Seite.

»Alles okay?«

Lisa stieß ein Schnauben aus, dann holte sie tief Luft und sah ihn an. »Nein, Papa.« Ihre Stimme klang übertrieben geduldig. »Mama stirbt, und darum ist im Moment irgendwie so gar nichts okay.«

Er konnte es nicht leiden, wenn sie ihn mit einer Nachsicht behandelte, die ihre Gereiztheit weniger verbarg als betonte.

»Das weiß ich auch.«

Er sah an ihrem Gesicht vorbei zum Panoramafenster, vor dem die hellgraue Sitzgruppe stand. Bei Tag konnte man von hier fast bis zur Watchung Avenue und Upper Montclair sehen. Das war der Weg zum Highway 3, der durch den Lincoln Tunnel direkt nach Manhattan führte. In den ersten Jahren hatte Carl nicht durch den Tunnel fahren können, ohne sich jedes Mal darüber zu wundern, dass er gerade den Hudson unterquerte. Das Innere des Tunnels war mit hellgelben Kacheln ausgekleidet, sodass er an ein schier endloses Badezimmer erinnerte. Corinne Wheeler, ihre Nachbarin aus der Myrtle Lane, hatte ihm einmal erzählt, dass ihr Vater im Lincoln Tunnel gearbeitet hatte, in einer winzigen offenen Kabine, von der aus er jeden Tag den Verkehr überblickte, bevor er mit Mitte vierzig an Lungenkrebs starb. Jetzt war es dunkel vor dem großen Fenster, und alles, was Carl sah, war das Spiegelbild des Zimmers mit Lisa und sich selbst am Tisch.

»Magst du etwas essen?«, fragte er, und Lisa nickte.

»Ich bestell uns was, okay?«

Beim Essen – sie hatten chinesisches Fastfood kommen lassen, das sie erst mit Stäbchen, dann mit Gabeln aßen – schauten sie ein Musikquiz. Die Gäste mussten Songs erraten, die nur für einige Sekunden angespielt wurden. Eine Schauspielerin und ein Popsänger traten gegeneinander an, und überraschenderweise war es die Schauspielerin, die die meisten Songs erkannte. Lisa lehnte sich vor und betrachtete konzentriert das Geschehen auf dem Bildschirm. Von seinem Sessel aus sah Carl, dass ein Lächeln ihren Mund umspielte, sobald die Schauspielerin sprach. Sie wandte den Blick nicht von der Frau ab.

Ein Gedanke schoss ihm durch den Kopf. Konnte es sein, dass seine Tochter lesbisch war? Dass sie sich entschieden hatte – womöglich als Reaktion darauf, dass sich sämtliche Männer in ihrem Leben, angefangen bei ihm, als Enttäuschung entpuppt hatten –, von jetzt an Frauen statt Männer zu lieben?

Er ahnte, dass Lisa seine Überlegungen problematisch finden würde. Aber das war nichts wirklich Neues. Ihrer Meinung nach vereinte er sämtliche Fehler alter Männer in sich. Trotzdem gab es unübersehbare Hinweise, und dazu gehörte, dass sie seit zehn Jahren keinen neuen Mann an ihrer Seite hatte und dass sich in dieser Zeit ihr Aussehen so verändert hatte. Wenn er ganz ehrlich war, sah sie, ungeschminkt und mit den achtlos abgeschnippelten Haaren, nicht nur wie eine patente Krankenschwester aus, sondern wie eine patente *lesbische* Krankenschwester.

Eine Werbepause unterbrach die Quizshow, und Lisa stand etwas schwerfällig vom Sofa auf.

»Dann geh ich mal wieder nach oben.« Sie nahm ihre Schale, die Gabel und Stäbchen. »Bist du auch fertig?«

»Ja.« Carl reichte ihr seine halb volle Schale. »Ich kann nicht mehr.«

Fast hätte er gesagt: Grüß deine Mutter von mir. Im Fernsehen lief inzwischen Werbung für ein Schmerzmittel. In atemberaubender Geschwindigkeit nannte ein Sprecher im Off sämtliche Nebenwirkungen, während die Schauspieler weiter glückliche Alltagsszenen nachspielten. Zwei grauhaarige Männer auf dem Golfplatz. Ein Paar in einer sonnengelben Küche. Das satte Rot von Erdbeeren.

An der Treppe drehte sich Lisa nochmals zu ihm um. »Willst du nicht auch kommen?«

Er wandte den Blick vom Fernseher ab. »Hättest du das denn gern? Weil …« Er zögerte. »Also, ich glaube, *sie* hätte es nicht so gern.«

Lisa blinzelte ein paarmal, sie sah auf einmal unsicher aus, und Carl erinnerte sich an einen Tag vor vielen Jahren, als er mit ihr zur Glenfield Middleschool gefahren war, an die sie mitten im Schuljahr wechseln musste, nachdem sie von der Mount Hebron geflogen war. Im Foyer des Schulgebäudes hatte er einen der älteren Schüler nach dem Weg zum Raum der achten Klasse gefragt. Während sie dem Jungen hinterherliefen, hatte Lisa jeden Blickkontakt vermieden. Auch als sie vor der geschlossenen Tür zum Klassenraum warteten, starrte sie weiter zu Boden. Erst als die Lehrerin zu ihnen kam, schaute Lisa auf. Ihr Blick war so unglücklich, dass Carls Ärger verschwand. Wie ein übergroßes Gewicht schien das Leben auf den Schultern seiner vierzehnjährigen Tochter zu lasten, und ihre eigene Verstocktheit vergrößerte dieses Gewicht ebenso wie das Unverständnis ihrer Eltern.

»Okay«, sagte er. »Lass es uns versuchen. Aber wenn sie irgendwie zeigt, dass ich gehen soll, muss ich mich fügen.«

»Ja.« Lisa nickte. »Klar. Dann musst du gehen.«

Das Kopfteil des Bettes war zu halber Höhe aufgestellt, sodass Helen ihnen entgegensah, aber ihr Blick hielt nichts fest. Jeder Atemzug wurde von einem Rasseln begleitet. Carl wusste von der Krankenschwester, dass sich Schleim auf Helens Lunge angesammelt hatte, den sie nicht mehr abhusten konnte. Nur der Herzschlag schien sie noch am Leben zu halten. Leber, Niere, Lunge würden nun bald eine nach der andern den Betrieb einstellen und das Blut sich im Zentrum des Körpers sammeln, wo die letzten, vergeblichen Kämpfe stattfänden, bevor alles unweigerlich zum Stillstand käme. Vielleicht Bilder, vielleicht Erinnerungen, dann, endlich, das finale Flimmern.

Aber jetzt noch nicht.

Noch nicht jetzt.

Sie sagten ihren Namen, ohne zu wissen, ob sie sie noch hören konnte. Lisa nahm die Hand ihrer Mutter wie einen schlaffen Vogel zwischen ihre. Carl rückte sich einen Stuhl an Helens andere Seite. Berührte ihren Arm. Helen Kruger, Krüger, geborene Barsch, seine Frau seit neunundfünfzig Jahren. Die schiere Zahl nahm ihm die Luft. Sein Vater hatte weniger lange gelebt, als er mit Helen verheiratet war, und sein Tod war Carl damals nicht einmal besonders früh erschienen. Fast sechzig Jahre, und was hatten sie daraus gemacht? Die Wahrheit war: nicht viel. Sie hatten beide immer so getan, als gäbe es eine zweite Chance. Als wäre dieses Leben die Generalprobe fürs nächste. Jetzt war es vorbei, die eine Möglichkeit vertan, und es war seine Schuld, das wusste er. Denn sie hatte mehrfach versucht, ihn zu verlassen. War nach Boston gegangen, zu einer Freundin, alles bereits besprochen mit einem Anwalt und auf der Suche nach einer Wohnung für sich und Lisa. Ein anderes Mal war sie schon am Flughafen gewesen, bereit, nach Berlin zu fliegen, Lisa neben ihr im Wartebereich, in einem Comic lesend, den Helen ihr im Zeitschriftenladen gekauft haben musste, während sie selbst die startenden und landenden Flugzeuge auf dem Rollfeld beobachtete; meine Frau, hatte er gedacht, als er sie endlich fand, meine Tochter (und war sich insgeheim heldenhaft vorgekommen, als ob er es zum zweiten Mal rettete, das vaterlose Kind). Warum hatte er sie nicht gehen lassen? Hatte sie zurückgeholt, indem er sich vor Helen auf den Boden kniete wie ein rühriger Schuhverkäufer, die Parodie eines Liebenden, bleib hier, verlass mich nicht, meine Liebe, mein Leben.

Liebe. Da im Flughafen hatte es sich wirklich so angefühlt. Aber was war diese Liebe wert gewesen? Was hatte er sich bloß dabei gedacht?

»Geh ruhig raus«, sagte Lisa, als sie sein Gesicht sah.

April

Carl erinnerte sich noch an eine Zeit, als die Aufteilung in Montclair klar gewesen war: Die weißen Toten wurden vom Caggiano Memorial Home beigesetzt, die schwarzen von Martin's Home for Service. Auch wenn die Einteilung schon lange nicht mehr galt, waren die meisten Beerdigungen, auf denen Carl in den letzten Jahren gewesen war, von Caggiano ausgerichtet worden.

Das Bestattungshaus lag an der Glenridge Avenue, Ecke Grove Street, direkt neben dem zentralen Postgebäude. Zum Eingang des zweistöckigen Holzhauses führte wie bei einem Hotel eine dunkelgrüne Markise. Der große Parkplatz war von einem schmiedeeisernen Zaun umgeben, meistens parkte darauf einer der beiden Bestattungswagen. Früher waren das zwei Chrysler gewesen, deren breiter Kühlergrill den Autos etwas Stumpfnasiges verlieh, wodurch sie an gutmütige, behäbige Hunde erinnerten. Im letzten Jahr waren die Chrysler durch Teslas ersetzt worden. Carl fand es schwierig, sich an die neuen Autos zu gewöhnen, die so windschnittig aussahen, als gelte es, den Weg zum Friedhof möglichst schnell hinter sich zu bringen. Dabei waren die Fenster im Fond übertrieben groß, sodass die Särge bei ihrer Fahrt durch die Stadt wie auf einer Parade präsentiert wurden.

Von seinem Bruder Konrad und dessen Frau Gudrun war, zwei Wochen nachdem er sie angerufen hatte, ein Brief eingetroffen. »Lieber Karl«, begann der Brief, »es tut uns sehr leid, dass Du diesen Verlust erleiden musstest.« Er selbst, fuhr Konrad in seinem Brief fort, habe auch schwierige Wochen hinter sich, und noch sei nicht entschieden, wie es für ihn ausgehen werde. Der weitere Verlauf des Briefes beschrieb detailliert Konrads Beschwerden und mündete in der Feststellung, das Alter sei ein Kampf, bevor er noch einmal – in einem letzten Satz – auf Helen zu sprechen kam, die inzwischen ja sicher an einem Ort sei, an dem sie von ebendiesem Kampf erlöst sei. Von Hermann kam eine Karte, auf die er zwei Sätze geschrieben hatte. »Es tut mir leid. Ich denke an Dich.« Die Schlichtheit rührte Carl an. Was gab es auch anderes zu sagen? Auf der Vorderseite war das Foto eines Pfotenabdrucks zu sehen. »Ein Freund, für immer in unserem Herzen.« Dass es sich offenbar um eine Trauerkarte für einen Hund handelte, verlieh dem Ganzen eine beinah tröstliche Komik.

Von Helens Schwester Dorit hatte Carl noch nichts gehört. Seit einigen Jahren lebte sie in einem Seniorenstift an der Ostsee, und nachdem Carl mehrfach vergeblich versucht hatte, sie zu erreichen, war es schließlich Lisa gewesen, die mit ihr gesprochen hatte. Allerdings schien es unklar, wie viel Dorit von dem, was Lisa ihr sagte, verstand. Ein Pfleger hatte Lisa erzählt, dass Dorit an manchen Tagen überzeugt davon sei, sich in dem Schweizer Internat zu befinden, in dem sie als junge Frau Französisch unterrichtet hatte. Der Umstand, dass sich viele der Zöglinge den ganzen Tag im Bett aufhielten oder in einem der Fernsehsessel vor sich hin dösten, empöre sie so sehr, dass sich das Personal bereit erklärt hatte, einige der Sätze zu wiederholen, die Dorit ihnen beharrlich vorsagte. Es war die erste Lektion im Französischbuch, und die meisten von ihnen konnten sie inzwischen auswendig.

Am Morgen der Beerdigung schien strahlend hell die Sonne, mit einem Himmel von fast wildem Blau fiel der Frühling über Montclair her. Zwei Tage zuvor war ein Sturm über die Ostküste gezogen, und wie immer hatte es im Fernsehen kaum ein anderes Thema gegeben: Es wurde von Hamsterkäufen abgeraten und gleichzeitig Panik geschürt, vor Stromausfällen, umstürzenden Bäumen, vor losen Dachziegeln und nicht ausreichend gesicherten Baugerüsten. Wenn man nur lang genug zuhörte, schien es ausgeschlossen, heil aus all dem herauszukommen. Jetzt war es windstill, die drei Sternenbanner vor dem MC Hotel hingen schlaff herab, und die ersten Cafés hatten Tische und Stühle auf den breiten Gehweg der Church Street geräumt.

»Bist du so weit?«, fragte Lisa.

Carl wandte sich vom Fenster ab und nickte.

»Gut siehst du aus.« Lisa drückte seinen Arm. Sie hatte ein dunkelgraues Kleid an, ihr Gesicht war ungeschminkt, und man sah ihr an, dass sie kaum geschlafen hatte.

Es musste Zufall sein, dass ihr Kleid genau zu seinem Anzug passte. Oder war es möglich, dass sie in den letzten Tagen zu einer der Shoppingmalls außerhalb Montclairs gefahren war und sich mit Bedacht ein graues Kleid gekauft hatte? Er hatte das Gefühl, die Zeit seit Helens Tod nicht überblicken zu können – nach der Ereignislosigkeit des Wartens war plötzlich so vieles zu tun gewesen: die Auswahl des Sargs und des Blumenschmucks, die Karten, die bestellt und geschrieben werden mussten, die Telefonanrufe, die Lisa und er untereinander aufteilten, die Zeitungsannonce, die sie aufgeben mussten. Im Internet hatte Lisa Formulierungen herausgesucht und ihm vorgelegt. »Entscheide du«, hatte er gesagt und nur zustimmend genickt, als sie ihm die fertige Annonce vorlas. Manchmal hatte er sich in den letzten Tagen wie in einem Strudel gefühlt, verursacht durch eine Geschäftigkeit, die offenbar vor allem vom Tod ablenken sollte. Dazu das ständige Klingeln an der Wohnungstür, ein Strom an Beileidsbekundungen und Umarmungen: Nachbarn (von denen Carl die meisten nur vom Sehen kannte), Helens Freundinnen, die Essen vorbeibrachten, zwei Ehepaare aus der Myrtle Avenue, denen er vor Jahren auf einem der Nachbarschaftsdinners begegnet war, bei denen alle von einem Haus zum anderen zogen, um dort jeweils Aperitif, Vorspeise, Hauptgericht, Nachtisch und einen letzten Drink einzunehmen. In den vergangenen Tagen hatte Carl mit mehr Leuten gesprochen als in den Jahren zuvor, und einige Male hatte er den Drang in sich gespürt, sich für die Unannehmlichkeiten zu entschuldigen. Renee war nicht gekommen – und, großer Gott, wie hätte er sich verhalten, wenn doch? Auf gewisse Weise hätte es ihr ähnlich gesehen, hier vorbeizuschauen, mit einem Kuchen oder einer Käseplatte in der Hand, und ganz beiläufig in die Rolle der Gastgeberin zu schlüpfen. Carl fühlte den Drang, Helen vor ihr zu schützen; etwas, das ihm nie in den Sinn gekommen war, als sie noch lebte.

»Bringen wir es hinter uns«, sagte er zu Lisa, die neben ihn ans Fenster getreten war. Collin und Jason hatten das Auto geholt und warteten jetzt in zweiter Reihe direkt vorm Haus. Für Carl war es eine große Überraschung gewesen, als Jason heute plötzlich hier aufgetaucht war. Konnte es sein, dass Helen in all der Zeit mit ihm in Kontakt geblieben war, während er das Gefühl gehabt hatte, seinen Namen nicht einmal erwähnen zu dürfen? Jasons schwarzes Haar war von grauen Strähnen durchzogen, sein Gesicht, seine ganze Gestalt hatten weichere Konturen bekommen, und als Carl ihn umarmte, konnte er sich nicht gegen den Gedanken wehren, dass man ihn um etwas betrogen hatte.

Er bestand darauf, sich nach hinten zu Collin zu setzen. Collins Haare waren länger geworden, er sah wieder aus wie vor seiner Militärzeit, nur unwesentlich älter, das Gesicht ein wenig schmaler.

»Alles okay?«, fragte Collin.

Carl nickte. Er wappnete sich innerlich für das, was ihm bevorstand: die Beerdigung, die Predigt (denn Helen hatte ihn gleich zweimal überrascht: Sie wollte nicht verbrannt werden, und sie wollte eine kirchliche Zeremonie haben). Würde er sich beim Grab aufstellen und Beileidsbekundungen entgegennehmen müssen?

Er rechnete es Jason hoch an, dass er heute hier war, ganz so, als habe es nie eine Scheidung gegeben. Tatsächlich unterhielten Lisa und er sich vorne so vertraut und zwanglos wie früher, während Collin und Carl fast die ganze Fahrt auf der Rückbank schweigend verbrachten. Erst als sie vor dem Friedhof ankamen, sagte Collin: »Hier war ich schon mal.« Er klang überrascht.

Carl sah ihn fragend an.

»Nachts einmal mit Freunden. Am Muttertag, vor zig Jahren.« Collin verzog den Mund zu einem verlegenen Lächeln. »Das ist so ein Spiel, weißt du. Jemand bringt einen Freund her, zu so einer Mutterstatue, und dann brechen die anderen, die sich dahinter versteckt haben, hervor und schreien rum. ›Die Mutter fängt dich! Die Mutter bestraft dich!‹, so ein Kram halt.« Er schnaubte kurz und fuhr sich mit der Hand über Mund und Nase. »Du kriegst einen ziemlichen Schreck, kann ich dir sagen.«

Auf ihrem Vordersitz drehte sich Lisa zu ihrem Sohn um. »Was für eine reizende Geschichte. Und so passend zum Anlass.«

»Oh, ja klar.« Collin klang zerknirscht. »Entschuldige.«

»Hast du jemanden erschreckt, oder wurdest du erschreckt?«, fragte Carl. Er erinnerte sich, die Statue schon einmal gesehen zu haben. »Ich *wurde* erschreckt«, sagte Collin in einem vorwurfsvollen Ton.

»Armer Hase«, sagte Jason übertrieben mitleidig. Er öffnete seine Tür. »Dann lasst uns jetzt mal gehen.«

Sie waren die Ersten in der Kapelle, aber beide Flügel des Portals standen weit offen, und der schlichte Altar mit dem Blumenschmuck aus Osterglocken und Tulpen war in das warm gelbe Licht getaucht, das von der Kutscherlampe direkt über ihm kam. Das blasse Lindenholz des Sargs strahlte zusammen mit dem weißen Liliengesteck eine festliche Unschuld aus. Mit Lisa, Collin und Jason setzte Carl sich in die vorderste Reihe, und als die ersten Trauergäste eintrafen, überließ er es seiner Tochter, sich nach ihnen umzudrehen und ihnen grüßend zuzunicken.

Der Pfarrer betrat den Raum, und die Besucher erhoben sich. Carl erinnerte sich an die Gottesdienste, zu denen seine Mutter ihn mitgenommen hatte. Er musste damals noch sehr jung gewesen sein, vier oder fünf Jahre vielleicht, denn sobald er in die Schule kam, verliebte er sich unsterblich in seine Lehrerin, und da sie jede Religion ablehnte, befiel auch ihn bald ein Gefühl der Scham, wenn seine Mutter sich anschickte, zur Kirche zu gehen. Dabei hatte er als kleiner Junge das hohe Backsteingebäude mit dem spitzen Dach auf dem Glockenturm geliebt. Er hatte sich immer in eine der vorderen Reihen gesetzt, um den Altar betrachten zu können, auf dem in Gold verzierten

Schnitzereien dreizehn Leidensstationen Jesu dargestellt waren. Am meisten mochte er aber die Marienfigur, die in einer der Seitennischen das Jesuskind präsentierte. Wirklich hübsch fand er sie nicht, doch gerade Marias männliche Züge erinnerten ihn daran, dass Jesus, wie er selbst, nur einen sehr entfernten Vater hatte.

Carl warf einen Blick nach hinten. Die Kapelle war fast voll besetzt – der Vorteil eines einigermaßen zeitigen Todes. Aber am Ende war es vielleicht auch egal, wie viele der Freunde und ehemaligen Kollegen übrig waren, wenn man starb. Es hatte sogar etwas Tröstliches, dass solche Eitelkeiten bei seiner eigenen Beerdigung keine Rolle mehr spielen würden. Befreit von all dem, befreit von sich selbst. Komme, wer kommen wolle. Höchstens, dass er vielleicht eine Liste machen würde, mit all den Leuten, die *nicht* kommen sollten. Zuoberst Trevor, doch es gab auch noch eine ganze Reihe anderer, die er lieber nicht dabeihaben wollte.

Es war ihm schwer vorstellbar, dass es Helen war, die in dem Sarg lag. Er fühlte eine seltsame Leere, nur manchmal war es, als ob sich sein Herz kurz zusammenkrampfte und kleine Schockwellen durch seinen Körper schickte. Nun war er also ganz offiziell allein, noch verlassener als zuvor, wenn das überhaupt ging.

Am Grab, bevor der Sarg im Boden versenkt wurde und jeder der Anwesenden eine der weißen Rosen hinterherwarf, hielt Lisa eine kurze Rede. Manchmal musste sie kurz innehalten und sich räuspern, bevor sie weitersprach. Sie erwähnte Helens Vorliebe für Kunst, Reisen und Gartenarbeit; ihr größter Wunsch sei eine Reise nach England zur Rosenblüte gewesen – sie hätten es sich immer wieder vorgenommen, Prospekte angeschaut und mögliche Termine rausgesucht, aber nie umgesetzt.

Carl hörte zum ersten Mal davon. Außerdem erinnerte sie an Helens Angewohnheit, an Festtagen zu viel zu kochen und alle Gäste mit gefüllten Tupperdosen heimzuschicken, die sie nie zurückverlangte. Weshalb sie, Lisa, eine Sammlung von verschließbaren Plastikdosen habe, die sie fast wie Fotos an Feiern bei ihrer Mutter erinnerten. Auch davon wusste Carl nichts.

Auf ihrem Weg zum Ausgang kamen sie an der Statue der Mutter vorbei, von der Collin berichtet hatte. Sie war eine lebensgroße Figur aus hellgrün angelaufener Bronze, die vor einem wuchtigen schwarzen Marmorgrabmal auf einem steinernen Thron saß. Ihr Haar war zu einem lockeren Knoten gebunden, und der Eindruck von Melancholie wurde dadurch verstärkt, dass der Regen schwarze Striemen wie von Tränen auf ihrem Gesicht hinterlassen hatte. Die Schultern der Figur waren müde nach vorne gesackt, und die Blumen, die irgendein Besucher zwischen ihren schwer auf dem Schoß liegenden Händen platziert hatte, wirkten wie verschmähte Liebesbezeigungen. Unter der Figur war das Wort »Mutter« in den Stein graviert, und auch hinter ihr standen einige Worte.

Lisa hielt inne, um die Inschrift zu entziffern. »Das wahre Glück des Lebens liegt im liebevollen Dienen.« In ihren spöttischen Tonfall mischte sich Resignation. »Na ja«, sagte sie im Weitergehen, »das kann man wohl so oder so sehen.«

Im Pappardelle wurde Carl wie der Patriarch einer Sippe am oberen Ende des Tisches platziert. Neben Lisa saß Julka; Gordon und Lizzy Corrigan waren gekommen, außerdem einige Freundinnen Helens aus ihrer früheren Nachbarschaft und etliche von ihren Vereinskolleginnen aus dem Montclair Women's Club. Einigen war Carl vor Jahren schon einmal begegnet, doch die meisten kannte er nicht, und die, die er gekannt hatte, hatten sich inzwischen so verändert, dass nur ihre Namen eine flüchtige Erinnerung in ihm wachriefen. Manche der Frauen hatten ihre Männer dabei, die Carl fest die Hand drückten und mit entschlossenem Ernst nickten.

Das Menü, das Lisa ausgesucht hatte, bestand aus Helens Lieblingsspeisen: Lachs, Rindergeschnetzeltes, eine Zitronentarte, die der Koch eigens für sie gebacken hatte.

Während des Essens ließ Carl seinen Blick über die Gruppe schweifen. Das war also die Ausbeute eines ganzen Lebens – diese zufällige Ansammlung von zwei Dutzend Menschen, die sich über ihre Teller beugten, die plauderten, lachten, auf Helen anstießen. Der ein oder andere würde in Zukunft wohl manchmal an sie denken, vielleicht würde einmal jemand von ihr träumen, und dann würde auch das aufhören, sie alle würden sterben – kosmisch gesehen, war Helen ihnen nur Sekunden voraus –, und mit ihnen würde das wenige verschwinden, das von ihr übrig war. Nichts würde dann mehr daran erinnern, dass sie einmal gelebt hatte.

Aus dem Riverton Grant hatte Lisa die Wilders eingeladen und eine junge Frau, Devon Nooley, die mit ihrem fünfjährigen Sohn Christian auf der dritten Etage wohnte. Zwischen den einzelnen Gängen saß Christian unter einem der Tische und spielte mit seiner Captain-America-Figur, die er immer wieder abheben und Kreise fliegen ließ. Carl erinnerte sich, dass Devon mit Christian in der ersten Zeit von Helens Erkrankung regelmäßig vorbeigekommen war und dass Helen für den Kleinen immer Kekse vorrätig hatte.

»Ja«, sagte Devon. »Eine der großen Blechdosen war eigens für ihn reserviert und wurde von Helen immer wieder neu bestückt.«

Sie hatte sich zu Carl ans Kopfende des Tisches gesetzt; jetzt lehnte sie sich zu ihm hin, damit er sie besser hören konnte.

»Mitte Januar hat sie mich angerufen und gesagt, dass ich Christian nicht mehr mitbringen solle. Sie hat irgendwie harsch geklungen, und ich dachte, okay, er stört sie wohl. Ich fand das schade, und ich war auch ein bisschen verblüfft, weil ich immer dachte, na ja, es freue sie halt, ihn zu sehen, wenn Sie verstehen, was ich meine.«

Sie seufzte, und Carl bemerkte, dass sich ihre Augen mit Tränen füllten. Bereits am Grab hatte sie geweint, und es überraschte ihn da schon. Während Devon für ihn immer nur eine Nachbarin gewesen war, hatte sich zwischen ihr und Helen trotz ihres Altersunterschieds offensichtlich eine Freundschaft entwickelt. Helen hatte immer schon das Talent gehabt, Freundinnen zu finden. Etwas an ihr zog andere Frauen an und machte sie zu ihren Verbündeten. Die wenigen Freunde, die er gehabt hatte, waren hingegen entweder verstorben oder aus seinem Blickfeld verschwunden. Oder sie hatten ein Buch über ihn geschrieben, in dem er als tragikomischer Don Juan durchs Leben tingelte, bis er durch einen selbst verschuldeten Unfall gefeuert, bestraft und geläutert wurde. Oh, heilige Katharsis!

»Sie machte sich Sorgen, dass er sich vor ihr erschreckte, verstehen Sie?« Devon drehte sich noch ein bisschen mehr zu Carl hin, es war, als wollte sie ihn von den anderen Gästen abschirmen. Ihre Stimme war jetzt fast ein Flüstern. »›Ich krieg ja selbst schon einen Schreck, wenn ich mich sehe‹, hat sie gesagt. Und das war so verdammt schlimm und leider auch so wahr, dass ich fast heulen musste. Aber stattdessen habe ich gelacht.« Sie rieb sich ein paarmal über die Wange, als ob sie einen Fleck beseitigen wollte. »Manchmal geht das so. Dass man das Weinen und das Lachen vertauscht, als hätte man das falsche Register gezogen. Vielleicht ist das eine Art Hysterie. Was meinen Sie? Kann das sein?«

»Tja«, sagte Carl. Ihm war weder nach dem einen noch nach dem anderen zumute. Das Einzige, was er wollte, war, dass das hier alles vorbei wäre und er alleine in seiner Wohnung sein könnte. Vielleicht würde ihm dann die Gesellschaft der anderen fehlen (er glaubte es nicht), aber damit würde er ohnehin leben müssen. Wenn er allein wäre, könnte er auch endlich rausfinden, wie er sich fühlte. Seit Helens Tod war er sich dessen nämlich nicht mehr sicher. Vielleicht weil er nicht wusste, was eigentlich von ihm erwartet wurde. Wurde erwartet, dass er genauso trauerte wie ein Witwer, dessen Ehe noch bestanden hatte, als seine Frau starb? Wenn er ganz ehrlich war, hatte er Helen schon viel früher verloren. Nicht, weil er es so wollte. Sie selbst hatte dafür gesorgt, dass ihr Leben nur noch sehr wenige Berührungspunkte hatte. In den Wochen, bevor sie krank geworden war, hatten sie, falls das möglich war, sogar noch weniger miteinander zu tun gehabt. An manchen Tagen hatte Carl sie nicht ein einziges Mal gesehen, und als er ihr einmal unerwartet im Macy's in West Orange begegnet war, hatte sie ihm nur freundlich zugenickt und sich dann wieder ihrer Freundin zugewandt, mit der sie in der Schuhabteilung stöberte. Er hatte sich gefühlt wie ein entfernter Bekannter, ein Relikt aus einer früheren Zeit, und in gewisser Weise war er gegen Ende ihrer Ehe wohl auch nicht viel mehr gewesen.

»Machen Sie sich keine Vorwürfe«, sagte er zu Devon.

»O nein«, sagte sie brüsk. »Ich mache mir keine Vorwürfe. Aber wir machen halt alle unsere Fehler, nicht wahr? Niemand ist perfekt, na ja, Sie wissen schon.« Sie lachte kurz, und Carl sagte: »Entschuldigen Sie mich bitte«, stand auf und ging zum Ausgang. Nur zwei, drei Schritte, dachte er und lief die Walnut Street hinunter. Die Blumenkübel vor den Geschäften waren neu bepflanzt, die Sonne warf Lichtreflexe in die Schaufenster, wie hellgrünes Konfetti hingen die ersten Blätter an den Bäumen; noch zwei Wochen, und die Äste würden kaum noch zu sehen sein. Wieder einmal schien für einen Moment alles möglich. Dass das nie aufhörte! Wo doch das Leben ihn, wenn man es ganz genau nahm, reingelegt hatte. Sie alle eigentlich. Wie es mit dieser traulichen Langsamkeit begann, die ganze Kindheit angefüllt mit Warten, wie ein einziger sonnenschwerer Nachmittag, dabei wurde klammheimlich schon alles eingespurt, das Leben nahm immer mehr Fahrt auf, und wenn man es endlich bemerkte, war es zu spät: Festgefahren wie eine Karre im Sand, war man zu beschäftigt, um daran irgendwas zu ändern.

Als er wieder ins Restaurant kam, waren die ersten Trauergäste schon gegangen. Ein Stück Kuchen stand an seinem Platz, eine Blüte aus Fondant daneben, das Weiß und Gelb der Zistrose.

Zurück im Apartment, sagte er, dass er allein sein wolle. »Ich muss mich erholen.« Er zuckte entschuldigend mit den Achseln.

»Ist schon okay.« Lisa legte ihre Arme um ihn. »Wir sprechen morgen, ja?«

An der Tür umarmte ihn auch Jason kurz.

»Mach's gut, Carl.« Früher hatte er ihn meistens »Dad« genannt, Carl hatte das gefallen. Manchmal hatte er gedacht, dass es so sein musste, einen Sohn zu haben. Einen Verbündeten in der komplizierten Welt der Frauen.

Collin blieb vor ihm stehen, mit gesenktem Blick, und Carl klopfte ihm auf die Schulter.

Vom Küchenfenster aus sah er die drei die Bloomfield Avenue überqueren. Jason hatte nur in der Orange Road einen Parkplatz gefunden, sie hatten ein ganzes Stück laufen müssen, aber jetzt bogen sie statt in die Orange Road in die Church Street ab.

Vielleicht wollten sie noch etwas trinken gehen und dabei die Beerdigungsfeier Revue passieren lassen, wie ein Theaterstück, das sie gemeinsam angeschaut hatten. Die ganze Sache hatte ja tatsächlich etwas Theatralisches an sich, wenn man es recht besah. Ob sie auch über ihn sprachen? Fingen sie bereits damit an, sein weiteres Leben zu organisieren? Dass andere im Alter entmündigt und versorgt wurden wie Kinder, hatte er öfter schon erlebt. Aber es fühlte sich unwirklich an, dass er selbst nun der sein sollte, um den es ging.

Er verstand es natürlich. Und es war gut möglich, dass er bald schon froh sein würde, wenn sich Lisa, Collin und vielleicht sogar, aus alter Verbundenheit, auch Jason seiner annehmen würden. Er war ja jetzt bereits dankbar, dass Lisa ihm nach Helens Tod so versöhnlich begegnete; wie viel mehr würde er es sein, wenn er irgendwann ihre Hilfe wirklich bräuchte. Das alles lag klar und bedrohlich vor ihm, und rational leuchtete es ihm ein. Aber begreifen konnte er es nicht. Dadurch, dass er und Helen so früh ins Ausland gegangen waren, hatten sie beide mit der Versorgung ihrer Eltern nichts zu tun gehabt. Bei ihm war ohnehin nur seine Mutter übrig gewesen; sein Vater war im letzten Kriegsjahr in sowjetische Gefangenschaft geraten und hatte nach dem Krieg mit neuer Familie in Minsk gelebt. Und als seine Mutter in dem Alter war, in dem er selbst jetzt war, wohnte sie bereits seit einigen Jahren mit Hermann zusammen, der im Sommer nach der Wende wieder zu ihr gezogen war. Eigentlich war es Konrads Idee gewesen, und er war es auch, der Hermanns Haus ausräumen ließ, bevor er es notdürftig herrichtete und einem lokalen Makler zum Verkauf überließ.

»Berge von Müll«, hatte Konrad damals am Telefon erzählt, und Carl hatte gefragt: »Richtiger Müll?«

Nein. Aber Dosensuppen und Marmeladen, die seit Langem abgelaufen waren, Dutzende von Katalogen und Werbeheftchen, Reis- und Nudelpackungen, Shampooflaschen, Taschenlampen. Schuhe und Kleider, neue, an denen noch die Preisschilder hingen, und alte. Als ob er, statt seine Kleider zu waschen, sie einfach auf einen Haufen geschmissen hatte, die reinste Verschwendung.

»Das hatte sich über all die Jahre angesammelt«, sagte Konrad. »Und nach der Wende kam noch einiges dazu.« Carl konnte förmlich sehen, wie sein Bruder den Kopf schüttelte.

»Und was machte Hermann während der Entrümpelung?«, fragte er.

»Der hat bei Mama im Kinderzimmer gelegen und geschlafen«, sagte Konrad. »Randvoll mit Beruhigungsmitteln.«

»Beruhigungsmittel? Bist du sicher?«, fragte Carl, und Konrad sagte: »Was glaubst du wohl? Ich habe sie ihm selbst besorgt.«

Im Haushalt seiner Mutter hatte Hermann zuverlässig alle anfallenden Reparaturen erledigt, samstags den Rasen gemäht und war einmal die Woche mit ihr zu einem Großeinkauf in den neuen Supermarkt am Stadtrand gefahren. Jeden ersten Sonntag im Monat gingen sie in den Goldenen Löwen, der für kurze Zeit nach der Wende ein Wienerwald gewesen war und noch den grünen Leuchthahn über dem Eingang trug. Als seine Mutter einige Jahre später starb, blieb Hermann in ihrem Haus, für immer der genügsame unverheiratete Sohn.

Keine Sonnentrassen mehr zwischen den Häusern. Aber auch nicht die plötzliche Dunkelheit, wie sie im Winter um diese Zeit über die Stadt hereingebrochen war. Stattdessen legte sich die Dämmerung wie ein Filter über alle Farben. Um kurz nach fünf gingen die schmiedeeisernen Straßenlaternen an, und auch die Lichter hinter den Schaufenstern leuchteten jetzt auf. Von oben sah Carl die Menschen den Bürgersteig entlanghasten, um letzte Erledigungen zu verrichten, bevor sie nach Hause strömen würden wie Eisenspäne zum Magneten.

Er schaltete die Nachrichten ein. Judy Woodruff, Lisa Desjardins, William Brangham. Seit sie bald nach Beginn der Pandemie angefangen hatten, aus ihren eigenen Wohnungen zu senden, waren sie ihm noch vertrauter geworden. Die maßgezimmerte Bücherwand hinter Brangham, das große Ecksofa bei Desjardins, auf dem sich manchmal irritierend ausgiebig eine graue Katze putzte. Woodruffs Regal mit der gut sichtbaren Lincoln-Biografie neben der Porzellandose, die Carl jedes Mal an eine Urne erinnerte, was sie vielleicht tatsächlich auch war.

Es hatte eine Zeit gegeben, in der Carl sich politisch engagiert hatte. Angefangen hatte es damit, dass er Melanie Dresher kennenlernte. Einer ihrer drei Söhne – der mittlere, Colby – war in der gleichen Klasse wie Lisa, und Melanie war die Elternsprecherin, und zwar eine der umtriebigsten: Jeden Samstag verschickte sie einen Wochenbericht, sie kannte die Geburtstage aller Schüler und vergaß nie, sie in ihren Rundschreiben zu erwähnen. Außerdem gründete sie eine Fördergruppe für Kinder mit Legasthenie und zwei Jahre später eine für Kinder mit Dyskalkulie. Daneben vermittelte sie Straßenhunde und -katzen und sammelte Unterschriften für strengere Waffengesetze und gegen die Versuche der National Rifle Association, einen eigenen Nachrichtensender zu etablieren. »Die heilige Melanie der Schulhöfe« nannte Helen sie, wenn Carl ihr von der neuesten Unterschriftensammlung erzählte, aber obwohl er darüber lachte, dachte er manchmal auch: Besser als nichts tun. Tatsächlich hatte sie etwas sehr Überzeugendes an sich, dem man sich nur schwer entziehen konnte. Mit ihren kurzen weißblonden Locken und dem herzförmigen, stupsnasigen Gesicht war sie auf eine nicht beängstigende Weise hübsch, und als Carl feststellte, dass er gerne in ihrer Nähe war, ließ er sich von ihr zu einem Treffen von Montclair Vote mitnehmen. Einmal im Monat stand er nun in der Church Street und verteilte Flyer, und auch wenn er auf seine Frage: »Haben Sie einen Moment Zeit für Ihre Stadt?«, des Öfteren die Antwort Nein bekam, hatte er doch seine Erfolgserlebnisse. Da sie in einem Abendseminar die rhetorische Gesprächsführung geübt hatten, war es gar nicht so leicht, ihn loszuwerden, und wenn es ihm gelang, jemanden vor Ort zum Beitritt zu bewegen, verschaffte ihm das eine Befriedigung, über die er sich selbst wunderte.

Nachdem Lisa die Highschool beendet hatte, ließ Carl sein Engagement langsam einschlafen. Zwar blieb er Mitglied bei Montclair Vote und spendete jedes Jahr einen ansehnlichen Betrag, aber auf die Straße stellte er sich nicht mehr. Auch Melanie sah er so gut wie nicht mehr, und nur weil er ihr seit einiger Zeit auf Facebook folgte, wusste er, dass alle drei Söhne inzwischen verheiratet und Väter geworden waren. Eingehend betrachtete er Melanies Fotos. Ihr Haar sah fast unverändert aus, auch wenn das Blond inzwischen vollständig dem Weiß gewichen sein musste. Ihr Gesicht hatte trotz vieler Falten immer noch etwas Mädchenhaftes; es war eine seltsame Mischung aus Anmut und Verwüstung.

Seitdem der Klimawandel das beherrschende Thema war, war sein politisches Interesse einer allumfassenden Resignation gewichen. Sie hatten versagt. Nicht nur die Politiker, auch Menschen wie er, Wissenschaftler, die es besser hätten wissen müssen. Jetzt rannte ihnen allen die Zeit davon – wie sollte das zu schaffen sein? Schon ohne jedes andere Problem war die gestellte Aufgabe fast unmöglich zu bewältigen, aber angesichts der Kriege und Krisen, die ständig über die Welt hereinbrachen, schienen die Reformen, die notwendig gewesen wären, nur noch illusorisch. Der eine Teil von ihm hatte das Gefühl, mit der gesamten Menschheit an einem Abgrund zu stehen, während der andere Teil sich damit beruhigte, dass es im Laufe seines Lebens schon öfter danach ausgesehen hatte. In Wirklichkeit hatte sich die Lage der Menschen immer weiter verbessert. Bessere medizinische Versorgung, höhere Lebenserwartung, umfassende Bildungschancen und das alles nicht nur in der Ersten Welt. Längere Zeiten des Friedens, mehr Wohlstand für viele, weniger Flüchtlinge und weniger Terror, auch wenn es sich anders anfühlte. War es möglich, dass all das umsonst gewesen war, nicht mehr als Annehmlichkeiten auf dem Weg in den Untergang? Er war nicht bereit, das zu glauben. Aber in letzter Zeit hatte er wiederkehrende Träume, in denen alles um ihn herum in Trümmern lag. Schutt und Asche und schwelende Brände. Es wirkte sehr realistisch, und er fragte sich, woher die Bilder kamen. Als seine Mutter ihn und seine Brüder mit auf die Flucht genommen hatte, war er noch nicht einmal zwei gewesen. Er hatte Fotos von damals gesehen (voll beladene Handwagen, Menschenzüge in tiefem Schnee, zerstörte Dörfer), er hatte Reportagen über die Flucht gelesen, und er kannte die Andeutungen seiner Brüder. Wie seine Mutter hatten sie kaum je darüber gesprochen. Aber selbst wenn sie es getan hätten, wären es *ihre* Erinnerungen gewesen, nicht seine. Seine eigene Erinnerung setzte in Windisch ein, an einem Ostersonntag, als er alle bunten Eier, die er gefunden hatte, vor sich aufreihte.

Am Morgen nach der Beerdigung, um kurz nach sieben, klingelte das Telefon. Carl lag noch im Bett. Er hatte die Nacht zuvor lange ferngesehen und um Mitternacht den Rest des

Lauchkuchens gegessen, den eine der Nachbarinnen für ihn gebacken hatte.

»Also hör mal zu«, sagte Dorit, nachdem sie ihren Namen und seltsamerweise auch ihren Wohnort genannt hatte. »Ich weiß, dass Helen gestorben ist. Lisa hat es mir mitgeteilt.«

Sie klang, als ob sie ihm auf die Schliche gekommen wäre.

»Ich hatte auch versucht, dich zu erreichen. Mehrfach«, sagte Carl.

Er hörte Dorit ausatmen, dann tief Luft holen. Sogar über die Entfernung von sechstausend Kilometer hinweg konnte er ihre Nervosität spüren. Verblüffend, wie sehr im Laufe seines Lebens die Distanzen zusammengeschmolzen waren. *The world is your oyster,* schon klar. Aber nicht damals und nicht in Windisch. Unvorstellbar, dass seine Mutter erst kurz vor der Wende einen Telefonanschluss bekommen hatte! Bei ihrem ersten Besuch in Amerika war sie schon Mitte siebzig gewesen. Bis zu ihrem Tod, zwölf Jahre später, war sie nach Mexiko und Spanien gereist, nach Frankreich, Italien und Norwegen, nach Dänemark, Finnland, Kenia und in den Jemen.

»Auch wenn du mich nicht angerufen hast, ist es mir ein Anliegen, dir mein Beileid persönlich auszusprechen.« Dorit musste sich den Satz vorher zurechtgelegt, ihn vielleicht sogar auswendig gelernt haben. Sie war Lehrerin gewesen; sie wusste noch immer, wie das ging.

»Wie ich schon sagte: Ich konnte dich nicht erreichen.«

»War die Beerdigung bereits? Na ja, ich hätte ohnehin nicht kommen können. Ich verrate dir jetzt mal was: Ich hasse Beerdigungen. Es sind nur leider die einzigen Feste, zu denen man noch eingeladen wird, nicht wahr? Für meinen Geschmack gibt's da zu viele Reden.« Carl hörte sie leise kichern. »Und über die Toten ja nur Gutes. Das macht es noch langweiliger.«

Carl sah sich um, die Vorhänge waren zur Hälfte geschlossen. Er lag im Gästezimmer, in das er vor mehr als zwei Jahren gezogen war. Damals hatte Helen das mit Renee herausgefunden. Um ehrlich zu sein, hatte er dafür gesorgt, dass sie es rausfand. Er war überzeugt gewesen, sie verlassen zu müssen. Wie seine Mutter gegen Ende ihres Lebens gereist war, hatte er geliebt: in Torschlusspanik. Und ausgerechnet solch eine Frau! Allein schon der Name. Renee Hendriksen. Dabei war das Weltoffene an ihr eigentlich eine Maskerade. Europa, Afrika, Asien, Südamerika – das alles interessierte sie nicht, höchstens, dass sie mal in Paris gewesen war, als junges Mädchen, wo sie die Champs-Élysées entlanglief, weil sie das genau so einmal in einem Film gesehen hatte. Und doch, wie sehr er sie geliebt hatte! In manchen Momenten hatte er den Eindruck gehabt, dass sie die Liebe seines Lebens war. Mit siebenundsiebzig Jahren, was für eine Farce! Dass er ihr nicht genügt hatte, verletzte ihn noch immer. Nächtelang hatte er wach gelegen und sich vorgestellt, wie sie mit dem anderen schlief, und er war nicht so dumm gewesen, die Ironie des Ganzen zu übersehen. Geschmerzt hatte es trotzdem.

»Hab ich dich geweckt?«, fragte Dorit jetzt, und Carl sagte: »Kein Problem.«

Kühl und grau schlich sich der Morgen ins Zimmer, ganz anders als das fast obszöne Blau vom Vortag. Dem Bett gegenüber hingen in hellen Holzrahmen Schwarz-Weiß-Fotos, auf den meisten war Lisa zu sehen, als Baby, Kleinkind, als Jugendliche, an ihrer Hochzeit und mit dem winzigen Collin auf dem Arm. Auf manchen Bildern war auch Pozor. Sein Fell sah fast schwarz aus, aber Carl erinnerte sich genau an den Farbton, das sanfte Rotbraun von Mahagoni. Helen hatte die Fotos nach ihrem Umzug zusammengestellt und gerahmt, und dann hatte sie die

Bilder auf dem Boden angeordnet, bevor sie sie an die Wand hängte. Er selbst war nur hinzugerufen worden, um die Abstände zu überprüfen.

Dorit sprach inzwischen von ihrer Gesundheit, die zu wünschen übrig lasse, natürlich, wie auch nicht? Er kannte dieses tapfere Selbstmitleid von ihr. Sie war nie der Typ gewesen, der still litt.

»Weißt du, es gab seit jeher etwas, was ich dir erzählen wollte«, sagte Dorit.

Er setzte sich auf, das Telefon am Ohr. Konnte es sein, dass er in seiner Anzughose geschlafen hatte? Helen, o Helen, ich werde hoffnungslos verlottern.

»Schieß los.«

»Ich hab es nie gesagt, weil, na ja, es ging mich nichts an, nicht wahr? Aber manchmal dachte ich schon, dass du es eigentlich wissen solltest.« Sie machte eine Pause, dann sagte sie: »Vielleicht weißt du es ja eh schon.«

»Sicher nicht.« Carl stand auf und ging ins Bad. Im Spiegel betrachtete er kurz sein müdes Gesicht und fuhr sich durchs schüttere Haar. Plötzlich musste er sehr dringend aufs Klo. Seit einigen Jahren war seine Blase auf dem Stand eines Kleinkindes mit ihren unaufschiebbaren Forderungen, hinter denen jedes Mal enttäuschend wenig steckte. Er klemmte sich das Telefon zwischen Wange und Schulter. Als er die Hose nach unten schob, fiel auch das Telefon hinunter. Er hob es auf und wollte sich gerade setzen, als ihm einfiel, dass Dorit es würde plätschern hören. Früher hätte man einfach die Sprechmuschel zuhalten können, aber bei diesen winzigen kabellosen Dingern wusste man gar nicht, wo genau das sein sollte. Er betrachtete das Telefon. Am unteren Ende befand sich eine Reihe kleiner Löcher. Er legte sorgsam einen Finger darüber, hielt sich das Telefon wieder ans Ohr und ließ sich auf die Toilette sinken. Die Erleichterung war überwältigend.

»Na ja«, sagte Dorit gerade. »Vielleicht wusstest du's ja doch schon. Ist ja auch nicht so wichtig, schätze ich mal.« Sie klang enttäuscht.

Carl sagte: »Nein. Also doch.« Er nahm seinen Daumen vom Mikrofon. »Entschuldige. Ich war gerade etwas abgelenkt. Was hast du gerade gesagt?«

»Was ich gesagt habe? Ist das dein Ernst?« Dorit stieß ein spöttisches Lachen aus, dann schwieg sie kurz, bevor sie in strengem Tonfall fortfuhr: »Ich habe gesagt, dass du nicht der Einzige warst. Ich habe gesagt, dass es damals dich und einen anderen gab und dass der andere sie nicht heiraten wollte, wegen der Operation und den Folgen.« Sie machte eine Pause, und als Carl nichts entgegnete – er war ganz einfach zu überrascht –, sagte sie sanfter: »Vielleicht hätte sie ja ohnehin dich genommen. Ich meine, möglich wär's ja, oder? Ich fand nur immer, sie hätte es dir sagen sollen.«

Mai

Wie fast alle Amerikaner seines Alters nahm Carl jeden Tag eine ganze Reihe von Medikamenten ein, auch wenn ihm das nach wie vor suspekt war. Einmal die Woche, am Sonntagabend, bevor er ins Bett ging, füllte er die Tablettenbox, die in vierzehn einzelne Fächer unterteilt war. Bis vor Kurzem hatte er dabei die Fernsehnachrichten im Hintergrund laufen lassen, aber nachdem er einige Male durcheinandergekommen war und sämtliche Tabletten wieder herausnehmen und neu sortieren musste, stellte er jetzt den Fernseher lautlos, während er die Medikamente verteilte.

Je eine Tablette Norvasc gegen Bluthochdruck, Omeprazole gegen Reflux, Simvastatin zur Absenkung des Cholesterins und eine Flomax für weniger Harndrang legte er in die Fächer für den Morgen, außerdem eine Kapsel mit Magnesium, Kalzium und Vitaminen. In das Abendfach kam eine zweite Flomax und für die Tage, an denen er Schmerzen in seinen Kniegelenken hatte, eine Tylenol. Johanniskraut und Baldrianextrakt halfen ihm beim Einschlafen. Wenn er etwas Stärkeres benötigte, holte er sich aus dem Badezimmerschrank eine Lunesta, aber weil ihm das gedankenleere Gefühl, das die Schlaftablette unfehlbar auslöste, zu gut gefiel, versuchte er möglichst selten darauf zurückzugreifen. Diese Vorsicht hatte er sein ganzes Leben walten lassen, und es wunderte ihn immer noch, dass seine Tochter offensichtlich gegenteilig an die Sache herangegangen war. Er hatte sich manchmal gefragt, ob die Anfälligkeit für eine Sucht genetisch oder durch Erziehung bedingt war; er neigte den Genetikern zu.

Es konnte vorkommen, dass er drei Tage hintereinander die Wohnung nicht verließ. Zweimal die Woche kam Lisa, und da sie jedes Mal eine Papiertüte voll Lebensmittel mitbrachte, war er von der lästigen Pflicht befreit, selbst in den Supermarkt zu gehen. An den Tagen, an denen Lisa ihn besuchte, machte er sein Bett und duschte und rasierte sich. Sie hatten Helens Schlafzimmer so gelassen, wie es war. Nur das medizinische Bett, das sie bei Medfirst Homecare geliehen hatten, hatte Lisa abholen lassen. Gemeinsam hatten sie das Ehebett wieder an seinen alten Platz geschoben. Aber Carl schlief nach wie vor im Gästezimmer auf seinem eigenen Stockwerk.

Einmal, in der Woche nach der Beerdigung, war er nach oben gegangen und hatte sich dort in Helens Sessel gesetzt, ein zitronengelbes Ungetüm mit dazu passendem Fußschemel. Er musste eingeschlafen sein; als er wieder zu sich kam, wusste er einen Moment lang nicht, wo er war, und Spucke hatte auf seinem Hemd einen großen Fleck hinterlassen.

An den Tagen, an denen er sich aufraffen konnte, machte er seine übliche Runde: die Bloomfield Avenue hinauf zur CVS, von dort zur Bücherei, wo er in einer der ausliegenden Zeitungen las. Meist wartete auf der Treppe vor dem Eingang der Hund der Bibliothekarin; offenbar hatten sich die Besucher inzwischen mit ihm abgefunden. Wenn er sie grüßte, nannte er jedes Mal ihren Vornamen – Liv, auf einem Schild auf dem Tresen hatte er ihn gelesen: Liv van der Kemp –, während sie umgekehrt darauf verzichtete, obwohl sie seinen inzwischen eigentlich auch kennen musste. Nachdem er einige Zeit gelesen hatte, machte er sich auf den Weg zur Church Street, wo er bei Raymond's einen Tee trank.

Bei seinem ersten Besuch nach Helens Tod war Ian zu ihm gekommen, hatte ihm eine Hand auf die Schulter gelegt und sie dort für einige Sekunden liegen lassen, und Carl hatte zu seinem Schreck gespürt, wie Hitze sein Gesicht flutete und ihm Tränen in die Augen stiegen. Auch Ian schien es zu bemerken, denn er ließ Carls Schulter abrupt los und sagte in beinah ruppigem Ton: »Dann bringe ich dir jetzt mal deinen Tee, okay?« Als er mit der Tasse an den Tisch trat, hatte Carl sich wieder gefangen, und in der kurzen Zeit, die sich Ian zu ihm setzte, sprachen sie über die politischen Katastrophen, die die Welt erschütterten, nicht über die persönlichen.

Der Frühling war schon fast dem Sommer gewichen, jedes Jahr schien es früher heiß zu werden, aber Carl setzte sich nicht nach draußen, sondern blieb an seinem Stammtisch direkt am Fenster. Von hier aus konnte er das Geschehen auf der Church Street beobachten: die Mütter mit ihren Kleinkindern in futuristisch aussehenden Buggys, die Frauen in ihren Fünfzigern, die sich für einige Minuten mit geschlossenen Augen und zurückgelegtem Kopf der Sonne überließen, die Angestellten der benachbarten Wells-Fargo-Filiale, die an einem der Außentische des italienischen Restaurants gegenüber Platz nahmen. Manchmal sah er Männer seines Alters die Straße entlangeilen, als warteten irgendwo dringende Geschäfte auf sie. Dabei musste man nur zum Zebrastreifen auf der Orange Street schauen, wo jeden Tag ein anderer Rentner mit wichtiger Miene den Übergang regeln durfte. Wenn er früher über das Alter nachgedacht hatte, waren ihm Dinge wie Krankheit, Vergesslichkeit und Müdigkeit eingefallen – die eigene Unbrauchbarkeit war ihm nicht in den Sinn gekommen. Auch die Einsamkeit hatte er sich nicht vorstellen können. Dass sie so auf ihm lasten würde, wirklich lasten; und nicht erst seit Helens Tod. Manchmal war ihm die Brust so eng, dass er kaum atmen konnte.

Wenn Lisa ihn besuchte, unterhielten sie sich – was man halt so unterhalten nannte. Sie fragte: »Hast du alles, fehlt dir was?«, und er sagte mit gespielter Fröhlichkeit: »Alles da, alles klar.« Wie ein Alleinunterhalter klang er, alles da, alles klar. Dass man sich selbst so satthaben konnte! Meistens blieb sie für zwei, höchstens drei Stunden, in denen sie etwas kochte und gemeinsam mit ihm aß, und manchmal schauten sie sich danach die Nachrichten oder eine der Quizshows an, *Guess the song* oder *Jeopardy*, aber Carl fiel es schwer, sich an Ken Jennings, den neuen Showmaster, zu gewöhnen. »Der sieht einfach aus wie ein Konfirmand«, sagte er, und Lisa kicherte und sagte: »Ein fünfzigjähriger Konfirmand allerdings.«

Sie lehnte sich auf dem Sofa vor und betrachtete Jennings genauer. »Schon komisch, dass der selbst der größte Gewinner war, den diese Show je hatte, oder? Vier Millionen, so was in der Größenordnung hat er allein bei *Jeopardy* gewonnen. Und dazu kommen noch all die anderen Quizshows. Der ist ein ganz Kluger.« Den letzten Satz hatte sie betont, als lobte sie einen Hund. »Und außerdem gehört er den Siebenten-Tags-Adventisten an.«

Gerade hatte eine Teilnehmerin gewusst, dass es Leif Eriksson war, der im elften Jahrhundert nach Christus als erster Europäer einen Fuß auf amerikanischen Boden gesetzt hatte. Lisa schüttelte ungläubig den Kopf, ob über die Frage oder Jennings, war nicht ganz klar.

»Was wiederum gegen seine Intelligenz spricht«, beschied sie abschließend, und Carl sagte: »Ich wusste nur von seinen Gewinnen, nicht von den Adventisten.«

»Na ja, schön für die Adventisten. Bekommen die nicht mindestens zehn Prozent des Verdienstes? Oder waren das die Mormonen?« Lisa lehnte sich auf dem Sofa zurück und wandte sich Carl zu. »Tatarata, die Standardfrage: Was würdest du machen mit so viel Geld?«

»Mit den zehn Prozent oder den vier Millionen?«, fragte Carl. »Das macht ja einen Unterschied.«

Lisa lachte kurz. »Na, fangen wir mal mit vierhunderttausend an.«

»Reisen.« Es war das erste Wort, das ihm eingefallen war, aber jetzt, nachdem er es ausgesprochen hatte, merkte er, dass es stimmte. Er würde einige der Länder bereisen, die er noch nicht gesehen hatte, Tunesien vielleicht, Schweden oder Neuseeland. »Du müsstest allerdings mitkommen.« Die Vorstellung, diese Reisen alleine zu machen, nahm ihnen jeden Reiz.

»Okay, mach ich«, sagte Lisa flapsig und wandte sich wieder dem Fernseher zu. Gerade lief eine Werbung, in der eine gut aussehende Fünfzigjährige auslaufsichere Unterwäsche vorführte.

»Und du? Was würdest du machen?«, fragte Carl.

»Hm.« Lisa überlegte kurz. »Na, erst mal das Übliche: Kredit abbezahlen. Ein paar Dinge für die Wohnung. Geld für Collin zurücklegen. Ein bisschen was spenden, solche Sachen eben. Aber wenn dann noch was übrig ist, fände ich Reisen auch nicht schlecht.«

Die Werbung war vorbei, und Lisa drehte den Fernseher wieder lauter. »Die ist wirklich gut.« Sie zeigte auf die Frau, die vorhin den Namen Leif Erikssons gewusst hatte. Carl schätzte sie auf Mitte vierzig. Ihr Haar war von einem rötlichen Blond und reichte bis kurz über die Ohren. Was ihn irritierte, war ihre massive Statur. Vor allem ihr Hals war breit, und eine kurze Perlenkette betonte diesen Umstand noch. Über einer schwarzen Bluse trug sie eine beigefarbene Strickjacke mit Stickereien am oberen Saum. In ihrem linken Nasenflügel und den Ohrläppchen steckten kleine silberne Ringe.

»Die habe ich schon mal gesehen«, stellte Carl fest.

»Die ist auch schon zum x-ten Mal dabei. Weil sie jedes Mal gewinnt. Erinnerst du dich nicht? Sie weiß einfach alles. Amy Schneider heißt sie.«

Gerade verlas der Showmaster eine neue Frage: »Diese Hauptstadt gilt als Geburtsort der Demokratie«, und sofort sagte Schneider: »Was ist Athen?« Ihre Stimme war tief und voll.

»Das hätte ich auch gewusst«, stellte Carl fest, und Lisa sagte großzügig: »Na klar.«

Die nächste Frage wurde vorgelesen. »Geboren in Karachi, diente sie zweimal als Premierministerin ihres Landes.« – »Wer ist Benazir Bhutto?«, sagte Schneider, wobei sie den Kopf ein wenig schräg legte, als wäre sie sich nicht ganz sicher. »Das ist korrekt«, beschied Jennings.

Carl sagte: »Irgendwas ist komisch an dieser Amy Schneider.«

»Inwiefern?«, fragte Lisa.

»Weiß auch nicht.« Carl zuckte die Schultern. Eine weitere Frage wurde gestellt, und wieder konnte Amy Schneider sie sofort beantworten. Ihre Konkurrenten – zwei Männer, von denen der eine fast in Carls Alter sein musste – lächelten leicht resigniert. Amy wählte eine neue Kategorie. Geschichte. »Hier hörten sie die Worte: Dies ist der Ort!« Amy und Carl sagten gleichzeitig: »Was ist Utah?« Die nächste Kategorie war Anatomie, und diesmal wusste Carl sogar noch vor Amy Schneider, dass der spiralförmige Bestandteil des Innenohrs Hörschnecke hieß.

»Hey, hey«, sagte Lisa. »Vielleicht sollten wir dich auch da anmelden.«

Carl winkte ab: »Zufall.« Aber tatsächlich stieg gegen seinen Willen ein kurzes Glücksgefühl in ihm auf.

Ein zweites Mal wurde die Sendung für eine Werbepause unterbrochen, und Lisa ging in die Küche, um für sich und Carl einen Tee zu machen. Als sie mit zwei Tassen zurückkam, hatte die Sendung gerade wieder begonnen.

»Möbel«, sagte Carl. »Was ist das denn für eine blöde Kategorie?«

»Finde ich nicht.« Lisa stellte seinen Tee vor ihn auf den niedrigen Couchtisch.

»Ist Zucker drin?«, fragte er, und Lisa sagte: »Nein, willst du?«

»Lass ruhig.«

Was war der Sinn von Tee ohne Zucker? Da konnte man gleich heißes Wasser trinken. Er stellte seine Tasse wieder ab, um aufzustehen, und Lisa sagte: »Ich geh schon«, und hielt ihn mit einer Hand zurück. Sie brachte ihm die Zuckerdose, und Carl gab zwei Löffel davon in seinen Tee. Die Frage nach dem italienischen Sideboard – *Credenza* – hatte er nicht beantworten können. Diesmal war Amy Schneider der ältere der beiden Männer zuvorgekommen. Er wählte das Thema Dynastien. »In einer Zeit der Konflikte lebend, fand Sun Tzu genug Stoff für seine Abhandlung.« – »Was ist *Über die Kunst des Krieges*?«, sagte Amy und bekam die Punkte.

Mit einem Klirren setzte Carl seine Teetasse ab. »Das war Machiavelli. Sun Tzus Text hieß *Die Kunst des Krieges*.«

»Da existieren wahrscheinlich mehrere Titel, die etwas voneinander abweichen. Sind ja eh alles nur Übersetzungen«, gab Lisa zu bedenken. »Und ist ja vielleicht auch egal.«

Carl murmelte leise etwas, und Lisa fragte: »Was hast du gesagt?«

»Ich habe gesagt: Mit *der* Einstellung wärst du in der Chemie gescheitert.«

Lisa sah ihn einen Moment entgeistert an, dann schien sie entschieden zu haben, dass Lachen die beste Reaktion sei.

»Das wäre ich auch so. Ich glaube, Chemie war neben Physik mein schwächstes Fach.«

Carl nickte. »Ich erinnere mich.«

Es war ihm nicht möglich zu lachen. Wenn er daran zurückdachte, wie Lisa eine schlechte Note nach der anderen nach Hause brachte, überfiel ihn das alte Gefühl der Enttäuschung wieder. Tatsächlich war es für ihn besonders schlimm gewesen, dass sie auch in Chemie so umfassend versagte. Es war ihm damals vorgekommen, als wollte sie ihm damit etwas zu verstehen geben. Ihre Ablehnung seiner Person, seiner Interessen, seines ganzen Lebens, wenn man es genau nahm.

In *Jeopardy* war man inzwischen bei der finalen Frage des Tages angelangt, die alle Quizteilnehmer schriftlich beantworten mussten. »Auf dem Grabstein welcher Dichterin ist zu lesen, dass ihr Staub sehr hübsch sei?«

»Sylvia Plath?«, schlug Lisa vor, und Carl zuckte die Schultern. »Keine Ahnung.«

Definitiv kein Satz für mein Grab, dachte er. Dann schon eher etwas Kriegerisches: Ein Kampf geht zu Ende, vielleicht. Oder: Das Leben war ein Kampf. Obwohl das auch nicht ganz stimmte. Eigentlich hatte er es nie so empfunden, erst in letzter Zeit kam es ihm so vor.

»Wer ist Dorothy Parker?«, las Amy Schneider vor und verdoppelte ihren Gewinn. Der Moderator beglückwünschte sie zu ihrer anhaltenden Gewinnserie, dreiunddreißigmal hintereinander, nie zuvor sei eine Frau bei *Jeopardy* so weit gekommen. Amy lächelte breit und winkte mit beiden Händen ins Publikum.

»Irgendwas ist trotzdem seltsam an ihr.« Carl nahm den letzten Schluck Tee, in dem sich wie eine abschließende Belohnung der Zucker angesammelt hatte. Auch die anderen Kandidaten winkten jetzt.

»Ich glaube, es irritiert dich einfach, dass sie eine Transfrau ist.« Lisa schaltete den Fernseher leiser und stellte die Tassen ineinander, um sie in die Küche zu bringen.

»Eine was?«

»Eine Transgender-Frau. Du kennst das doch: eine als Mann geborene Frau, die jetzt – oder in ihrem Fall schon ziemlich lange – als Frau lebt. Weil sie das eben eigentlich ist.«

»Außer biologisch«, beschied Carl. »Da ist sie es nicht. Da ist sie nach wie vor ein Mann.«

Lisa war aufgestanden. Mit den Tassen in der Hand sah sie auf ihn herab.

»Ich glaube nicht, dass man das so sagen kann.« Sie wandte sich ab und ging zur Küchenzeile. »Wahrscheinlich hat sie längst eine Angleichungsoperation vornehmen lassen.« Sie musste rufen, um das Klappern des Geschirrs zu übertönen. »Brüste hat sie ja ganz offensichtlich.«

»Na ja, das ist bekanntlich nicht alles«, sagte Carl. Immerhin hatte er sich nicht getäuscht. Ihre Statur, ihre Stimme. Ihm konnte man nicht so leicht etwas vormachen. Aber seltsam, wie sehr der Moderator hervorstrich, dass sie die erfolgreichste *Frau* in der Geschichte der Sendung war. Wenn das doch, streng genommen, gar nicht stimmte. Kaum vorstellbar, dass der als Adventist tatsächlich so progressiv war.

»Ist sie denn verheiratet?«

»Sie hat, glaube ich, eine Partnerin.«

Lisa war zurück ins Wohnzimmer gekommen und klaubte nun ihre Jacke von einem der Barhocker.

»Also war sie erst ein heterosexueller Mann, nur um dann eine homosexuelle Frau zu werden? Etwas viel Aufwand für das gleiche Ergebnis, findest du nicht?«

Lisa zog ihre Jacke an. Sie hängte sich die Handtasche um, dann steckte sie beide Hände in die Jackentaschen und sah ihren Vater mit resigniertem Gesichtsausdruck an.

»Bist du jetzt unter die Republikaner gegangen?«, fragte sie, und Carl gab zurück, dass das eine mit dem anderen nichts zu tun habe. Es sei einfach eine der Sachen, die ihn an dieser Zeit störten: dass man alles vermeintlich Progressive nur noch abnicken dürfe.

»Kritisch zu sein, war meines Wissens auch mal ein Anliegen der Demokratischen Partei.« Er war ebenfalls aufgestanden. »Aber seit einigen Jahren ist plötzlich alles erlaubt, nur nicht, dass man vielleicht ein paar der liberalen Errungenschaften infrage stellt. Oder mal genauer nachhakt. Zum Beispiel bei all diesen lautstarken Belästigungsklagen. Ich trau mich schon gar nicht mehr, irgendwem zuzulächeln, weil das womöglich bereits als übergriffig gelten könnte.«

Lisa verzog das Gesicht. »Keine Sorge, anlächeln geht schon noch.« Sie wandte sich ab und murmelte etwas, und Carl sagte: »Ich nehme an, das sollte ich jetzt gar nicht verstehen?«

Lisa drehte sich zu ihm um und sah ihn direkt an. Sie sprach sehr deutlich. »Ich sagte: Als ob's bei dir je nur ums Anlächeln gegangen wäre.«

Bevor er etwas erwidern konnte, fuhr sie bereits fort. »Weißt du eigentlich, wie das für Mama war, wenn du wieder eine Nacht nicht nach Hause kamst? Natürlich ohne Bescheid zu sagen. Oder wenn man sich vor jeder neuen Studentin oder Assistentin fürchten musste? Es gab eine Zeit, in der ich nicht mal meine Freundinnen mit hierherbringen wollte, aus Angst, dass du sie anmachen würdest. Aber, na ja, allzu häufig warst du ja eh nicht zu Hause.« Sie lächelte sardonisch. »Glücklicherweise.«

»Als ob du beurteilen könntest, wie es in unserer Ehe zuging!«

Beinah hätte er hinzugefügt: und wie oft ich mich abgewiesen fühlte. Aber woher sollte sie das auch wissen? Sie hatte keine Ahnung, wie es war, wenn sich alle Leidenschaft bereits nach wenigen Ehejahren in Alltäglichkeiten auflöste; wenn nichts blieb außer dem schlichten Funktionieren, die Verliebtheit weggewischt wie ein Irrtum. Und man dem nicht entkommen konnte, weil man sich eben nicht einfach scheiden ließ, auch nicht, als alle um einen herum damit anfingen. Ganz abgesehen von ihr – Lisa –, der man nicht noch mehr zumuten wollte. Und dann diese Idealisierung ihrer Mutter. Wer hatte denn begonnen mit all dem? Das war doch offensichtlich sie gewesen, für die er von Anfang an nur zweite Wahl war. Der Idiot, der bereit war, sie zu heiraten, auch wenn sie keine Kinder würde bekommen können. Ob sie direkt von dem anderen zu ihm gerannt war? Rette mich, hier bin ich, beschädigt und verstoßen!

»Nein«, sagte Lisa. »Kann ich wohl wirklich nicht.« Sie öffnete die Tür und trat hinaus, dann wandte sie sich nochmals zu ihm um. »Ich melde mich.«

Ihre Stimme klang jetzt fast wieder normal, aber es war ihr

Blick, der Carl verriet, was sie dachte: Eine weitere Entfremdung würden sie vielleicht nicht mehr überwinden können.

»Tu das«, sagte er. Dann setzte er hinzu: »Bitte«, und schloss die Tür.

Zwei Wochen später, an einem strahlenden Samstagmorgen, verließ Carl seine Wohnung in der Bloomfield Avenue, durchquerte die Church Street und bog in die Park Street ein, um sich bei Starbucks mit Trevor North zu treffen. Das Manuskript, das Trevor ihm bei ihrem letzten Treffen vor fast drei Monaten gegeben hatte, steckte in seiner Aktentasche aus braunem Leder, und als er sie sich umhängte, erinnerte er sich an all die Tage, die er mit ebendieser Tasche zur Montclair State University gegangen war, um dort seine Vorlesungen zu halten. Das Bedauerliche war, dass seiner Erinnerung, wie immer in letzter Zeit, das Bild in die Quere kam, das Trevor von ihm gezeichnet hatte, sodass vor seinem geistigen Auge nun ein anderer, ihm nur vage ähnlicher Mann die vertrauten Wege über den Campus lief.

Das Manuskript war nach den ersten fünfzig Seiten nicht besser geworden. John – Carl – war amüsant in seinen Vorlesungen, ständig neu verliebt, vollkommen gleichgültig gegenüber den Bedürfnissen anderer, insbesondere seiner Frau und seiner Tochter, und erst ein Unfall, den er zusammen mit einer seiner Freundinnen verursachte – ein schwarzer Junge wurde von ihr angefahren, und John überredete sie zur Fahrerflucht –, ließ ihn auffliegen und brachte ihn schließlich zum Umdenken. Das alles auf mehr als dreihundert Seiten ausgebreitet, die Charakterstudie eines Mannes, zu dem Carl offenbar den Anstoß gegeben hatte. Er war nicht so dumm, mehr darin zu sehen.

Trotzdem ärgerte es ihn. Er fühlte sich beraubt. Was Trevor ihm nahm, waren die eigenen Erinnerungen.

Wie bei ihrem letzten Treffen wartete Trevor schon auf ihn, aber da das Café groß war und zudem über Eck ging, sah Carl ihn erst, als er bereits anstand, um sich an der Theke etwas zu bestellen. Trevor hatte ihn noch nicht entdeckt, und Carl wandte seinen Blick ab und rückte langsam vor. Außer ihnen schienen ausschließlich junge Menschen hier zu sein, und als er seine Bestellung aufgegeben hatte und nach seinem Namen gefragt wurde, nannte Carl nur seinen Vornamen, wie er es bei den anderen gehört hatte. Gerade als er bezahlen wollte, tauchte Trevor neben ihm auf, klopfte ihm grüßend auf die Schulter und bestellte rasch einen Kaffee.

»Du drängelst dich vor«, stellte Carl fest und ging von der Kasse hinüber zur Theke, an der die Bestellungen ausgegeben wurden.

»Nicht wirklich«, sagte Trevor liebenswürdig. »Ich hatte nur das Glück, dich gerade noch rechtzeitig zu entdecken.«

Carls Name wurde aufgerufen, gleich darauf Trevors, und Carl nickte dem jungen Mann mit den unordentlichen Dreadlocks dankend zu und nahm seinen Becher auf.

»Dort drüben«, sagte Trevor und lenkte Carl mit einer Berührung am Rücken zu dem Tisch, an dem Carl ihn hatte sitzen sehen.

Carl wählte den Platz an der Wand, auf dem zuvor Trevor gesessen hatte. Auf diese Weise würde er an ihm vorbei in den Raum schauen können. Während er seinen Kaffee umrührte, betrachtete er die Familie, die sich am Nebentisch niedergelassen hatte: eine Frau und ein Mann mit ihren drei Kindern, alle hübsch und zart gebräunt und strahlend, als wären sie soeben einer Werbung entstiegen und ganz und gar unwirklich. Aus den Augenwinkeln nahm er wahr, dass auch Trevor in seinem schwarzen Kaffee rührte, und beim Gedanken an das Gespräch, das ihm bevorstand, spürte Carl, wie sich Nervosität in ihm ausbreitete.

»Wie geht es dir?« Trevor hatte eine betrübte Miene aufgesetzt. Er und Camille hatten eine Karte geschickt, die Schwarz-Weiß-Fotografie einer Lilie, auf deren Rückseite sie ein paar Zeilen geschrieben hatten, eine persönliche Erinnerung an ein Abendessen mit Helen, was wohl zeigen sollte, wie sehr sie sie geschätzt hatten. Lisa hatte alle Beileidsbekundungen beantwortet. Wenn es nach Carl gegangen wäre, hätte Trevor gar nicht von Helens Tod erfahren, aber es war Lisa gewesen, die die Trauerkarten verschickt hatte. Immerhin hatte er den Anstand besessen, nicht auf der Beerdigung aufzutauchen.

»Sehr gut«, sagte Carl. Er merkte selbst, dass er eine Spur zu fröhlich klang. Nun gut, dann würde er das eben nutzen, um das Vorgeplänkel abzukürzen. »Was sollte man auch anderes von mir erwarten, nicht wahr?«

Trevor sah ihn an, als wäre er geschlagen worden. »Carl, ich bitte dich«, sagte er leise.

Carl legte den Kopf schräg wie ein Hund, der ein Kommando nicht versteht. »Worum bittest du mich?«, fragte er beflissen. »Wenn es darum geht, dein Buch nochmals zu lesen: Danke, einmal reicht. Die Hauptfigur ist mir zu unsympathisch.«

»Du magst es also nicht.« Trevor schaffte es, ehrlich enttäuscht zu klingen, und Carl fühlte sich auf einen Schlag ernüchtert.

»Hast du tatsächlich etwas anderes erwartet?«

»Na ja.« Trevor wiegte langsam den Kopf und nahm einen Schluck von seinem Kaffee. Unter seinem vollen Haar sah er plötzlich so alt aus, wie er war, die Haut von Altersflecken übersät und die blassen Lippen rissig. Er zwinkerte ein paarmal, dann richtete er seinen Blick auf Carl. »Ich weiß schon, du bist verletzt. Aber John ist nicht du, musst du wissen, er ist nur jemand, zu dem du mich …«, er suchte nach dem passenden Wort, dann sagte er: »… inspiriert hast, schätze ich mal.«

Die Familie am Nebentisch machte sich daran aufzubrechen. Sie hatten Muffins gegessen, und der Tisch war von Krümeln übersät. Während die größeren Kinder bereits aufstanden, stemmte das kleinste sich mit beiden Beinen dagegen, aus dem Kinderstuhl gehievt zu werden. Als seine Mutter es weiter versuchte, hob es laut zu weinen an. Carl wartete, bis sich das Schreien gelegt hatte.

»Und ich habe dich dazu inspiriert, weil du mich nicht magst«, stellte er dann fest. Er hatte nicht die Absicht gehabt, das zu sagen, aber während er es aussprach, kam ihm zu Bewusstsein, dass es wahrscheinlich genau so war. Immerhin würde es Trevor in gewisser Weise entschuldigen.

»Nein«, sagte Trevor. Er rief es fast. »Nein«, wiederholte er leiser. »So war das nicht. Schön wär's.« Er atmete tief ein, dann ließ er die Luft hörbar entweichen und fuhr sich mit einer Hand durch die Haare. »Ich glaube, es ist eigentlich etwas anderes. Ich konnte deine Leichtigkeit nicht ertragen. Alles schien dir nur so zuzufallen: das Forschen, das Unterrichten. Die Zuneigung. Während ich mir immer alles hart erkämpfen musste.«

Carl merkte, wie in ihm etwas zerbrach: eine Überzeugung, die er bislang nie hatte infrage stellen müssen.

»Aber du warst es doch, der die Professur in Princeton bekam, nicht ich«, sagte er ratlos.

In Trevors Gesicht trat für einen kurzen Moment ein zufriedener Ausdruck. »Und keinen hat's mehr überrascht als mich selbst.« In Erinnerung an seine Ernennung schüttelte er lächelnd den Kopf. »Viel daraus gemacht habe ich ja nun allerdings nicht«, fuhr er nach einer kurzen Pause resigniert fort. »Während von deinen Vorlesungen überall gesprochen wurde. Die magische Welt der Chemie des Professor Kruger!«

Den letzten Satz hatte Trevor mit deutschem Akzent gesprochen. Er sah Carl an und kniff die Augen zusammen, als müsste er gegen die Sonne schauen. »Ich glaube, du weißt gar nicht, dass wir beide deutsche Wurzeln haben? Sammy Nord, so hieß mein Vater. Samuel Nord. Er und meine Mutter waren rechtzeitig ausgereist, aber ihre Eltern nicht.« Er zuckte mit den Achseln. »Die meisten ihrer anderen Verwandten übrigens auch nicht. Und irgendwie saßen die immer mit am Tisch, wenn du verstehst, was ich meine, ein Toter neben dem anderen: Tante Mascha, Tante Gertrud, Onkel Jakob, Großmutter Sarah, Großtante Ethel und so weiter. Ich glaube, meine Eltern hatten zeitlebens ein schlechtes Gewissen, entkommen zu sein.« Er nahm den Löffel in die Hand und schlug ihn sachte und enervierend gegen seinen Becher. »Na ja, am Ende ist das vielleicht auch nur eine Entschuldigung dafür, dass ich diese Lässigkeit nicht besitze, ich weiß auch nicht. Mir fällt einfach alles etwas schwerer, und ich nehme das meiste auch nicht so leicht.«

»Du meinst also, dein Problem mit mir ist eigentlich eins zwischen deiner jüdischen und meiner deutschen Seite?«

Carl war ehrlich überrascht, dass seine Herkunft der Grund für Trevors Abneigung gegen ihn sein sollte. Umso mehr, als Trevor ihn nie darauf angesprochen hatte. Er lehnte sich zurück und stützte sich mit beiden Händen an der Tischkante ab. »Sind das nicht ein bisschen große Kategorien?«

Trevor nickte einige Male, dann sagte er: »Wahrscheinlich hast du recht.« Er lehnte sich ebenfalls zurück und verzog die

Lippen zu einem halben Lächeln. »Wahrscheinlich steckt ganz einfach Neid dahinter. Und die Tatsache, dass du eben tatsächlich ein ziemlicher Hallodri warst.«

Der Himmel war hoch und strahlend, durchzogen von einzelnen weißen Wolken, die gemächlich übers Blau segelten, als Carl durch die Church Street nach Hause ging. Ein leichter Wind fuhr durch die sechszackigen Blätter der Platanen. Zwischen den Tischen der Restaurants pickten die Vögel nach Krümeln. Ein Grauhörnchen überquerte die Straße, stockend in seinem Lauf, sich ängstlich umschauend, dann huschte es einen Baum hinauf wie ein Schatten. Er sah ihm hinterher, aber er konnte es im dichten Blätterdach des Baums nicht mehr entdecken.

Eine Last schien von Carl genommen zu sein. Er hätte gar nicht sagen können, woraus diese Last eigentlich bestanden hatte – sicher war es nicht nur das Manuskript gewesen und seine Rolle darin.

Dass man sich so täuschen konnte. (Das war es, was er während des Gesprächs immer wieder gedacht hatte: dass man sich so täuschen kann.) Denn Trevor hatte noch eine ganze Zeit lang gesprochen; wie ein Kessel, aus dem Dampf entweicht, war es aus ihm herausgeströmt. Erinnerungen an seine Kindheit in New York mit seinen Eltern – Cousin und Cousine dritten Grades –, die beide als Mittelschüler nach Amerika gekommen waren, von hellsichtigen Verwandten bereits Anfang der Dreißigerjahre nach New York verschifft, wo sie später heirateten und erst ihn, dann seine zwei Schwestern bekamen. Sie lebten damals in Bushwick, in direkter Nachbarschaft zu Williamsburg mit seiner wachsenden chassidischen Bevölkerung, auf die die Familie mit einer Mischung aus Ehrfurcht und Verachtung schaute. Erst nach dem Krieg hatten seine Eltern Gewissheit über all die Toten in ihren Familien erhalten. Sie waren aufgelistet in einem Fotoalbum, das seine Mutter angelegt hatte. Trevor hatte es nicht aus dem Regal nehmen dürfen, und als es ihm, zehnjährig, doch einmal gelang, war er enttäuscht gewesen, dass sich in dem Album fast keine Fotos befanden, sondern vor allem Notizen, verfasst in der für ihn nur schwer zu entziffernden Handschrift seiner Mutter.

Zur großen Krise war es gekommen, als Trevor nach dem College beschloss, Deutsche Literatur zu studieren. »Mach das ruhig«, hatte seine Mutter am Telefon zu ihm gesagt, »und dann heiratest du eine Schickse, und ich drehe eigenhändig den Gasherd auf.« Also hatte Trevor nachgegeben und Chemie studiert, auch wenn er noch einige Wochen lang heimlich die Deutschkurse im Goethe-Institut besuchte, das damals seine wenigen Räume in einem Bürogebäude zwischen Park und Lexington Avenue hatte. Als er, Jahre später, Carl an der Princeton University kennenlernte, hatte er sich mit der Chemie so weit angefreundet, dass er darin promovieren und nach Möglichkeit eine Professur ergattern wollte. Den forschen Assistenzprofessor aus Berlin, dessen Englisch ihn auf gespenstische Weise an das seiner Eltern erinnerte, konnte er gar nicht anders wahrnehmen als einen Konkurrenten, der, unversehrt und reuelos, gekommen war, um ihm das Wasser abzugraben. Da Carl kein Jude war (Trevor hatte ihn einmal, zu Beginn ihrer Bekanntschaft, danach gefragt; ein Gespräch, an das Carl sich nicht einmal erinnern konnte), musste er einer Familie von Nazis entstammen. Trevor reichte das, um Carl fortan trotz unfreiwilliger Sympathie mit Ablehnung zu bedenken, was, wie sein Therapeut ihm später erklärte, letzten Endes in nichts anderem gründete als einer überaus ambivalenten Selbstliebe.

»Du hast mit deinem Therapeuten über mich gesprochen?«, fragte Carl. Er war zunehmend verwundert über die wichtige Rolle, die er unbemerkt in Trevors Leben gespielt hatte.

»Am Rande«, sagte Trevor, darauf bedacht, sich nichts zu vergeben. Dass Carl selbst geflohen war – wenn auch nur aus Pommern nach Windisch, dann von Ost- nach West-Berlin und von da, wenn man so wollte, nach Amerika, und dass sein Vater ein Marxist war, dessen Begeisterung für den Kommunismus selbst durch seine Gefangenschaft in Minsk nicht hatte erschüttert werden können –, hatte Trevor nicht geahnt, und Carl merkte ihm an, dass er diese neuen Informationen erst einmal verdauen musste.

»Und jetzt, wo ich also erwiesenermaßen kein Nazi bin«, sagte Carl aufgeräumt, als sie einander die jeweilige Herkunft offenbart hatten, »könntest du die allzu eindeutigen Verweise auf mich bestimmt revidieren.« Er holte aus seiner Ledertasche das Manuskript hervor, das er mit roten Anmerkungen versehen und dem er außerdem eine Liste mit den gewünschten Änderungen beigefügt hatte. Trevor nahm beides wortlos entgegen und nickte nur einige Male nachdenklich.

An der Ampel auf der Bloomfield Avenue blieb Carl stehen. Das Haar der Frau vor ihm war zu unzähligen Zöpfen geflochten, die bis zur Mitte ihres Rückens fielen. Unverwandt betrachtete Carl die schimmernde Haarpracht, und als die Frau die Straße überquerte und zur Bushaltestelle vor dem Antiquitätengeschäft ging, folgte er ihr. Der Bus nach Manhattan kam nach wenigen Minuten. Carl stieg die Stufen hoch und löste beim Busfahrer, der ihm ungefragt den Seniorenrabatt gab, ein Ticket nach New York. Früher war er fast jede Woche einmal in die Stadt gefahren, aber seit der Pandemie war er nicht mehr dort gewesen. In den Nachrichten hatte er die Bilder aus Manhattan gesehen: die leeren Straßen, die gespenstische Ruhe auf dem Times Square mit dem lautlosen Blinken der Werbetafeln, die Spanplatten vor manchen Schaufenstern.

Rechts an den sich stauenden Autos vorbei fuhr der Bus anderen Bussen hinterher, hinein in den Lincoln Tunnel, in dessen hellgelbem Kachelglanz Carl wieder einmal der Vater von Corinne Wheeler einfiel, und nach einigen Minuten hinaus in die Straßen Manhattans, die zwischen mehrgeschossigen Häusern und unter provisorisch wirkenden Leitungen hindurch zum Port Authority führten. Bereits im Bus hatte Carl beschlossen, bis zum Central Park zu laufen, genauer bis zur West 72nd Street, von wo aus er zum Cherry Hill gehen wollte.

Auf Höhe der 70th Street ging er in einen Deli-Shop und kam kurz darauf mit einer Papiertüte heraus, in der sich ein Pastrami-Sandwich und eine Dose Cola befanden. Statt bis zum Cherry Hill schaffte er es nur bis zur ersten freien Bank im Central Park. Er war fast eine Stunde gelaufen, und er fühlte, wie ihn die Müdigkeit übermannte. Die Sonne hatte ihren höchsten Punkt schon seit einiger Zeit verlassen, aber sie war noch weit davon entfernt, sich abzuwenden. Eltern gingen mit Kindern spazieren, Jogger mit Kopfhörern in den Ohren trabten ihre Bahnen, und Hundebesitzer blieben notgedrungen beieinanderstehen. Carl aß sein Sandwich und trank dazu in kleinen Schlucken die eiskalte Cola, dann stand er auf und lief die letzten fünfhundert Meter bis zu seinem Ziel. Auf der Wiese unter einem spät blühenden Kirschbaum hatte eine Geburtstagsgesellschaft bunte Decken ausgebreitet, ein gelber Ballon, der mit einem langen Band an einem auf der Wiese liegenden Rucksack befestigt war, ragte senkrecht empor und markierte den Ort der Feier. Carl ging zu einem der umstehenden Bäume und setzte sich darunter. Wenn er sich zurücklehnte, sah er den Himmel zwischen lindgrünen Blättern aufblitzen, von Zeit zu Zeit drangen Rufe herüber, einmal das Singen eines Geburtstagsliedes.

Als er wieder erwachte, hatte sich das Licht gewandelt, und es war merklich kühler geworden. Er setzte sich auf und fuhr sich mit beiden Händen über den Kopf, um Grashalme zu entfernen. Sein Traum fiel ihm ein, keine eigentliche Handlung, eher ein seltsames Gewirr von Bildern: Trevor, wie er heute Morgen vor ihm gesessen hatte, die Rastazöpfe der Frau, der Verkäufer im Deli-Shop, der indisch ausgesehen hatte und eine Kippa trug. An irgendeiner Stelle des Traumes war auch Helen aufgetaucht, als junge Frau, die Haare wieder braun und lang, und für einen Moment hatte Carl gefühlt, was er damals, bei ihrer ersten Begegnung, gefühlt hatte: ein Beben in der Brust, wie das freudige Flattern eines winzigen Vogels, die oder keine.

Es war in einem der Seminarräume der TU gewesen, einige Wochen nur nachdem er die Humboldt-Universität trotz Stipendium verlassen und vom Osten in den Westen gegangen war. »Wie kannst du nur?«, hatte seine Mutter später in einem Brief gefragt. »Das schöne Geld.« Und er hätte nicht sagen können, woran es lag, nur dass da dieses Gefühl war hinauszumüssen, hinüber in den verbotenen Teil der Stadt, den anderen Teil vom Land. Dass nur ein halbes Jahr später mit dem Bau der Mauer begonnen werden würde, an einem schon am Morgen trüben Augusttag und mitten in der Stadt, hatte er so wenig vorhergesehen wie alle anderen. Erst später sprach er von Ahnung. Entschieden hatte er sich, als einer seiner Kommilitonen ausgereist war und ihm den Namen eines anderen, bereits in West-Berlin lebenden Freundes hinterlassen hatte. Dieser Freund war es, der ihn in seine Wohnung in Charlottenburg aufnahm, nachdem Carl sich im heillos überfüllten Notaufnahmelager Marienfelde hatte registrieren lassen. Die Trennung von seiner Familie machte ihm damals wenig aus – nur die Vorstellung, dass sie für unbestimmte Zeit anhalten würde, fiel ihn manchmal mit ihrer Ungeheuerlichkeit an. Meistens jedoch war er zu beschäftigt mit seinem eigenen Leben: dem Studium, das ihn, mehr als erwartet, in seinen Bann zog. Den Nebenjobs, mit denen er sich über Wasser hielt. Den neuen Freiheiten, die sich vor ihm auftaten; dem Sex (zu dem es nur deshalb kommen konnte, weil Helen ein Auto besaß). Der Sex war es auch, der sie beide glauben ließ, einander zu kennen und zu wissen, dass es immer so bleiben würde – und warum dann nicht heiraten, so schnell wie möglich? Von allen Dummheiten in seiner Jugend war dies wahrscheinlich die größte gewesen.

Er stemmte sich hoch. Der gelbe Ballon taumelte leicht im Wind, auf der Feier waren nur noch wenige Gäste, ein Kind in einem dünnen weißen Kleid rannte um die Gruppe herum, die noch immer auf Decken im Gras lagerte. Hinter den Kirschblüten ragte das El-Dorado-Apartmenthaus mit seinen spitzen Doppeltürmen in den Himmel wie eine Kathedrale.

Die Kirche, in die seine Mutter gegangen war, fiel ihm ein. Sie war nicht eigentlich fromm gewesen – Carl konnte sich nicht erinnern, dass sie ihn zum Beten genötigt hatte –, aber für sie war die Religion wichtig, und er wusste, dass auch seine Konfirmation beschlossene Sache gewesen war. Bis dann, kurz vor Abschluss der achten Klasse, die Direktorin seiner Schule zu ihnen nach Hause gekommen war, und der Russischlehrer, ein immer schon ältlicher Mann mit Glatze und Nickelbrille, um darauf hinzuweisen, dass die Jugendweihe anstand. Seine Mutter hatte bloß genickt und nichts von der geplanten Konfirmation erzählt, und tatsächlich war Carl im Herbst ans Gymnasium gewechselt und im Frühjahr darauf zur Jugendweihe gegangen. Wie alle anderen hatte er ein Buch überreicht bekommen – er erinnerte sich sogar an den Titel: *Weltall Erde Mensch* –, und während der Schlussrede, in der sie alle dazu aufgerufen wurden, den Sozialismus zu verteidigen und selbst einmal die Hausherren dieses Landes zu werden, hatte er sich in das Titelbild versenkt, das eine Gruppe von Neandertalern zeigte, die interessiert ihre steinernen Werkzeuge betrachteten. Anders als Konrad, der vorbehaltlos hinter der Ideologie seines Landes stand, hatte Carl sich damals bereits fremd in all dem gefühlt. Trotzdem war er von den Pionieren zur FDJ gewechselt, ein Jahr lang war er sogar Kassenwart gewesen, und auch wenn das ganze militärische Gebaren ihm zunehmend fremd wurde, war er sich doch der Auszeichnung bewusst. Hermann hingegen war ein Fall für sich; er schien ganz auf seiner eigenen Umlaufbahn zu kreisen. Das war nichts Neues: Eigenartig war sein Verhalten schon immer gewesen, und sie hatten sich früh damit abgefunden, dass er ein verschrobener Außenseiter war, der die Stifte in korrekter Ordnung vor sich aufreihte, in immer gleichen Schrittfolgen vom Haus zur Schule lief, die Klassenliste mit unerschütterlicher Zuverlässigkeit führte und noch mit fünfzehn Jahren in Tränen ausbrach, wenn die anderen Jungen sie ihm wegnahmen.

Im Bus nach Montclair blieb der Sitz neben Carl leer. Als er am Abend seine Wohnung aufschloss, schaltete er zuerst den Fernseher ein. Zum Klang der Stimmen zog er sich um. Aus dem Kühlschrank klaubte er sich einen Imbiss zusammen – Brot, saure Gurken, ein Stück Käse, das schon ein wenig brüchig geworden war – und setzte sich schließlich vor den Fernseher. Lisa hatte eine kurze Mitteilung auf dem Anrufbeantworter hinterlassen, er würde morgen zurückrufen. Er sah die Nachrichten auf PBS, danach begann eine Dokumentation über einen Mordfall in einem Chicagoer Vorort. Er drehte den Fernseher ab und ging ins Bett. Durch den Spalt im Vorhang drang das warme Orange der nächtlichen Ampel, einmal hörte er Stimmen, die sich rasch entfernten, er lauschte ihnen nach, unfähig, auch nur ein Wort zu verstehen. Ob das, was er fühlte, Einsamkeit war oder nur Erschöpfung, wusste er selbst nicht.

Juni

Der Frühling hatte dem Sommer Platz gemacht. Mit resoluter Hand hatte die Sonne all das beiseitegeschoben, was zart und zögerlich war; nun regierte eine schonungslose Hitze. Auf seiner Morgenrunde verharrte Carl jetzt länger als üblich in den klimatisierten Gängen der Drogerie, und am frühen Abend drehte er die Klimaanlage in seiner Wohnung auf, bis sie sich wie die kühle Kapsel eines Raumschiffs anfühlte.

»Was ist der Plan für deinen Geburtstag?«, hatte Lisa ihn einige Tage zuvor gefragt.

Carl hatte nur mit den Achseln gezuckt. »Kein Plan, keine Idee … Und bloß keine Feier!«, setzte er hinzu.

Wenn es nach ihm ging, würde sein Geburtstag ein Tag wie jeder andere sein. Das war schon immer sein Wunsch gewesen, und er hatte es Helen lange nicht verziehen, dass sie zu seinem sechzigsten eine Überraschungsparty organisiert hatte: Sämtliche Kollegen und Freunde warteten im Garten ihres Hauses, als er von einem spätnachmittäglichen Spaziergang mit Pozor zurückkam. Zwei Dinge waren ihm von dieser Feier besonders im Gedächtnis geblieben – der Umstand, dass er sich unpassend angezogen fühlte (er hatte verwaschene Shorts und ein hellgelbes Polohemd getragen, dessen mittlerer Knopf fehlte), und dass er zu fortgeschrittener Stunde die Nähe zu Pam suchte, der neuen Doktorandin, die sich mit den anderen Doktoranden an einen eigenen Tisch gesetzt hatte (»der Kindertisch«, wie einer von Carls Kollegen maliziös anmerkte). Als spätabends getanzt wurde – einer der Assistenten hatte die Stereoanlage in den Garten getragen und vorsorglich seinen Fundus an Van-Morrison-CDs mitgebracht –, konnte Pam Carl schlecht abweisen. Er legte einen Arm um ihre Hüfte, platzierte ihre linke Hand in seiner rechten und lächelte ihr beruhigend zu, und sie lächelte ergeben zurück und ließ sich von ihm über die Terrasse schieben. Carl glaubte nicht, dass er ihr tatsächlich seine Liebe gebeichtet hatte; sicher, er war betrunken gewesen, doch Helen hatte nur in sein Gesicht blicken müssen, um zu wissen, wie es um ihn stand. In jedem Fall war der Streit, der sich anschloss, als er und Helen sich ans Aufräumen machten, überflüssig, denn bald darauf heiratete Pam ihren langjährigen Freund, ohne dass Carl ihr jemals näher gekommen war als bei diesem einen Tanz.

Die nächsten Tage blieb das Wetter unverändert. Carl konnte sich nicht erinnern, dass es an seinem Geburtstag jemals so heiß gewesen war. Schon am Morgen wirkte es, als würde die Straße in der Ferne flimmern. Drei Glückwunschkarten von ehemaligen Kollegen trafen ein und eine von einem Mann – Jack Ponti –, mit dem er eine Zeit lang bei Montclair Vote gearbeitet hatte. Einige Male waren sie nach ihren samstäglichen Einsätzen zusammen etwas trinken gegangen, und bei einer dieser Gelegenheiten hatte Ponti Carl eingeladen, mit ihm fischen zu gehen. Der Plan war, dass sie gut zwei Stunden in Richtung Süden fahren würden, um bei Wilmington, in der Delaware Bay, Forellen zu angeln; Ponti war damals richtig ins Schwärmen geraten, aber aus irgendeinem Grund war der Ausflug nie zustande gekommen. Vielleicht hatte es daran gelegen, dass Carl sich erst eine Angellizenz hätte besorgen müssen oder dass sie am Ende doch zu wenig Interesse aneinander hatten, um einen ganzen Tag gemeinsam aufs Wasser zu starren. Soweit Carl sich erinnerte, hatte er bislang nie eine Geburtstagskarte von Ponti erhalten. Wahrscheinlich war es die runde Zahl, die ihn auf den Plan rief – Ponti selbst war ein oder zwei Jahre älter als Carl, und natürlich hatte Carl niemals an seinen Geburtstag gedacht.

Als er das Faubourg betrat, brauchte er einen Moment, um sich zu orientieren. Es war Lisas Idee gewesen, in das neue Restaurant auf der Bloomfield Avenue zu gehen. Carl hatte darauf bestanden, dass sie sich im Restaurant und nicht bei ihm in der Wohnung trafen, da er vorher noch bei Ian vorbeischauen wollte. Aber Ian war nicht da gewesen – ausgerechnet heute war er krank, und obwohl er wahrscheinlich nicht einmal ahnte, dass Carl Geburtstag hatte, spürte der einen Anflug von Enttäuschung, als er den Zettel an der geschlossenen Tür des Raymond's las.

Das Faubourg war ein hoher Saal mit zwei langen Reihen von Zweier- und Vierertischen in der Mitte, einer Bar entlang der rechten Seite und einem separaten Bereich auf der linken. An der Fensterfront zur Straße hin gab es vier weitere Tische vor jeweils einer halbrunden Lederbank. In großer Höhe hingen weiße Kugellampen, die wie Saturn von elliptischen Ringen umrahmt wurden. Carl ließ sich vom Kellner an den von Lisa reservierten Vierertisch führen und sah nur kurz in die Speisekarte, bevor er sie zuklappte und zum Eingang blickte. Immer wieder öffnete sich die Tür, doch die meisten der Besucher gingen durch den langen Raum hindurch und auf der anderen Seite wieder hinaus, um sich auf die Terrasse zu setzen. Carl fragte sich, warum Lisa nicht einen Tisch draußen reserviert hatte, aber dann kam er zum Schluss, dass sie – genau wie er – bereits genug vom Sommer haben musste.

Als sie schließlich eintraf, war sie fast zwanzig Minuten zu spät. Hinter ihr trat Collin durch die Tür, und die Freude darüber ließ Carl seinen Ärger sofort vergessen.

»Entschuldige, entschuldige!« Lisa beugte sich zu ihm hinunter, gerade als er aufstehen wollte, sodass sie in einer ungelenken Umarmung zusammenstießen.

»Alles Gute«, sagte Collin und umarmte seinen Großvater.

»Und das reicht jetzt an Geburtstäglichem«, beschied Carl.

Lisa sah dem Kellner hinterher, der mit ihren Bestellungen und den drei zeichenblockgroßen Speisekarten davonlief.

»Schimpf nicht so viel übers Wetter«, sagte sie. »Weißt du noch, wie es im Frühjahr geregnet hat, als wollte es nie mehr aufhören? Gut für die Natur, schon klar, aber ich hatte den Eindruck, mit jedem Regentag ging es mit meiner Laune ein Stück weiter bergab.«

Carl zog eine kleine Grimasse. »Es ist trotzdem unerträglich heiß.«

»Erzähl mir lieber, was du heute gemacht hast.« Lisa lächelte ihn an. »An deinem Ehrentag.«

Carl zuckte mit den Schultern. Dieses Trara war genau der Grund, warum er Geburtstage nicht mochte. Was erwartete man von ihm? Dass er sich freudig an den Tag seiner Geburt erinnerte? Sich selbst beglückwünschte, wieder ein Jahr hinter sich gebracht zu haben, dem Ende näher zu sein? Bei seiner Mutter war das irgendwann tatsächlich der Fall gewesen – in ihren zwei letzten Lebensjahren hatte sie jede weitere Hinfälligkeit begrüßt. Aber sie war ja auch sicher gewesen, was sie erwartete.

»Ich rede nicht übers Wetter und du nicht über meinen Geburtstag, einverstanden?« Er lächelte seine Tochter grimmig an, und sie lächelte mit leichter Ironie zurück.

Ins Schweigen hinein sagte Collin: »Ich fange übrigens an zu studieren.«

»Was?«, riefen Carl und Lisa gleichzeitig und im gleichen Tonfall der Verwunderung.

Collin sagte etwas einfältig: »Jura, dachte ich.«

»Also, ich meinte …«, seine Mutter sah ihn mit großen Augen an, »… ich meinte: Wie bitte? Weil … davon wusste ich ja noch gar nichts.« Sie schob sich mit beiden Händen die Haare zurück, und Carl konnte sehen, dass sie ebenso überfordert wie erfreut war. »Aber ich find's toll«, sagte sie, »richtig toll sogar.«

Carl nickte. »Ich auch.«

Collin lächelte verlegen, und Carl erinnerte sich daran, dass er als kleiner Junge immer ein weißes Mulltuch mit sich herumgetragen hatte, das er sich über den Kopf legte, wenn er neuen Leuten vorgestellt werden sollte. Erst als er in die Schule kam, hörte er damit auf, aber auch dann brachte er es noch eine ganze Zeit lang nicht fertig, Fremden ins Gesicht zu schauen. Und dieser Junge wollte nun also Jurist werden und womöglich vor Gericht auftreten. Sachen gab's!

»Na ja, mal abwarten, ob ich es überhaupt packe«, sagte Collin, und Carl, wie um seine eigenen Zweifel zu widerlegen, versicherte im Brustton der Überzeugung: »Das wirst du. Keine Frage.«

Dazu schwieg Collin.

»Wo hast du dich denn angemeldet?«, fragte Lisa.

»Montclair State«, sagte Collin. »Rund zwanzigtausend kostet das im Jahr. Ich werde halt einen Kredit aufnehmen müssen, aber keinen so hohen. Und mein WG-Zimmer gebe ich natürlich auf, Studentenheim und Essen sind ja drin enthalten.«

»Okay.« Lisa sprach so zögerlich, als rechnete sie im Kopf mit. »Das klingt doch ganz vernünftig. Und ich kann dir auch ein bisschen unter die Arme greifen.«

Das Essen kam, drei große weiße Teller, die die üppigen Portionen fast klein aussehen ließen. Der Kellner schenkte von dem Wasser nach, in dem sich die Eiswürfel ganz aufgelöst hatten. Das Restaurant hatte sich inzwischen gefüllt, fast alle Tische waren besetzt, und die Geräusche – das Klirren des Bestecks und der Gläser, die Gespräche, vereinzeltes Lachen – verbanden sich zu einem Klangteppich, der den hohen Saal kleiner wirken ließ. Die Kellner und Kellnerinnen liefen geschmeidig umher und bedachten ihre Tische mit aufmerksamen Blicken.

»Ihr seid übrigens eingeladen«, sagte Carl, nachdem sie den Nachtisch bestellt hatten. »Nur, dass das klar ist.«

»Aye, aye«, sagte Lisa. »Dann musst du aber auch unsere bescheidene Gabe akzeptieren.« Sie bückte sich zu ihrer Tasche und entnahm ihr ein flaches Paket. Statt Geschenkpapier hatte sie Zeitungspapier verwendet, das mit einer großen goldenen Schleife verziert war. Eine Karte war unter das Band geschoben, auf der ein hamsterähnlich dickes Tier auf dem Rücken lag, alle viere von sich gestreckt. »Genieß deinen Tag!«, stand darunter.

»Ist der tot?«

Lisa verdrehte die Augen. »Ja, klar, ich fand das so passend.«

»Ein Geschenk zu Forschungszwecken?«, fragte Carl, nachdem er die Karte gelesen hatte.

Lisa grinste. »Die Spannung steigt«, sagte sie im Tonfall eines Moderators, und Collin klopfte mit den Fingerspitzen einen Trommelwirbel auf der Tischkante.

Es war ein Buch. In deutscher Sprache. *Vertreibung aus dem*

Osten. Deutsche und Polen erinnern sich. Das Cover war in Sepiatönen gehalten und zeigte die Rückenansicht einer Frau, die aus einem Baumstamm zu wachsen schien. Ihr Haar war dunkel und ihr Oberkörper in einen Ledermantel gehüllt, der militärisch aussah.

»Ach«, machte Carl.

»Du musst es öffnen«, drängte Collin.

Carl schlug das Buch auf. Zwischen dem Einband und der Titelseite lag ein länglicher Briefumschlag mit seinem Namen darauf.

»Den auch«, sagte Collin.

Carl sah seine Tochter fragend an, aber die setzte ein ahnungsloses Gesicht auf und hob nur ganz leicht eine Schulter an. Sie hatte etwas Angespanntes an sich, und auch Carl fühlte sich plötzlich beklommen. »Ein Flugticket?«, fragte er, als er den Umschlag geöffnet und das zweimal gefaltete Papier geglättet und gelesen hatte.

»Ein Gutschein für einen Flug«, korrigierte Lisa ihn. Sie sprach schnell. »Also eigentlich für zwei. Von Newark nach Danzig. Und zurück.«

Sie verschränkte ihre Finger ineinander und sah ihn unsicher an, als er von ihr zu dem Papier in seinem Schoß und wieder zu ihr blickte.

»Ich fand immer, dass es spannend wäre zu sehen, wo du eigentlich herkommst. Oder?« Sie zog ein ratloses Gesicht. »Na ja, ich weiß auch nicht. Was meinst du?«

Carl machte ein kleines schnalzendes Geräusch mit der Zunge, und dann wiederholte er das noch einige Male.

»Spannend für dich oder für mich?«, fragte er schließlich.

»Ach je.« Lisa hob die Augenbrauen, atmete tief ein und stieß geräuschvoll die Luft aus. »Wahrscheinlich für uns beide.«

Der Kellner kam mit drei weißen Schalen, in denen die Süßspeisen kunstvoll arrangiert waren. Als sie vor ihnen standen, nahm Carl den langstieligen Löffel in die Hand und schabte etwas von seinem Eis ab. Die Gespräche um sie herum waren plötzlich überlaut. Einige Tische weiter wurde mit großer Geste ein Tortenstück serviert, in dem eine brennende Kerze steckte, aber Gott sei Dank begann niemand zu singen.

»Noch ein Geburtstagskind«, bemerkte Collin, und Lisa sagte dankbar: »Ja. Nett.«

Carl schaute zu dem Tisch hinüber. Die Frau, die gerade die Kerze ausblies, war Jahrzehnte jünger als er. Mit ihr am Tisch saßen einige Männer und Frauen im gleichen Alter, ein Mann mit blondem Bart hatte besitzergreifend einen Arm auf ihre Stuhllehne gelegt.

Carl wandte sich seiner Tochter zu. »Was versprichst du dir davon?«

Lisa sah ihn fragend an.

»Na, ich meine: Warum möchtest du gerne, dass ich meine Herkunft erkunde?«

Lisa schien nach einer Antwort zu suchen, aber bevor sie etwas entgegnen konnte, sprach Carl schon weiter.

»Wenn es darum geht, mich besser kennenzulernen, müsstest *du* doch eigentlich diese Reise unternehmen, oder? Schon um zu sehen, wo ich herkomme.«

»Stimmt vielleicht«, sagte Lisa. »Aber es ist nun mal dein Geburtstag, nicht meiner.«

»Verstehe.« Er nahm einen neuen Löffel von dem Eis. Eine Erinnerung kam ihm in den Sinn, an das Eis seiner Kindheit und Jugend. Weich war es gewesen und anders als jedes, das er danach gegessen hatte. Intensiver im Geschmack und in einer flachen Muschelwaffel serviert. In Windisch hatte es einen

Bäcker gegeben, der sich darauf verlegt hatte, sommers eigenes Eis herzustellen. Wenn sie vom See heimradelten, nahmen sie fast jedes Mal den Weg, der an der Bäckerei vorbeiführte. Er sah sich mit dem Rad über die staubigen Straßen fahren, vor und hinter sich Freunde, die er seit so vielen Jahren nicht gesehen und eigentlich auch nicht vermisst hatte. Namen fielen ihm ein – Albert, Edgar –, und ein Mädchen, in das er verliebt gewesen war (ihren Namen hatte er vergessen), mit langen Zöpfen und einem reizenden kleinen Hinken, woher auch immer. Der Konsum nahe der Schule, in dem sie gegen Jahresende von ihrem Taschengeld die Silvesterknaller von Filou kauften; dass in Englisch »*Fire Cracker*« auf der kleinen rot-grünen Schachtel stand, hatte ihnen besonders gefallen.

Er schob seine leere Schale von sich weg und nickte einige Male.

»In Ordnung«, sagte er. Collin und Lisa warfen einander einen kurzen Blick zu, bevor sie wieder ihn ansahen. »Ich hab's mir überlegt. Das sind meine Bedingungen. Erstens: Wir fliegen alle drei. Zweitens: Wir fliegen nicht nach Danzig, sondern nach Berlin und fahren dann nach Windisch. Wenn schon Heimatsuche, dann an dem Ort, an dem ich aufgewachsen bin – und der dich, wenn ich daran erinnern darf, bisher nie besonders interessiert hat.« Er winkte ab, als Lisa zu einem Einwurf ansetzte, und sie sackte in ihren Sitz zurück. »Und drittens: Ich finanziere das Studium von Collin. Helen und ich haben dafür eigens Geld zurückgelegt.«

Er nahm die Serviette von seinem Schoß und wischte sich den Mund ab, bevor er sie sorgfältig zusammenfaltete und neben seinem Teller platzierte. »Alles klar?«

Lisa hielt den Löffel am Ende des Stiels und schlug ihn immer wieder sachte in die offene Hand. Sie schaute nachdenklich von ihrem Vater zu ihrem Sohn. Collin schob die Unterlippe vor und blies Luft nach oben. Seine Stirnhaare waren inzwischen wieder so lang, dass sie wie die Härchen einer Feder in Bewegung gerieten.

»Von mir aus gern.« Er grinste breit.

Lisa hielt die Löffelrundung mit einer Hand umschlossen. Sie kniff die Augen zusammen und schüttelte den Kopf. »Also … echt …«, sagte sie. Dann sah sie ihren Vater an. »Du weißt schon, dass du unmöglich bist, nicht wahr?«

Carl nickte.

Es war das Schönste, was er seit Langem gehört hatte.

ZWEITER TEIL

August

Eins

Es war Carls Idee gewesen, die Strecke von Berlin nach Windisch über Land zurückzulegen, und so fühlte er sich jetzt verpflichtet, während der gesamten Fahrt aus dem Fenster zu schauen, statt – wie er es spätestens nach der Hälfte vorgezogen hätte – die Augen zu schließen und sich seiner Müdigkeit zu überlassen. Über Fürstenberg, Neustrelitz und Waren fuhren sie, und dann ließ Lisa es sich nicht nehmen, noch einen Umweg zu machen, um Krakow zu besichtigen. Sollte sie Erläuterungen von ihm erwartet haben, musste er sie jedoch enttäuschen. Einzig an Krakow, wo er einmal mit den Jungen Pionieren gewesen war, hatte er Erinnerungen, aber als sie jetzt in die Altstadt fuhren, erkannte er selbst dort nur die Kirche und das Rathaus wieder. Die meisten der Häuser sahen aus, als wären sie erst vor Kurzem aufwendig restauriert worden. Überquellende Blumenkästen hingen vor den Fenstern, im Brunnen auf dem Marktplatz spie ein Fisch eine dünne Fontäne in die Höhe, und alles war so klein und adrett, dass er sich wie in einer Puppenstube fühlte. An der orangefarbenen Fassade der Touristeninformation war die Steinbrüstung unterhalb der Fenster im ersten Stock an einer Stelle unterbrochen worden, wie auf einer Rutsche schien eines der Fenster, das eigens zu diesem Zweck schräg eingemauert worden war, von ihr herabzugleiten. Eine etwas teure Maßnahme für einen Scherz, fand Carl.

Überhaupt teilte er nicht die Begeisterung von Lisa, die bei jedem Fachwerkhaus, jedem barocken Giebel, bei jeder Gründerzeitvilla in Verzückung geriet. Und auch wenn ihm dann doch einiges vertraut schien – seltsamerweise eher die Randbezirke mit ihren überwucherten Brachen und den vereinzelt vor sich hin modernden Ruinen –, stellte sich kein Heimatgefühl ein. Seit dem Fall der Mauer war er ein paar Mal hier gewesen – das erste Mal gemeinsam mit Helen kurz nach der Wende, das letzte Mal zwölf Jahre später zur Beerdigung seiner Mutter – und hatte verfolgen können, wie die heruntergekommenen, vom Kohlenstaub schwarzen Häuser nach und nach saniert und die Straßen ausgebessert worden waren, sodass die ganze Gegend jetzt, drei Jahrzehnte nach dem Ende der DDR, schmuck und einladend wirkte. Trotzdem fühlte er sich sofort wieder beklommen. Schon der Dialekt der Leute reichte, um ihn an ihre provinzielle Bereitschaft zur Empörung zu erinnern, an die Missgunst, die überall gelauert hatte. Es war seltsam, wie dieses Gefühl der Beengung im Laufe der Jahre zur dominanten Erinnerung geworden war, die alle anderen unter sich begrub. Er wusste, dass er der Gegend seiner Kindheit damit unrecht tat, aber das änderte nichts an dem, was er empfand.

»Sei nicht so amerikanisch«, sagte er, als Lisa bei einer Wassermühle anhielt, um das alte Backsteingebäude näher zu betrachten, und Lisa entgegnete im breitesten Amerikanisch: »Ich schätze mal, das bin ich.« Sie löste ihr Handy vom Aufladekabel. »Komm doch mit.« Aber Carl schüttelte nur den Kopf.

»Selbst schuld.« Sie deutete ein Achselzucken an, dann stiegen sie und Collin aus.

Vom Auto aus beobachtete Carl, wie sie sich gegenseitig vor

dem stillgelegten Mühlrad fotografierten. Im Wagen nebenan saß ein junger Mann, der in sein Handy sprach. Die Felgen seines Autos waren schwarz-rot-gelb lackiert. Als der Mann wegfuhr, sah Carl, dass auf der Heckscheibe ein Aufkleber prangte. Er kniff die Augen zusammen. Kein Irrtum. Die gebogenen Balken, die weiße Umrandung, es war tatsächlich das Eiserne Kreuz. Carl erinnerte sich, dass das Zeichen in der DDR verboten gewesen war, »Blutorden« hatte man es genannt. Offenbar waren diese Zeiten vorbei. Heute konnte jeder seine Gesinnung frei herausposaunen, nicht nur hier. Vor einigen Wochen hatte direkt vor dem Eingang zur Drogerie auf der Bloomfield Avenue ein weißer Dodge geparkt, auf dem ein glänzender Schriftzug verkündete: »Stolzer Antisemit«. Es war einer dieser Tage gewesen, an denen die Sonne schon frühmorgens so entschlossen schien, dass die Stadt etwas ganz und gar Feiertägliches bekam, und er las die silbernen Buchstaben, die mit ihren Serifen beinah edel wirkten, und dann ging er näher heran, um sicher zu sein, dass er sich nicht getäuscht hatte.

»Jetzt aber nach Windisch!«, sagte Lisa, als sie und Collin wieder im Auto saßen. »Freust du dich?«

Carl zog eine Grimasse und winkte ab.

»Na ja.« Sie drehte den Kopf nach hinten, um auszuparken. »*Ich* freue mich auf jeden Fall.«

In Windisch waren weitere Wohngebiete entstanden, die alten Gebäude der Innenstadt waren fast alle saniert worden, und auch das Schloss war zur Hälfte mit einem Gerüst und Folie verkleidet. Beim Herumfahren kam es Carl vor, als bestünde seine Erinnerung aus braunstichigen Schwarz-Weiß-Fotos, neben die er nun die bunten Bilder der Gegenwart hielt. Nur vereinzelt sah man noch den matschbraunen Verputz, der früher an so gut wie jedem Haus gewesen war, und statt bröckelnder Mauern gab es jetzt Graffitis in grellen Farben und so riesiger Schrift, dass es wirkte, als ob die kryptischen Botschaften regelrecht herausgeschrien würden.

Lisa hatte ihn kurzerhand zum Reiseführer bestimmt.

»Wenigstens eine kleine Rundfahrt«, sagte sie. »Ein, zwei Orte, an die du dich erinnerst. Immerhin bist du hier aufgewachsen.«

Also beschrieb er ihr den Weg zu der Badestelle am Inselsee, wo sie immer schwimmen gegangen waren, dann den zu seiner Schule. »Grundschule Marie Curie« stand auf einem Metallschild oberhalb der Eingangstür, zu der eine breite Treppe hinaufführte. Aus der angrenzenden Heiliggeist-Kirche war ein Krippenmuseum geworden, die Platane davor verlor bereits ihre Blätter, Fahrräder lehnten an ihrem Stamm.

Carl erinnerte sich, wie er am Tag der Einschulung von zwei Viertklässlern zur Schule begleitet worden war. Sie hatten ihn zu Hause abgeholt, ein Marsch von gebührendem Ernst. Auf der Bühne der Aula hatte die Direktorin an einem Rednerpult unter goldenen Buchstaben gestanden. »Hohe Leistungen zu Ehren des Sozialismus«. Jedes Jahr wieder wurde der Schriftzug hervorgeholt, und jedes Jahr sangen die Jungpioniere für die Erstklässler. Er hatte mit seinem von Konrad geerbten Schulranzen in der ersten Reihe gesessen und es nicht erwarten können, einer von ihnen zu sein und für die Neuen zu singen.

»Für Frieden und Sozialismus, seid bereit!«, rief er laut und hob die Hand zum sozialistischen Gruß: »Immer bereit!« Er musste lachen, als er die erschrockenen Gesichter seiner Tochter und seines Enkels sah. »So begann hier jeder Schultag.«

Lisa klang nachdenklich. »Eigentlich auch nicht anders als der tägliche Treueschwur an meiner Schule.«

Carl nickte. Aber wie sollte er ihr erklären, dass es einen Unterschied machte, ob man die Hand auf sein Herz legte oder sie über den eigenen Kopf hielt: fünf Finger, fünf Kontinente, die Welt, und darunter man selbst, verschwindend klein. Sein Problem war nicht das Pathos gewesen, sondern dass das Kollektiv alles, der Einzelne nichts war. Er hatte Jahre gebraucht, um sich von diesem Denken zu lösen, und rückblickend war es sein Glück, dass er, als alles in Umbruch geriet, gerade noch jung genug war und am richtigen Ort. Er war keiner von denen, die sich plötzlich die Haare wachsen ließen und Batikhemden und Ketten aus bunten Perlen anzogen, aber er war mehr als bereit, die neuen Freiheiten zu begrüßen und den ganzen Ballast an Vaterland, Moral und Tradition abzuwerfen.

»Ich weiß noch, dass du den Treueschwur nicht mochtest«, sagte Lisa.

»Ich fand ihn zum Kotzen«, gestand Carl.

Collin verzog das Gesicht. »Wir Amerikaner sind eben auch ganz gut in Sachen Patriotismus.«

Lisa sah zur Schule hin, dann zu ihrem Vater. »Wusstest du damals schon, dass du Chemiker werden wolltest?«

Carl schüttelte den Kopf. »Ich wusste bloß, dass ich überall sein wollte, nur nicht hier.«

Aber das stimmte nicht, dachte er im nächsten Moment. Dass er wegwollte, war erst später gekommen, irgendwann mit vierzehn, fünfzehn, und es hatte ihn selbst überrascht. Hermann und Konrad hatten damals bereits zu arbeiten begonnen, Hermann im örtlichen Konsum und Konrad bei einer Gießerei im Nachbarort, und die Vorstellung, es ihnen gleichzutun, hatte ihn so erschreckt, dass er sich in den letzten Schuljahren anstrengte und schließlich zum Studium zugelassen wurde.

Weil noch Zeit bis zum Mittag war, brachten sie ihr Gepäck zum Hotel. Lisa hatte Zimmer in der Altstadt gebucht. Es dauerte einen Moment, bis Carl erkannte, dass sich hinter dem Blue Planet Hostel das frühere Hotel Stadt Windisch verbarg. Das breite dreigeschossige Jugendstilhaus, dessen erstes Stockwerk von einigen nackten Steinfiguren gestützt wurde, war sorgfältig restauriert, das Mansardendach mit neuen Ziegeln versehen worden. Aber statt einer Konditorei befand sich nun im Erdgeschoss ein Kleiderdiscounter, dessen klobiger Schriftzug aus Leuchtbuchstaben mit dem Rot der Sonnenschirme vor dem Laden wetteiferte.

»Das war so etwas wie das erste Haus am Platze«, erzählte er, während Lisa die Tür des Hotels mit dem Code öffnete, den sie online erhalten hatte.

Sie zuckte entschuldigend mit den Schultern. »Also, das ist es jetzt eher nicht mehr, aber ich habe immerhin drei Einzelzimmer bekommen.«

»Schon in Ordnung«, sagte Carl.

Passanten mit Einkaufstaschen schlenderten an den Schaufenstern vorbei; überhaupt schien die ganze Stadt belebter als bei seinem letzten Besuch. Eine Traube von Jugendlichen hatte sich mit ihren Starbucks-Bechern auf den zwei Steinlöwen vor dem Hotel niedergelassen, und eine japanische Touristengruppe stand vor der St.-Marien-Kirche und lauschte dem Vortrag ihrer mit einem gelben Schirm bewehrten Reiseleiterin.

Als er mit Helen im Winter nach der Wende Windisch besucht hatte, waren sie an Heiligabend gemeinsam in die Kirche gegangen. Sogar Konrad war mit seiner Familie gekommen; vielleicht hatte auch das zu dem Gefühl des Triumphes beigetragen. Es war das erste Mal seit seiner Kindheit gewesen, dass Carl wieder durch das breite Tor der gotischen Kathedrale getreten war. Zusätzliche Stühle waren aufgestellt worden, aber immer noch mussten zahlreiche Besucher stehen. Als sich die Kirche nach dem Gottesdienst leerte, war Carl zur Madonnenfigur gegangen, die mit ihrem Kind in einem der Seitengewölbe stand. Ihr liebes, seltsam männliches Gesicht blickte genauso geduldig und verzagt auf ihn herab wie früher; das alles, schien ihr Blick zu sagen, ändert nichts.

Hermann lebte noch immer in dem Haus, in das die Familie zwei Jahre nach ihrer Ankunft in Windisch gezogen war, und im Gegensatz zum Rest der Stadt hatte es sich seither nicht verändert. Niedrig und ohne Farbe auf dem groben Verputz, die Fensterumrandungen aus hellem, unverwüstlichem Stein. Drei Stufen zur Haustür, ein Fenster auf jeder Seite der Tür. Das Dach reichte so weit nach unten, dass es wirkte, als duckte sich das Haus darunter.

Noch heute konnte Carl die Aufteilung der Zimmer vor sich sehen: der Flur, das Bad, das Esszimmer, die kleine Küche und das ebenso kleine Wohnzimmer mit Kohleofen unten, drei Schlafkammern im Dachgeschoss. Solange alle Söhne zu Hause lebten, schlief die Mutter im Wohnzimmer, auf dem Sofa, das sie mit einem Leintuch abdeckte. Im großen Garten gab es ein Gemüsebeet und drei Obstbäume – Quitte, Birne, Apfel. Im Herbst ernteten sie, und ihre Mutter kochte und legte für den Winter ein. Carl erinnerte sich an die Regale voll Einmachgläser: Dillgurken, Apfelmus, Quittengelee, in Essig schwimmende Zwiebeln, saurer Kohl, dicke Bohnen. Im hinteren Teil des Gartens gab es außerdem eine alte Remise, die früher einmal als Stall genutzt worden war. Vor etlichen Jahren, ihre Mutter lebte damals noch, hatte Hermann sie zu einer kleinen Wohnung umgebaut.

»Ist nicht genug Platz im Haus für euch zwei?«, hatte Carl gefragt, und Hermann hatte gesagt, doch, schon, aber manchmal müsse er einfach allein sein. Carl hatte sich damals gewundert. Für ihn war sein Bruder auch so schon der einsamste Mensch der Welt.

Das Haus war nie groß gewesen, aber jetzt schien es Carl wie ein alter Mensch noch kleiner geworden zu sein. Unvorstellbar, dass sie sich hier zu viert gedrängt hatten, zeitweise sogar noch mit Teddy, einem Terriermischling. Neu war, dass der schmale Vorgarten von einer kniehohen Mauer umgeben war. Zwei Pfosten flankierten ein niedriges schwarzes Eisentor.

Hermann musste hinter der Haustür gestanden und auf den ersten Klingelton gewartet haben, und obwohl er sich sichtlich Mühe gab, konnte er seine Nervosität nicht verbergen.

»Willkommen!«, rief er, und Carl beschloss, keine Bemerkung über die nutzlose Mauer und das Eingangstor zu machen. Als er Hermann umarmte, fühlte er, wie knöchern sein Bruder geworden war, so knöchern wie er selbst. Sie hielten sich länger als nötig umarmt, vielleicht wollten sie beide noch ein bisschen Zeit gewinnen, bevor sie einander genauer betrachteten.

Zwei

Carl musste einen leichten Ekel überwinden. Mit den weichen, gleichförmigen Stücken erinnerte das Ragout an Katzenfutter. Dazu gab es Tomatensalat und Holundersirup. Vor Collin stand ein altes Senfglas mit dem tiefblauen Konterfei von Dory, dem Doktorfisch.

»Irgendwie habe ich vergessen, dass du ja inzwischen längst erwachsen bist«, sagte Hermann. Seine braunen Augen lagen in einem Nest von Falten wie die traurigen Greisenaugen eines Elefanten.

Collin hob das Glas und prostete ihm zu. »Dory geht immer.«

Nicht zum ersten Mal auf dieser Reise war Carl überrascht davon, wie gut sein Enkel Deutsch sprach. Helen und er hatten sich damals mit Lisa bereits nach den ersten Monaten nur noch in Englisch unterhalten. Sie waren davon ausgegangen, dass sie so leichter in Amerika ankommen würde, doch später hatte sie ihnen vorgeworfen, ihr Englisch habe lange wie das eines deutschen Rentners geklungen. Dass sie überhaupt Deutsch sprach, war allein Helen zu verdanken, die irgendwann wieder damit begonnen hatte. Und offenbar hatte es Lisa mit Collin genauso gemacht.

Collin räumte die Teller zusammen und trug sie in die Küche, und Lisa brachte die Salatschüssel hinterher. Als sie wieder ins Esszimmer kam, blieb sie vor einer Fotografie an der Wand stehen.

»Wer ist das?«, fragte sie.

»Meine Mutter«, sagte Hermann. Er sah Carl an. »Also unsere vielmehr.«

Carl ging zum Bild und nahm es vorsichtig von der Wand. Es war die Schwarz-Weiß-Fotografie eines Mädchens, das ein schmuckloses dunkles Kleid trug. Die Haare waren zu zwei Schnecken gedreht. Sie mochte dreizehn oder vierzehn Jahre alt sein, fast noch ein Kind, doch es war eindeutig seine Mutter. Sie lächelte ihm aus einer Zeit entgegen, in der sie von ihm und seinen Brüdern noch nichts ahnte, und Carl hatte das Gefühl, dass sich etwas in ihm auftat – nicht gerade ein Abgrund, aber eine kleine bodenlose Tiefe –, denn was er immer gewusst und was sie von allen anderen unterschieden hatte, war dies: Sie hatten keine Fotos, keine Erinnerungsstücke, keine Andenken irgendwelcher Art.

»Woher hast du das?«

»Von Tante Elsa, Mamas Schwester. Erinnerst du dich? Als sie starb, erbte Mama ein paar Sachen. Schmuck, eine Vase, die sie offenbar mochte. Eine Handvoll Fotos.«

Hermann stand auf und ging zu dem kleinen Sekretär neben dem Fenster, aus dessen oberstem Fach er weitere Fotos holte. Zwei halbwüchsige Mädchen in Kittelschürzen und groben Schuhen. Ein Mann mit kleinem Kastenschnurrbart, das Haar zurückgekämmt, mit einem vogelartig spitzen Gesicht. Eine stattliche Frau im Mantel, die gegen die Brüstung eines Balkons lehnte, das eine Bein auf Zehenspitzen vors andere gestellt.

»Unsere Großmutter«, sagte Hermann. »Und das war unser Großvater, kurz bevor er starb.«

»Habt ihr sie gekannt?«, fragte Collin.

Hermann nickte, dann schüttelte er den Kopf. »Also Konrad und ich schon. Aber ich war noch klein, als sie starben. Sieben, höchstens acht.« Er zuckte mit den Schultern. »Unser Großvater starb vierundvierzig, und sie« – er zeigte auf die Frau am Balkon – »ein paar Monate später.«

Er legte die Fotos auf einen ordentlichen Stapel und verräumte ihn im Sekretär.

»Ihr wisst das vielleicht nicht«, sagte Hermann zu Lisa und Collin, »aber unsere Großmutter war polnischstämmig. Allerdings ziemlich erfolgreich germanisiert.« Er setzte sich wieder auf seinen Stuhl.

»Unsere Mutter hat immer behauptet, dass sie an gebrochenem Herzen gestorben sei. Aber wahrscheinlich war es etwas viel Langweiligeres.« Nachdenklich blickte er auf den Tisch. »Unser Großvater war ein überzeugter Nazi. Da müssen wir uns nichts vormachen, auch wenn keine seiner Töchter das wahrhaben wollte.«

»So ist es ja vielleicht oft«, sagte Lisa vorsichtig. »Dass man die eigenen Eltern idealisiert, meine ich.«

Carl sah sie zweifelnd an, und sie erwiderte unverwandt seinen Blick, bevor sie wieder zu Hermann schaute.

»Wie auch immer«, sagte Hermann. »Auf jeden Fall war das für unseren Vater sicher auch ein Grund, sich aus dem Staub zu machen. Ach, warte …« Er ging nochmals zum Sekretär. Diesmal öffnete er eine der unteren Schubladen. »Das habe ich ganz vergessen – der war bei Mamas Papieren.«

Eine speckige Karte aus grauer Pappe, einmal gefaltet. Er hielt sie Carl hin, und der faltete sie auseinander. »Freie Stadt Danzig«, stand vorne drauf, darunter »Reise-Pass«, eine Nummer und der Name seines Vaters: »Wilhelm Krüger«. Carl faltete die

Karte auf. Die üblichen Rubriken: Geburtstag, Wohnort. Außerdem Beruf, Farbe der Augen und Haare, Gesichtsform. Auf der linken Seite ein Foto seines Vaters. Er hatte das dunkle Haar so zurückgekämmt, dass man die etwas zu hohe Stirn sah. Die Augen heller, als Carl sie in Erinnerung hatte. Leichte Schlupflider unter schweren Brauen, aber warme Augen, die zusammen mit dem angedeuteten Lächeln fast etwas Trotziges an sich hatten. Oder etwas Belustigtes. Ja, das war es. Er sah aus, als nähme er das alles nicht besonders ernst. Das Gesicht war oval, mit einem irgendwie schwächlichen Kinn, das für ihn selbst der Grund gewesen war, sich mit Anfang zwanzig einen Bart wachsen zu lassen.

Der Umstand, dass ihm ein Mann so ähnelte, den er nur anlässlich seiner sporadischen Besuche in Windisch kennengelernt hatte und der ihm dann jeweils mit bemühter, zu Enttäuschung neigender Herzlichkeit begegnet war, hatte etwas Dreistes an sich. Carl sah zu seiner Tochter, die das Foto ihres Großvaters eingehend betrachtete. Immerhin davon war sie unbelastet, dachte er plötzlich. Auch wenn es nicht so schien, als ob sie das als Vorteil empfand.

Hermann wandte sich an Lisa. »Im Kühlschrank steht Pudding. Kannst du ihn holen?«

»Klar.« Lisa gab ihm den Ausweis zurück und ging in die Küche. Carl hörte, wie sie den Kühlschrank öffnete, dann das Geräusch der Besteckschublade.

»Ich könnte dir ein Foto vom Ausweis machen. Und von den anderen Bildern auch«, sagte sie zu ihrem Vater, als sie mit einem Tablett zurückkam, auf dem kleine Glasschüsseln mit Schokoladenpudding standen. »Dann könnten wir sie zu Hause ausdrucken.«

»Mal schauen«, sagte Carl. Wie sollte er ihr erklären, dass für ihn die Vorstellung, die Fotos seiner jungen Eltern, seiner

Großeltern gar, bei sich in Montclair zu haben, fast grotesk war? Er war ein Junge gewesen, der seine Herkunft kaum kannte. Ein Mann ohne Geschichte. Und jetzt sollte das alles plötzlich anders sein?

»Wie geht es eigentlich Konrad?«, fragte er, während er seinen Pudding auslöffelte. Manchmal erwischte er ein Klümpchen, und er presste es mit der Zunge an den Gaumen, wo es süß zerschmolz.

»Nicht gut.« Hermann deutete ein Achselzucken an. »Was hat er dir denn erzählt? Du hast ihn doch sicher angerufen?«

Carl stellte seine leere Schüssel auf den Tisch und lehnte sich zurück. Dann beugte er sich noch einmal vor, um sie weiter von der Tischkante wegzuschieben.

»Er hat gesagt, dass er nicht ganz wohl sei im Moment. Eine Magengeschichte, glaube ich.«

Es war so, dass er nicht genau aufgepasst hatte. Es hatte ihm gereicht, die Stimme seines Bruders zu hören, der nicht leidender klang als sonst auch. In jedem ihrer Gespräche gab es so viele Krater und Fußangeln, denen er ausweichen musste, dass er vom Inhalt oft gar nicht alles mitbekam.

»Ja«, sagte Hermann in neutralem Ton. »Kann man so sagen.« Er sah Carl fragend an, dann setzte er ein hilfloses Lächeln auf. »Wollte er dich denn nicht treffen?«

»Na ja, dringend jedenfalls nicht. Zumindest hat er mich nicht eingeladen.«

»Und du hast auch nicht drum gebeten.«

»Nein.« Carl lächelte ironisch. »Ich hab auch nicht drum gebeten.«

Hermann nickte einige Male, als dächte er über das Gehörte nach. »Ich frage nur, weil es vielleicht die letzte Gelegenheit ist.«

Carl runzelte unwillig die Stirn. »Er hätte ja heute auch hierherkommen können.«

Hermann legte beide Hände flach aneinander, bevor er die Arme vor der Brust verschränkte. »Das glaube ich eigentlich eher nicht.«

»Vielleicht sollten wir einfach mal vorbeigehen«, schaltete sich Lisa ein. »Ich meine, wo wir doch schon mal hier sind.« Sie wandte sich an Collin. »Du kennst deinen Großonkel noch gar nicht. Als er und seine Familie uns einmal besuchten, warst du noch nicht geboren.«

»Was für traurige Zeiten das waren.« Collin grinste, und Lisa legte einen Arm um seine Schultern.

Durch das geöffnete Fenster war das Tschilpen eines Vogels zu hören, ein zwitschernder Doppellaut, der fordernd und ausdauernd wiederholt wurde.

»Ich frage mich, wie es Simone geht«, sagte Lisa. »Und Robert. Das letzte Mal, als ich sie gesehen habe, ging Simone noch zur Schule. Und Robert führte uns durch New York und erzählte uns, was er im Reiseführer gelesen hatte.« Sie grinste. »Aber Simone war süß. Ich habe einmal einen Scherenschnitt von ihr gemacht, und da konnte man richtig ihre Stupsnase sehen.«

Hermann stellte die Schüsseln ineinander. Die Löffel sammelte er in einer Hand und betrachtete sie kurz unschlüssig, dann legte er sie in die oberste der Schüsseln.

»Simone ist Kindergärtnerin«, erzählte er. »Und Robert Lehrer. Oder vielmehr: Oberstudienrat.« Mit einer Hand fuhr er über den Tisch, um unsichtbare Krümel zu beseitigen. »Er hat gerade eine Trennung hinter sich. Von einer Westdeutschen. Einer Professorin.« Er sah rasch zu Carl hin.

»Also das Schlimmste vom Schlimmen für Konrad«, sagte Carl. »Ich meine die Frau – nicht die Trennung.«

»Na ja.« Hermann klang versöhnlich. »Du kennst ihn ja.« Er nickte einige Male. »Es war für ihn halt nicht so einfach, dass du weggegangen bist.«

»Nach Amerika, meinst du?«

»Ja«, sagte Hermann. »Aber auch schon früher. Als du in den Westen abgehauen bist.«

»Abhauen klingt jetzt wilder, als es war.«

»Du weißt schon, was ich meine«, sagte Hermann, und Carl nickte.

»Es gab ja nicht nur die Verhöre; die waren bald mal vorbei«, fuhr Hermann fort. »Aber beruflich war's eher nicht so gut für ihn, dass du abgehauen bist.« Er blinzelte ein paarmal. »Also *weggegangen*.«

»Ich weiß«, sagte Carl.

»Konrad wurde dafür bestraft, dass sein Bruder das Land verlassen hatte?« Lisa sah Hermann ungläubig an, aber Carl war es, der antwortete.

»Sippenhaft. So war das damals.«

Es fiel Lisa offenbar schwer, ihm zu folgen.

»Wenn jemand die DDR verließ, hatte seine Familie drunter zu leiden.« Er merkte selbst, wie ungeduldig er klang.

»Das *wusstest* du?«, fragte Lisa.

Carl deutete ein Achselzucken an.

»Und das war dir einfach egal?« Sie klang vorwurfsvoll.

»Was heißt schon egal?«, fragte er zurück. Brich ruhig den Stab über mir, dachte er. Aber am Ende wirst du auch noch draufkommen, dass wir alle nur *ein* Leben und *eine* Chance haben, glücklich zu sein.

»Wie sah das denn genau aus?«, fragte Collin.

Carl zog die Augenbrauen hoch und blickte demonstrativ zu Hermann. Der machte ein kleines schnalzendes Geräusch mit der Zunge, dann sagte er: »Einfach weniger Aufstiegsmöglichkeiten. Ein schwarzer Fleck in der Akte. Zum Beispiel konnte Konrad nicht Lehrer werden an der Polytechnischen Berufsschule. Hätte er irgendwann gern gemacht, glaube ich.« Er spähte zu Carl hinüber. »Aber wer weiß, ob's überhaupt daran lag.«

»Und trotzdem hat er seinen Staat geliebt«, sagte Carl. »Bis zu dessen Ende und darüber hinaus, unverbrüchlich treu. Das klassische Stockholm-Syndrom, würde ich sagen.«

»So einfach ist das nicht«, widersprach Hermann auf seine friedfertige Art, und Carl erwischte sich dabei, dass er sich schlechter fühlte als beabsichtigt. »Die Wende brachte ihm ja auch nicht nur Vorteile.« Hermann sah niemanden an, als er mit einem imaginären Besen einen Halbkreis beschrieb. »Halbkreisingenieure. So nannte man Leute wie ihn, die unterqualifizierte Jobs annehmen mussten.« Er zuckte mit den Schultern. »Na ja. Schnee von gestern.«

»Und du selbst?«, fragte Lisa. »Ich meine, wie ist es dir selbst ergangen?«

»Ich war kurz arbeitslos«, sagte Hermann. »Die Konsumgenossenschaft gab's ja nicht mehr. Dann bekam ich aber eine Stelle im neuen Supermarkt.«

»Okay«, sagte Lisa.

Ins anschließende Schweigen hinein sagte Collin zu Carl: »Auf jeden Fall freue ich mich, deine Familie endlich kennenzulernen.« Er öffnete die Arme zu einer Geste, mit der er den Raum, das Haus, womöglich die ganze Stadt einbeziehen wollte. »Und deine Heimat.«

Irgendetwas an all dem schien Carl plötzlich zum Schreien komisch. Er musste ein Lachen unterdrücken. Es ist alles ein Missverständnis, dachte er. Windisch war keine Heimat, verstand das denn niemand? Ja, sicher, sie hatten hier gelebt, er war hier zur Schule gegangen, hatte Freunde hier gehabt, aber es hatte doch nie einen Zweifel gegeben, dass sie nicht hierhergehörten. Es gab keine Geschichte, die sie mit diesem Ort verband. Es gab überhaupt keine Geschichte hinter dem Jetzt. Ein einziges Mal hatte er seine Mutter über Zoppot reden hören, als ihre Schwester zu Besuch war und sie nicht mitbekamen, dass er unter dem Esstisch saß. Er hatte dem Gespräch gelauscht, dem Weinen – sie hatten gemeinsam geweint, wo gab es denn so was! –, und sie hatten geflüstert, als sie über das sprachen, was sie »die Vertreibung« nannten, sodass er nur Bruchstücke verstand, aber darum interessierte es ihn nur noch mehr. Und dann hatte er es doch wieder vergessen, es war kaum mehr als ein Name, Zoppot, aber immerhin einer, der eine Lücke füllte. Auch seine Familie hatte also eine Geschichte, nur eben keine, über die man sprechen durfte, und das war beruhigend und beunruhigend zugleich.

Lisa sah Carl herausfordernd an.

»Du solltest bei Konrad vorbeigehen«, sagte sie. »Du *musst* einfach.«

»Aber er will das doch gar nicht. Siehst du das nicht?«

Lisa sagte kühl: »Ich sehe vor allem, dass *du* das nicht willst.«

Ein Schweigen breitete sich aus. Auch das Tschilpen des Vogels hatte aufgehört, drückend lag der Mittag auf den Straßen und Häusern. Hinter den Wipfeln der beiden Birken im Vorgarten war der Himmel blau bis zum Horizont. Der Blick aus dem Fenster glich dem von damals, wenn er am Esstisch gesessen und Hausaufgaben gemacht hatte. Die lastende Stille der Mittagsruhe, wenn alles innehielt: ein hundertjähriger Schlaf, der durch nichts gestört werden durfte. Manchmal hatte er sich vorgestellt, wie es wäre loszurennen, polternd und schreiend, *Wacht auf, Verdammte dieser Erde*! Der Aufruhr, der entstehen würde. Wie sie ihm hinterherrennen, wie sie ihn aus der Stadt treiben würden.

»Jetzt müssten wir eigentlich nur noch weiter nach Osten fahren«, sagte Collin in die Stille hinein.

»Wie meinst du das?«, fragte Lisa.

»Na ja.« Collin hatte plötzlich etwas Unternehmungslustiges an sich. »Wir könnten doch nach Polen fahren. Dahin, wo eure Eltern herkamen.« Er sah von Hermann zu Carl. »Und ihr ja irgendwie auch. Zoppot.«

Er sprach es amerikanisch aus: *Soepod*, und Carl, der ihn kurz angeschaut und dann sofort wieder weggeschaut hatte und nun seinen Bruder ansah – und dessen verstörten, ja beinah verlegenen Gesichtsausdruck wahrnahm –, lachte jetzt wirklich auf.

»Und wozu sollte das bitte gut sein?«

»Ich verstehe die Frage nicht«, entgegnete Collin irritiert.

»Was soll diese ganze Heimatsuche bringen?«, fragte Carl noch einmal. »Was stellst du dir vor: dass wir in Zoppot vor unserem Elternhaus stehen, falls es das überhaupt noch gibt, und ein tiefes Gefühl des Wiedererkennens erfüllt uns?«

»Du musst ihn nicht gleich anschreien«, sagte Lisa zu Carl.

Sein Herz pochte, bis in den Hals hinein pochte es, und in ihm war ein seltsamer Widerstreit von Wut und Trauer, über sich selbst vielleicht, darüber, dass er mit all dem nicht dienen konnte, dass er seiner Tochter und seinem Enkel nicht das bieten konnte, was sie suchten: Wurzeln oder einen anderen Halt im Leben. Oder einfach eine Erklärung dafür, warum er so war, wie er war.

»Ich glaube, jetzt ist Zeit für den Kaffee«, sagte Hermann, und es klang, als läse er von einer Liste die korrekte Reihenfolge ab für Besuche dieser Art: Essen, Nachtisch, Streit, Kaffee.

Am Abend, im Hotelzimmer, fühlte Carl die Angst. Wie ein schwerer, schwarzer Vogel saß sie auf seiner Brust. Im Halbschlaf, in den er gesunken war, meinte er sogar für einen Moment, diesen Vogel wirklich sehen zu können: die angelegten Schwingen, der schwarze Schnabel zwischen den glänzenden Wacholderaugen, die Klauen, die sich in seine Haut bohrten. Er erwachte von einem Engegefühl in der Herzgegend. Als sein Atem sich beruhigt hatte, stand er auf und zog sich an.

Er ging fast bis zum Schloss, machte dann kehrt und lief am neuen Stadtmuseum und dem Theater vorbei zurück in Richtung Marktplatz. Der Mond war nahezu rund, mit seinen Flecken und Schatten sah er aus wie eine dünne Scheibe Perlmutt. Carl musste sich an einer Gartenmauer abstützen, um hinaufzuschauen. Ihm wurde fast schwindlig von der Anzahl der Sterne und der schieren Größe des Universums. Wie konnte etwas gleichzeitig so schön und so beängstigend sein? Er hatte Angst vor dem, was kam – das wusste er auch, ohne in die Sterne zu blicken. Aber wie er hier stand, wurde ihm bewusst, dass er ebenso Angst hatte vor dem, was hinter ihm lag. Dabei war er doch verschont geblieben – wenn man es genau betrachtete, hatte er Glück gehabt, anders als seine Eltern und Großeltern. Und anders als seine Brüder, die wahrscheinlich quälendere Erinnerungen mit sich herumschleppen mussten als er.

Trotzdem war er seit einigen Jahren verletzlich geworden. Natürlich hatte auch die Pandemie dazu beigetragen. Die Bilder in den Nachrichten: die leeren Straßen und überfüllten Krankenhäuser; die Sterbenden, wie sie auf dem Bauch lagen, hilflos wie gestrandete Fische; die Kühllaster am Pier in Brooklyn, beladen mit Hunderten von Leichen. Und die Einsamkeit, die er erlebte, mit Helen in der gleichen Wohnung – diese tiefe

Einsamkeit, die ihm in manchen Momenten fast ebenso schlimm vorkam wie das Schicksal der Kranken.

Und kaum war all das einigermaßen überstanden, starb Helen und ließ ihn zurück in einer Welt, die ein einziges Schlamassel war und auf direktem Weg in ihren Untergang. Carl hatte das Gefühl, eine Sicherheit verloren zu haben, die vielleicht schon immer nur eine Illusion gewesen war. Womöglich hatte er sein ganzes Leben lang etwas Entscheidendes übersehen.

Zurück im Hotel, legte er sich angezogen aufs Bett. Es war zwei Uhr morgens, als er einschlief, und als er um kurz nach acht wach wurde, nahm er das Telefon und wählte Hermanns Nummer.

»Warst du schon mal dort?«, fragte er statt einer Begrüßung. »Also *nach* der Flucht.«

Es blieb für einen Moment still, und Carl setzte schon an, um seine Frage zu präzisieren.

»Nein«, sagte Hermann. »Nie.«

»Und möchtest du da mal hin?« Durch das gekippte Fenster konnte Carl hören, wie vor dem Laden nebenan die Kleiderständer über den Steinboden gerollt wurden. Die Sonne warf staubige Bahnen ins Zimmer; wenn er die Vorhänge nicht zuzog, wäre der ganze Raum bis zum Abend aufgeheizt und viel zu warm zum Schlafen.

»Wir reden über Sopot, nicht wahr?«, vergewisserte sich Hermann.

Carl nickte, dann sagte er: »Ja, Zoppot, Sopot, nenn es, wie du willst.«

»Ich weiß nicht«, sagte Hermann zögernd. Carl fuhr mit dem Zeigefinger den Rand des Nachttischchens entlang, dann trat er ans Fenster, um auf die Straße zu blicken. Im Schaufenster des gegenüberliegenden Schuhladens hing ein grellgelbes

Schild. »Alles muss raus.« Vor dem Supermarkt daneben standen Kisten mit Obst und Gemüse neben Eimern voll Blumen.

»Und du selbst?«, fragte Hermann.

»Ich weiß auch nicht«, sagte Carl. Die ersten Kunden gingen in den Supermarkt: eine Frau mit einem kleinen Mädchen, das sich störrisch an der Hand ziehen ließ. »Ich frage mich, was es mit mir machen würde. Ob es mich kaltlassen würde. Oder etwas klären.« Er klopfte leicht gegen das Fenster, aber die Kleine war bereits hinter der Frau im Laden verschwunden.

»Verstehe.« Nach einer Pause sagte Hermann: »Ich weiß nicht, ob ich dem gewachsen bin, das ist alles.«

»Das weiß man wohl erst, wenn man es macht.«

Sie schwiegen beide, dann sagte Hermann: »Du hast mich geweckt.«

»Tut mir leid.«

»Ich leg mich jetzt wieder hin.« Carl konnte ein leises Seufzen hören, dann setzte Hermann hinzu: »Ich ruf dich nachher an. Vielleicht …« Eine Pause entstand, in der er nach den passenden Worten zu suchen schien. »Vielleicht wäre es ja gut, wenn wir uns das trauen würden. Keine Ahnung, ist nur so ein Gedanke.«

»Tja«, sagte Carl. »Weiß auch nicht.«

Aber in der Fensterscheibe vor sich sah er schwach sein Gesicht gespiegelt, und zu seiner eigenen Verblüffung lächelte er.

Drei

Es war das eine, eine Reise zu vereinbaren, es war etwas ganz anderes, sie zu planen, und manchmal in den nächsten zwei Tagen hatte Carl den Eindruck, dass sie sie nie antreten würden. Sie waren einfach zu alt. Und Hermann war noch dazu – ja, was war er eigentlich? Zu pedantisch? Zu umständlich? Am Ende war Hermann einfach Hermann, das war das Problem.

Dabei war auch Carl selbst nicht mehr so gelassen wie früher. Schon bei ihrer Abreise aus Newark hatte er Lisa und Collin verrückt gemacht mit seiner Nervosität und der Forderung, fast vier Stunden vor Abflug am Flughafen zu sein. Sie hatten sich schließlich gefügt. Als sie viel zu früh am menschenleeren Gate saßen, sah Carl wohl die Blicke, die sie einander zuwarfen, aber freundlicherweise unterließen sie jeden Kommentar. Er hätte ihnen ohnehin nicht erklären können, wie es sich anfühlte, wenn man sich selbst nicht mehr trauen konnte. Wenn man die Schwachstelle jeder Unternehmung geworden war.

Der Plan war, auf halber Strecke in Kolberg zu übernachten und dann am nächsten Tag weiter nach Zoppot zu fahren. Die knapp vier Stunden, die sie für jede Tagesstrecke brauchten, würden durch mehrere Zwischenstopps verlängert werden – nicht nur, damit Carl und Hermann zur Toilette gehen konnten, sondern auch, damit Hermann seine gymnastischen Übungen machen konnte, da er ansonsten einen steifen Rücken, Steißschmerzen oder Thrombosen befürchtete.

»Du solltest besser mitmachen«, sagte er zu seinem Bruder, und Carl nickte ergeben, obwohl er fest entschlossen war, nicht neben dem Auto zu turnen.

Am Tag vor ihrer Abreise führte Hermann sie zum einzigen Buchladen der Stadt, um dort einen aktuellen Straßenatlas für Europa zu kaufen. Es war eine der Bedingungen gewesen, die er für sein Mitkommen gestellt hatte. Im Café neben der Buchhandlung trug er die Strecke mit einem schwarzen Stift ein.

»Perfekt.« Lisa betrachtete sein Werk. Wie eine neugierige Schlange schob sich eine Filzstiftlinie von West nach Ost, wo sie in einen Kreis bei Kolberg und in einen weiteren bei Zoppot mündete. »Darf ich beim Fahren denn trotzdem das Navi anstellen?«

»Na ja. Ich weiß nicht.« Hermann schaute betroffen. »Was ist, wenn das Navi eine andere Route vorschlägt?«

Alles, was recht ist, dachte Carl. Aber Lisa erwiderte seinen Blick nicht, sondern nickte nur, als wäre der Einwand bedenkenswert.

»Stimmt. Wir sollten uns einfach auf dich und deine Karte verlassen. Zu viele Köche machen das Essen schlecht, nicht wahr?«

»Den Brei«, korrigierte Hermann sie streng. »*Verderben* den Brei.«

Während der ganzen Fahrt hatte er den Straßenatlas geöffnet auf seinem Schoß liegen, und wie sie versprochen hatte, verließ Lisa sich einzig auf seine Richtungsanweisungen.

Vom Restaurant des Hotels aus konnte man den Strand von Kolberg sehen, der sich jetzt, am späten Nachmittag, langsam leerte. Sie waren nach ihrer Ankunft alle für eine Stunde auf ihren Zimmern geblieben. Doch weil sie kein Mittagessen gehabt hatten, waren sie nun hungrig. Auf der Speisekarte stand von Hering bis Hummer alles, was das Meer bot, außerdem gab es asiatische Gerichte und polnische, von denen Hermann und Carl nur Piroggen und Zurek kannten. Lisa bestellte beides, obwohl Carl sie warnte, dass Zurek eine saure Mehlsuppe sei, die auch der eifrigste Ahnenforscher nicht probiert haben müsste.

Aus Erzählungen wusste er, dass seine Eltern mit ihnen hier, in Kolberg, am Strand gewesen waren – einen ganzen Sommer lang hatten Freunde ihnen ein Ferienhaus in der Nähe des Leuchtturms überlassen, und jeden Tag waren sie, mit Liegestuhl, Sonnenschirm und Spielzeug beladen, zum Strand gegangen. Es war das Jahr nach seiner Geburt gewesen, und sein Vater musste damals noch als Arzt an der Frauenklinik in Zoppot gearbeitet haben. Carl stellte sich vor, wie ein Mann einen altmodischen Babykorb unter einem Sonnenschirm abstellte und mit seinen älteren Söhnen schwimmen ging. Gut möglich, dass es der Strand gewesen war, der jetzt vor ihnen lag. Für ihn sah er aus wie jeder andere: ein Streifen ockerfarbenen Sands, an dem das metallisch glänzende Wasser in trägen Wellen leckte.

»Erinnerst du dich an irgendetwas hier?«, fragte er seinen Bruder, nachdem der Kellner die Bestellung aufgenommen hatte. Statt sie auf einen Notizblock zu schreiben, hatte er sie in eine Art Handy eingetippt. Danach hatte er einen dünnen weißen Vorhang vors Fenster gezogen, damit sie nicht von der Sonne geblendet würden. Er war jung, höchstens dreißig, mit aufgeworfenen Lippen und freundlichen grünen Augen. Als er zu ihnen an den Tisch kam, hatte er zuerst Lisa angesprochen, aber danach war sein Blick an Collin hängen geblieben. Carl sah, wie Collin verlegen blinzelte, vom Kellner weg- und dann wieder zu ihm hinschaute.

»Nein«, sagte Hermann. »Ich erinnere mich an gar nichts.«

Nach dem Essen wandte er sich an Carl. »Mit geht's nicht besonders, fürchte ich.«

»Kein Problem«, sagte Carl. »Ich bring dich zu deinem Zimmer.«

Der dicke Teppich schluckte das Geräusch ihrer Schritte. Das ganze Hotel erinnerte Carl an den Prunk der späten Siebzigerjahre. Er war damals gerne mit Helen und Lisa unterwegs gewesen; es hatte etwas Mondänes, ein Flugzeug zu besteigen und sich an Orte fliegen zu lassen, von denen man bisher nur gehört hatte. Später war er fast nur noch alleine verreist. Auf Kongresse, zu Vorträgen, einmal zu einer Forschungsexkursion nach Kairo, die das Archäologische Institut veranstaltet und zu der ihn ein befreundeter Professor eingeladen hatte. Während die Studenten und Studentinnen in kleinen Bussen frühmorgens zu ihren Ausgrabungsstätten gekarrt wurden, hatte er die staubige, überfüllte Stadt durchstreift, die al-Hakim-Moschee und das Ägyptische Museum besucht und in winzigen Bars kleine Tassen nach Kardamom schmeckenden Espresso getrunken. An einem Abend war er mit einer der Studentinnen zur Promenade gegangen, um ihr die bunt beleuchteten Barkassen auf dem Nil zu zeigen. Von den Booten klang blechern arabische Popmusik zu ihnen herüber, während in den belebten Gassen hinter ihnen die dreirädrigen Tuk-Tuks hupten. Carl konnte sich nicht an den Namen der Studentin erinnern, ebenso wenig an ihr Gesicht, aber das war letztlich nicht wichtig. Sie war einfach eine angenehme Begleitung gewesen, eine verheißungsvolle Möglichkeit.

Es brauchte einige Versuche, bis das grüne Licht an Hermanns Tür aufleuchtete und er sie aufdrücken konnte. Carl stand dicht neben ihm, als befürchtete er, dass sein Bruder ohnmächtig würde. Hermann schien ihm plötzlich fragil, die ganze Reise eine zu große Zumutung für ihn, der nie gern von seinem täglichen Trott abgewichen war.

Als Hermann sich zu ihm umdrehte, mit einem Gesichtsausdruck, der ebenso freundlich wie hilflos war, sagte Carl: »Wir können auch einfach zurück, weißt du? Wir müssen nicht nach Zoppot.«

Hermann atmete tief ein, dann lächelte er unglücklich. »Es wird schon gehen.« Er sah Carl ernst an. »Wenn wir es jetzt nicht machen, machen wir es nie mehr.«

»Vielleicht braucht es das ja auch gar nicht.«

Carl wusste selbst nicht, ob er die Fahrt nach Zoppot noch unternehmen wollte. Was würde ihn dort erwarten? Eine polnische Stadt, so fremd wie die hier, mit dem einzigen Unterschied, dass er dort geboren worden war. Sie würden nach dem Haus suchen, in dem sie gelebt hatten. Sie würden zurückfahren, und er für seinen Teil würde die Stadt sofort vergessen.

Er sehnte sich plötzlich nach Montclair. Nach seinem alten Haus, um genau zu sein. Dem Vorgarten, der sich bis an den von Wurzeln holprigen Gehsteig erstreckte, dem Türmchen, das er immer als architektonische Spielerei abgetan, aber tatsächlich geliebt hatte; dem Knarzen der Treppe, wenn er nachts als Letzter hochging, im Licht des Kronleuchters, den Helen und er auf einem Antikmarkt in Montauk gefunden hatten. Eigentlich war es Helen gewesen, die ihn gefunden hatte. Sie hatte ihn regelrecht überreden müssen, den Leuchter mit seinem angelaufenen Silber und den stumpfen Kristalltropfen zu kaufen. In stundenlanger Arbeit hatte sie die Lampe geputzt und repariert, aber als er sie schließlich an der hohen Decke der Eingangshalle befestigt hatte, gratulierte er sich selbst zum Kauf des Leuchters. Und Helen? War so freundlich gewesen, ihm zuzustimmen.

Helen, ach Helen. Auch sie vermisste er.

»Ich muss gestehen, dass ich ein wenig Angst habe«, sagte Hermann. »Die Sache ist die: Ich *habe* Erinnerungen, ich weiß nur nicht, ob ich ihnen gewachsen bin, so allein.«

»Wir sind doch bei dir«, wandte Carl ein.

»Ja. Aber die Erinnerungen habe ich allein.«

Hermann hatte Carl nicht angesehen, während er sprach, aber jetzt wandte er sich ihm wieder zu. »Weißt du noch, wie das damals war, in Windisch? Wie sie nicht wussten, wie sie uns nennen sollten? Flüchtlinge oder Vertriebene? Und wie sie sich dann auf ›Aussiedler‹ einigten? Weil alles andere ja nach Kritik am großen Bruder hätte klingen können. Und wie Papa uns das einschärfte, die Dankbarkeit gegenüber der Sowjetunion. Aber er war ja auch nicht dabei gewesen, auf der Flucht.« Er stützte sich am Türrahmen ab. »Ohren zu, Augen zu, Klappe zu.« Er winkte ab. »Ach, ist ja egal. Wenn du nichts dagegen hast, leg ich mich jetzt hin.«

»Nein«, sagte Carl. »Klar.« Er nickte dazu. »Bin schon weg.«

Er griff in die Tasche seines Jacketts, dann tastete er die andere ab. Die Karte steckte in der Innentasche. Er nahm sie in die Hand und sah zu seinem Bruder, der abwartend in seiner Zimmertür stand.

»Pack.« Carl war selbst überrascht, sich das sagen zu hören. »So nannten sie uns. Polenpack. Polacken.« Die Gruppe von Jungen, die sich hinter dem Arme-Sünder-Turm, damals noch eine halbe Ruine, versteckt hatte, um ihnen den Weg zu versperren, als sie von der Schule kamen. Bis zum Gartenzaun verfolgten sie sie, und nur Konrad wehrte sich, während er und Hermann einfach schneller liefen, Hermann mit ungelenken Trippelschritten und schlenkernden Armen, er selbst rennend und hüpfend, wie um zu zeigen, dass ihm das alles nichts ausmachte.

Genau die Art von Erinnerung, nach der er nicht gesucht hatte.

»Tja.« Hermann zuckte mit den Schultern. »Solche gibt's immer, weißt du? Nicht alle waren so.«

»Ich weiß.«

Fidschi, Schlitzauge. So nannten sie früher die Asiaten; vielleicht hatte sogar er einen der Ausdrücke dann und wann benutzt, bevor sie Lisa adoptierten. *Chink* oder *Gook* in Amerika. Es gab diese Schimpfwörter immer noch; das hatten die letzten beiden Jahre gezeigt. Und was war er selbst? Ein *Hun*, ein *Kraut*, ein *Ted*. Auch wenn ihm das natürlich nie jemand ins Gesicht sagte.

Konrad, Hermann und er – sie alle würden in den nächsten Jahren sterben, und sollte einer von ihnen die Illusion gehabt haben, die Welt würde bei ihrem Tod ein besserer Ort sein als bei ihrer Geburt, so hatten sie sich getäuscht. Sicher, vieles *war* besser geworden. Alleine dass sie so alt werden konnten, war eine Errungenschaft des letzten Jahrhunderts. Aber jetzt waren sie hier in Polen, nur wenige Autostunden von dem Ort entfernt, an dem seit Monaten ein Krieg tobte, den niemand mehr für möglich gehalten hatte und von dem man noch nicht wusste, welche Länder er mit in den Abgrund ziehen würde. Sosehr seine Vernunft sich auch sträubte, so wenig konnte Carl dagegen tun, dass er zunehmend fatalistisch wurde. Manchmal schien es ihm ganz und gar nicht unmöglich, dass sein eigenes Ende mit dem der Welt zusammenfallen würde, eine Wahrnehmung, die er abwechselnd herzzerreißend, größenwahnsinnig und tröstlich fand.

»Schlaf gut«, sagte Hermann, und Carl sagte: »Du auch«, und schloss die Tür hinter sich ab.

Vier

Eine Gruppe von Frauen kam Carl auf dem Bürgersteig entgegen. Sieben oder acht, kichernd und ausgelassen, auf dem Kopf der einen eine Krone. Sie passierten ihn, ohne innezuhalten, wie Wasser umflossen sie ihn, nahmen ihn für einen Moment in ihre Mitte auf und liefen ungerührt weiter, während ihre Stimmen, ihr Lachen noch eine Zeit lang zu hören waren.

Von der Strandpromenade aus ging er Richtung Stadtzentrum, dann hielt er sich nördlich, lief an Apartmenthäusern, Restaurants, einem Weinladen vorbei. Die Sonne stand hoch am Himmel, ohne die Brise vom Meer war die Stadt ein Glutofen. Während Lisa und Collin den Vormittag am Strand verbrachten und Hermann sich in seinem Hotelzimmer ausruhte, suchte Carl die Zoppoter Frauenklinik. Er hatte sich den Weg auf einer Karte markiert. Zwanzig Minuten, hatte er geschätzt. Die lief er jetzt schon, aber noch war nichts von einem Krankenhaus zu sehen.

Als er an einem Irish Pub vorbeikam, trat er kurz entschlossen ein. Er bestellte ein Bier und setzte sich an einen Tisch, von dem aus er die Straße im Blick hatte und gleichzeitig die Barfrau beobachten konnte, die die Gläser für den Abend spülte. Wie die Kneipe selbst hatte sie etwas leicht Ramponiertes, gerade noch Vorzeigbares an sich. Alles klar?, hatte sie in Englisch gefragt, als Carl sich an die Theke gelehnt hatte, und er hatte Ja gesagt, alles klar. Jetzt erwiderte sie seinen Blick.

»Tourist?«

»Sozusagen.«

Sie sah ihn fragend an.

»Ich bin hier geboren.« Er musste lachen. Er war achtzig, und es war das erste Mal, dass er diesen Satz sagen konnte.

Sie fuhr sich mit einer Hand durch die langen Haare, deren Blond wahrscheinlich die Übertreibung der Haarfarbe war, die sie tatsächlich einmal gehabt hatte. »Ich auch.«

»Aber ein halbes Jahrhundert nach mir.«

Sie musterte ihn mit hoch erhobenen Brauen. Carl lächelte, und sie verzog spöttisch die Lippen.

Ein vierschrötiger Mann in kariertem Hemd betrat das Lokal und setzte sich an die Theke. Carl nahm einen letzten Schluck Bier, dann holte er den Stadtplan aus seiner Jackentasche und entfaltete ihn. Zur Zoppoter Frauenklinik war es nicht mehr weit, ein halber Kilometer höchstens.

Zoppot hatte ihn überrascht. Nachdem sich Kolberg als Mischung aus Plattenbauten, hübsch renovierten Jugendstilhäusern und strandnahen Hotelkästen entpuppt hatte – also als ziemlich genau das, was er erwartet hatte –, war er nicht darauf vorbereitet gewesen, in Zoppot ein geradezu mondänes Kurbad vorzufinden. Die meisten Villen des ausgehenden neunzehnten Jahrhunderts waren erhalten geblieben, die ganze Stadt herausgeputzt, überquellende Blumenampeln an den Laternen, Lampionketten in den Gartenlokalen, das Stadtzentrum voller Besucher. Vor einigen Jahren hatte er sich im Internet ein Amateurvideo aus den frühen Vierzigern angesehen: Zoppots Casino, die Einkaufsstraße, Bilder vom Strand (eine junge hübsche Frau, die im keuschen Zweiteiler storchenartig ins Wasser stelzte), aber in seiner Vorstellung hatte der Kurort nie wieder seinen alten Glanz erreicht. Für ihn war es einfach der Ort gewesen, den seine Mutter mit ihren Söhnen verlassen musste.

Am Vortag hatten sie sich direkt nach ihrer Ankunft auf die Suche gemacht. Wenn es nach ihm gegangen wäre, hätten sie erst im Hotel eingecheckt. Ihn drängte es nicht, sein Elternhaus zu finden, aber Hermann hatte sich von Lisas Aufregung anstecken lassen, und zusammen hatten sie noch in Kolberg entschieden, dass das ihr erstes Ziel sein würde.

»Und wie lautet die Adresse?«, hatte Lisa gefragt, als sie von der Autobahn abfuhren. Carl hatte nur mit den Schultern gezuckt; es war eigentlich ganz angenehm, nicht zuständig zu sein.

»Unglaublich«, sagte Hermann. »Ich sollte das doch wohl wissen.«

Aber die Adresse fiel ihm nicht ein, bis kurz vor Zoppot nicht, und dann war es Lisa, die sagte: »Es war wohl nicht die Straße, die auf dem Pass eures Vaters stand?«

»Doch«, sagte Hermann. »Die müsste es eigentlich sein.«

»Mackensen. Der Name war Mackensenstraße, aber die Hausnummer weiß ich nicht mehr.«

»Du hast dir das gemerkt?«, fragte Carl, und Hermann rief im selben Moment: »Mackensenstraße elf!«

»Ja«, sagte Lisa und nickte erst ihrem Vater, dann ihrem Onkel zu. »Dürfen wir das denn jetzt ins Navi eingeben?«, fragte sie, und Hermann sagte: »In Ordnung.«

Lisa wandte sich an Collin, der auf dem Beifahrersitz saß.

»Kannst du das machen?«

»Klar.« Collin nahm sein Handy und tippte etwas.

»Da ist nichts«, sagte er nach kurzer Zeit. »Keine Mackensenstraße in Zoppot.« Er drehte sich zu Carl und Hermann um. »Seid ihr sicher mit dem Straßennamen?«

Hermann antwortete: »Doch. Schon.« Im nächsten Moment schlug er sich mit der flachen Hand gegen die Stirn. »Das sind jetzt natürlich polnische Namen! Nicht mehr die von deutschen Kriegsherren.« Er stieß ein Prusten aus, dann sagte er resigniert: »Da wird das wohl nichts.«

Lisa sagte beruhigend: »Gib mal nicht so schnell auf.«

Sie warf Collin einen Blick zu, und Collin tippte wieder etwas in sein Handy ein.

»Okay«, sagte er nach einer Weile. »Die Mackensenstraße heißt heute Władysława Łokietka. Und um dahin zu kommen, brauchen wir ziemlich genau dreiundzwanzig Minuten.«

Das Haus an der Władysława Łokietka elf war eine weiße Gründerzeitvilla, die zwischen dem Parkplatz eines Supermarkts und einem dreistöckigen Mehrfamilienhaus stand. An einen Vorbau mit großen Fenstern schloss sich das Haupthaus an, die beiden Mansardendächer waren schwarz und erinnerten Carl an Nonnenhauben. Am Zaun hing ein großes blaues Banner, auf dem mit weißer Schrift »*Wynajem bez prowizji*« stand. Das Blau-Weiß des Banners wiederholte sich im Blau-Weiß des Fußgängerschildes direkt daneben. Auf einer Litfaßsäule wurde ein Geigenkonzert angekündigt und für eine Reise an den Balaton geworben.

Hermann stand mit dem Rücken zum Verkehr – die Władysława war eine breite zweispurige Straße, die von und zur Innenstadt führte – und schaute auf das Haus. Sein Gesichtsausdruck erinnerte Carl an einen Studenten, der in seiner Abschlussprüfung versagte.

»Es hat sich kaum verändert«, sagte Hermann schließlich. »Also alles drum herum schon – der Supermarkt, die ganze Straße, das Hotel dort drüben« – er zeigte auf das moderne holzverkleidete Gebäude gegenüber, *Resort Pobierowo*. »Aber das Haus selbst sieht eigentlich noch genauso aus. Außer dass es schlechter in Schuss ist.«

Er trat einen Schritt näher heran und legte wie zur Probe die Hände auf den Eisenzaun. Dann nahm er sie wieder weg.

»Da hinten«, er deutete auf ein kleines ovales Fenster im ersten Stock des Haupthauses, »war mein Zimmer. Und daneben«, er ging langsam nach rechts, ohne den Blick vom Haus zu nehmen, »war das von Konrad.«

Auf dem Parkplatz des Supermarkts konnte man die gesamte Länge des Hauses abschreiten. Sie liefen an der fleckigen hohen Wand entlang, die von einzelnen, scheinbar willkürlich platzierten Fenstern unterbrochen war. Eines der Fenster im ersten Stock war geöffnet, und eine weiße Gardine wehte heraus wie zu einem altmodischen Gruß. An die Rückseite des Hauses schloss sich eine Mauer an, hinter der sich ein Garten zu verbergen schien; hohe Bäume ragten auf, und ein prächtiger Blauregen ließ seine Zweige zu ihnen herunterhängen. Hermann war stehen geblieben und betrachtete konzentriert die Mauer, als müsste er nur lange genug den Stein anstarren, um in den Garten seiner Kindheit zu gelangen.

»Sollen wir klingeln?«, fragte Carl.

Hermann machte eine abwehrende Grimasse. »Wozu sollte das gut sein?« Er zuckte mit den Schultern. »Ich kann ja schlecht im Haus rumlaufen und die Räume inspizieren.«

Er hatte den Satz wie eine Frage enden lassen, für Carl ein Zeichen, dass er vom Gegenteil überzeugt werden wollte.

»Vielleicht ja doch«, sagte er, als sie zur Straße zurückgingen. »Fragen kostet nichts.«

»Außer einer ziemlichen Überwindung«, sagte Hermann, und Carl schnaubte leise, um zu zeigen, dass der Witz angekommen war.

»Was steht denn eigentlich auf dem Schild?«, fragte Collin, als sie wieder auf dem Bürgersteig vor dem Haus standen. Er deutete auf das blau-weiße Banner am Gartenzaun.

»Denkt bloß nicht, dass ich Polnisch kann«, sagte Hermann, als er merkte, dass alle Augen sich auf ihn richteten.

»Okay«, sagte Collin. »Kriegen wir raus.«

Mit zusammengekniffenen Augen sah er vom Banner zu seinem Handybildschirm und tippte die Worte ab.

»*Wynajem bez prowizji*«, sagte er, »heißt: Zu vermieten ohne Provision.« Er sah die anderen triumphierend an. »Wir müssen also nicht mal unsere Story auftischen, sondern können das Haus einfach besichtigen.«

»Ach«, sagte Carl.

»Großartig«, sagte Lisa.

Hermann schwieg. Er starrte auf das Banner, dann wandte er den Blick ab und sah den Autos zu, die gleichgültig an dem Haus Władysława Łokietka elf vorbeifuhren. Als eine junge Frau mit Kinderwagen den Bürgersteig entlangkam, traten sie alle zur Seite, und Hermann nickte einige Male, als habe er einen Entschluss gefasst.

»Gut. Besichtigen wir also das Haus.«

Er schaute Carl mit einem breiten unglücklichen Grinsen an. Dann holte er tief Luft.

Der Mann, der ihnen die Tür öffnete, trug einen Jogginganzug, sein krauses Haar umgab den Kopf braun und wolkig, und ein Schnurrbart, dessen Enden wie zu einem Lächeln nach oben gezwirbelt waren, schmückte seine Oberlippe. Mit einem freundlichen, leicht verständnislosen Blick sah er vom einen zum anderen.

»*Wynajem bez prowizji*«, brachte Hermann schließlich hervor, und die Miene des Hausbesitzers hellte sich auf, während er einen Schwall polnischer Sätze auf sie niedergehen ließ und die Tür weit öffnete, damit sie alle einträten. Der Flur war schmal und dunkel, ein Spiegel an der Stirnseite zeigte die Gruppe – ein amorphes Wesen, das sich vor dem hellen Fleck der geöffneten Haustür neu sortierte. Vom Flur führte eine Tür in die mit roten Kacheln und abgenutzten Holzmöbeln ausgestattete Küche, von da aus ging es in ein Esszimmer, das durch eine französische Tür mit dem Wohnzimmer verbunden war. Der Umstand, dass er Mieter für das Haus suchte, war für den Mann offensichtlich kein Grund gewesen aufzuräumen: In Stapeln lagen Zeitungen, Ordner, Kleidung herum, die Regale waren mit Nippes vollgestellt, ein überquellender Aschenbecher thronte in der Mitte des Esstisches wie ein sorgsam platziertes Bouquet. Sie gingen in die erste Etage. Von den oberen Zimmern schien nur eines bewohnt; die anderen waren in fast mönchischer Strenge eingerichtet: ein Bett, ein Stuhl, ein Tisch, in einem der Räume außerdem ein Trimmrad, dessen Staubschicht eine gewisse Hoffnungslosigkeit ausstrahlte. Hermann sagte: »Hier war mein Zimmer, und dort« – er zeigte den Flur hinab in Richtung des Schlafzimmer des Mannes – »das unserer Eltern.«

Im letzten Zimmer, einem schmalen, direkt unterm Dach gelegenen Raum, staute sich die Hitze des Sommertages, es roch nach Staub und warmem Holz, und sie folgten nacheinander Hermanns Beispiel und traten an ein kleines Gaubenfenster, als gäbe es hier außer den Dächern der gegenüberliegenden Häuser und dem Himmel darüber irgendetwas zu entdecken.

Noch einmal fast zwanzig Minuten brauchte Carl, um zur Frauenklinik zu gelangen. Offenbar war sie zu einem Zentrum für Geburtshilfe geworden. Ein großes Schild über dem Eingang zeigte die Umrisse eines Paares, der Mann legte von hinten die Arme auf den Bauch der Frau, in dem ein Baby kopfüber schwamm. Eine breite Treppe führte hinauf; hier musste sein Vater allmorgendlich hochgegangen sein: Doktor Wilhelm Krüger, Chefarzt, wie bereits sein Vater und Großvater, aber noch dazu heimlicher Marxist, im letzten Kriegsjahr eingezogen und in sowjetische Gefangenschaft geraten. Carl wusste wenig von seinem Vater, nur das, was seine Mutter ihm erzählt hatte (kein böses Wort verlor sie über ihn, aber auch nicht viele gute). Paare und einzelne Frauen gingen in das Gebäude, andere kamen heraus. Er musste aussehen wie einer der Männer, die spät im Leben nochmals von vorn begannen, notgedrungen bereit, ihren jungen Frauen den Kinderwunsch zu ermöglichen, aber zurückhaltend, was die medizinische Seite des Ganzen betraf.

Für Helen und ihn hatte es damals diese Möglichkeit nicht gegeben; es hätte wahrscheinlich auch nichts genutzt – der Eingriff, den Helen mit gerade mal neunzehn hatte vornehmen lassen müssen, war schwerwiegend gewesen. Immerhin hatte sie ihm nie etwas vorgemacht: Er wusste, worauf er sich einließ, und tat es trotzdem. Die Frage, ob er jemals Vater werden würde, lag für ihn in weiter Ferne, und als sich dann einige Jahre später die Möglichkeit bot, ein Kind zu adoptieren – sie hatten sich nicht darum bemüht, es war ein Anliegen, das auf privatem Weg an sie herangetragen worden war –, waren sie gerade an einem Punkt in ihrem Leben, an dem es ihnen wie die Lösung all ihrer Probleme schien. Dass aus dem dunkeläugigen Baby ein offensichtlich asiatischstämmiges Kleinkind wurde, war unerwartet, aber nicht der Grund für die Kluft, die sich später zwischen ihm und Lisa auftat. Sicher, er und Helen hätten diese Information gern früher gehabt. Aber während die deutsche Herkunft der Mutter bekannt war, hatte auf den Adoptionsunterlagen hinter Vater nur »Unbekannt« gestanden, und so war ihrer Tochter eben ein Überraschungscoup gelungen.

Als Carl wieder beim Hotel ankam, war es Mittag. Dem Eingang gegenüber lag ein Park, und trotz seiner Erschöpfung ging er, einer plötzlichen Eingebung folgend, durch das breite Eisentor. Der Weg aus gelbem feinem Kies führte schnurstracks auf einen kleinen Platz zu, auf dem um einen Brunnen herum mehrere weiße Holzbänke in einem Rondell standen. Auf einer Bank saßen zwei Frauen, und ein Hund, der vielleicht zu ihnen gehörte, lief ohne Leine und mit gesenkter Nase umher. Carl setzte sich so hin, dass er die Frauen sehen konnte. Sie waren jung – Carl schätzte sie auf Mitte zwanzig. Eine der beiden war so dick, dass ihr Fleisch sie umgab wie ein Polster. Die andere Frau hatte lange schwarze Haare, ihre Haut war einen Ton dunkler. Sie hatte die Beine übereinandergeschlagen, nackte Füße in zierlichen Sandalen. Sie war es, die die meiste Zeit sprach, und ihre Hände beschrieben dabei Gesten wie zwei unterseeische Liliengewächse. Carl musste sich zwingen, die Augen abzuwenden, so schön fand er diese Hände, die miteinander zu tanzen schienen. Die dicke Frau sah sich suchend um, dann rief sie einen Namen, und der Hund trottete zu ihr hin. Als ihre Blicke sich trafen, lächelte Carl ihr zu, doch sie musterte ihn nur feindselig und wandte sich ab. Dann flüsterte sie ihrer Freundin etwas zu, und beide Frauen sahen zu ihm hin und fast sofort wieder weg.

»Ist ja schon gut«, sagte er leise. »Keine Gefahr, Dickerchen.«

Er betrachtete den Brunnen vor sich, den sechseckigen Rand

aus rostbraunem Metall, das Wasser, wie es so über zwei schmiedeeiserne Konstruktionen lief, dass es kompakte Dächer bildete. Unwahrscheinlich, dass seine Vorfahren diesen Brunnen je gesehen hatten, er schien neueren Datums zu sein. Aber es war gut möglich, dass sie denselben Kiesweg entlanggelaufen waren, denselben Blick auf die barocke Kapelle hatten, die sich hinter Kiefern und dicht belaubten Ahornbäumen erhob, dieselben Laute hörten – das halbstündliche Schlagen der Glocke, Schritte auf dem Kies, Kinderstimmen vom nahe gelegenen Spielplatz.

Er rutschte einige Zentimeter tiefer, legte den Kopf auf der Rückenlehne ab und schloss die Augen. Hermann kam ihm in den Sinn. Er hatte sich gleich nach dem Frühstück zurückgezogen; der Vortag hatte ihn zu sehr angestrengt, und Carl fragte sich, wie er überhaupt noch allein zurechtkam. Das Problem war, dass er sich immer noch nicht vorstellen konnte, wie es war, Hermann zu sein. Wenn er mit ihm zusammen war, war es die stets gleiche Mischung aus Zuneigung und Scham, die ihn befiel: ein Gefühl, als steige sein Blut in kleinen, nervösen Kreisen von der Brust in den Hals. Seine Beziehung zu Hermann hatte sich früh von Bewunderung zu Verachtung gewandelt – keine kalte Verachtung, im Gegenteil: eine, deren Basis immer noch die Liebe zu seinem Bruder war, aber eben auch die Erkenntnis, dass Hermann all das nicht einlösen konnte, was einen großen Bruder ausmachte. Und dass plötzlich er, Carl, in die Rolle des Beschützers gedrängt war. Nicht, dass er dieser Aufgabe wirklich nachgekommen wäre. Die wenigen Male, die er Hermann beigestanden hatte, war er danach so wütend auf ihn gewesen, dass er die Demütigungen nahtlos fortgesetzt hatte.

Später dann akzeptierte er wie alle anderen, dass Hermann *etwas sonderbar* war. Im tiefsten Inneren wussten sie alle, dass das, was Hermann in seinen Zwanzigern dazu brachte, sich in seinem Haus hinter einem Berg von Gegenständen zu verschanzen, nichts war, was sich spontan eingestellt hatte, sondern die Krise, auf die er sein Leben lang zugesteuert war. Eigentlich war es eher verwunderlich, dass er später doch noch die Kurve gekriegt hatte: dass er nicht nur seinen Beruf bis zum Ende behalten konnte, sondern dass auch das Zusammenleben mit seiner Mutter so gut klappte. Für beide war es ein Ausweg gewesen, eine Möglichkeit, nicht zu vereinsamen.

Einsamkeit, das war es, worum es ging. Erst in letzter Zeit war das Carl klar geworden. *I'm so lonesome I could cry.* Als ob Hank Williams gewusst hätte, was Einsamkeit war! Dreimal verheiratet war der gewesen! Seltsam, dass er selbst, Carl, nie auf die Idee gekommen war, sich scheiden zu lassen und neu zu heiraten. Nein, so ganz stimmte das nicht. Mit Sheila hätte er es sich vorstellen können. Aber bevor er den Gedanken hatte zu Ende denken können, hatte Sheila sich schon in einen anderen verliebt. Das Letzte, was er von ihr gehört hatte, war, dass sie ihrem Chirurgen nach Montana gefolgt war, wo er eine eigene Praxis aufmachte. Wahrscheinlich hatte sie ihr Studium aufgegeben, sich als Chefsekretärin ihres Mannes anheuern lassen und ihm eine Reihe von Elche jagenden Söhnen geschenkt.

Er musste gedöst haben, ein, zwei Minuten nur, hoffte er; allein die Vorstellung, auf dieser Parkbank wirklich *geschlafen* zu haben, trieb ihm die Schamröte ins Gesicht. Er fröstelte. Als er nach oben schaute, sah er, dass eine dunkle Wolke sich vor die Sonne geschoben hatte, wahrscheinlich war es die Temperaturveränderung gewesen, die ihn geweckt hatte. Die beiden Frauen saßen wie zuvor auf der Bank. Immer noch sprach die Langhaarige, während die andere ihr hingebungsvoll lauschte. Auch der Hund lag noch neben der Bank, seine Schnauze ruhte auf den Hinterpfoten, ein perfekter braun-weißer Hundekringel. Die Wolke zog weiter, das Glänzen und Funkeln kehrte zurück und eine Hitze, die fast sofort zu viel war. Carl richtete sich auf, schaute auf die Armbanduhr. Kurz nach eins. Er erhob sich, und eine Welle von Übelkeit überrollte ihn, ein Schmerz ergriff seinen ganzen Körper, als wollte er ihn ausschütteln wie eine dieser Schlenkerpuppen, die Lisa als kleines Mädchen gehabt hatte. Er tastete nach der Bank und konnte sie nicht finden. Dann ließ er sich sinken, hinein in die aufkommende Dunkelheit.

Fünf

Das Licht über ihm war grell, die Sonne vielleicht.

Er kniff die Augen zusammen, und als das nichts half, hob er die Hand, um sie damit zu bedecken. Aus einer grünen Kanüle führte ein dünner Schlauch von seinem Handrücken zu einem Plastikbeutel, der an einem hohen Metallständer hing. Ein Tropfen löste sich und machte sich auf den Weg, ein weiterer folgte.

»Du bist wach«, hörte er Lisa sagen. Sie beugte sich über ihn. Ihr schwarzes Haar hinter die Ohren geklemmt, betrachtete sie ihn besorgt.

»Wie lange …« Er musste sich räuspern. »Wie lange war ich es denn nicht?«

»Du meinst, wie lange du bewusstlos warst?« Sie strich ihm mit einer mütterlichen Geste die Haare aus der Stirn. »Das ging immer so hin und her. Vielleicht drei Stunden? Du bist ziemlich heftig mit dem Kopf aufgeschlagen. Kannst du dich an den Herzinfarkt überhaupt erinnern?«

Die Müdigkeit federte den Schreck ein wenig ab. Er schüttelte den Kopf, es schmerzte, und er hörte damit auf.

»Ich saß auf einer Bank im Park«, sagte er schleppend. Er war wirklich unendlich müde. »Ein Brunnen war da.« Er schloss die Augen wieder, es war leichter so zu sprechen, außerdem tauchten im Dunkel die Erinnerungen auf, bunt und zusammenhanglos wie Puzzlestücke. »Und ein Hund. Braun-weiß, eher klein.«

»Aha. Ein Hund also.« Er konnte ihrer Stimme anhören, dass sie lächelte. »Eine Frau war auch da. Die hat dir das Leben gerettet. Sie hat den Notarzt gerufen.« Sie machte eine kleine Pause. »Eins muss man dir lassen: Es war sehr vorsorglich von dir, ausgerechnet neben einer Krankenschwester einen Herzinfarkt zu bekommen.«

»War ich tot?«

»Nein.«

Er blinzelte und sah Lisa an. Sie wirkte ganz verloren, wie sie auf dem Stuhl neben seinem Bett saß.

»Das Gott sei Dank nicht.«

Er schloss die Augen wieder. Er fühlte sich, als wäre ein Lastwagen über ihn gerollt und hätte alle Luft und Kraft aus ihm gepresst.

»Und jetzt bin ich wo?«

»Im Krankenhaus von Zoppot.« Er hörte, wie sie sich auf ihrem Stuhl bewegte, das Scheuern ihrer dünnen Jacke an der Plastiklehne. »Sie werden noch weitere Untersuchungen mit dir machen, dir vielleicht einen Stent einsetzen. Aber alles in allem sieht es aus, als hättest du großes Glück gehabt.« Ihre Stimme war plötzlich erstickt von Tränen. »O Gott, ich hab so einen Schreck bekommen, als sie mich anriefen. Wenn du den Schlüssel vom Hotel nicht dabeigehabt hättest, hätte mich nicht mal jemand verständigen können.«

Carl klopfte beruhigend aufs Bett, und Lisa legte ihre Hand auf seine. »Ich bin so müde«, sagte er.

»Schlaf ruhig, ich bleib bei dir.«

Wieder das blendende Licht über ihm, aber jetzt erkannte er, dass es die Deckenleuchte war. Er schaute sich suchend um. Lisa saß auf dem Stuhl, sie schien mit offenen Augen zu träumen. Als sie merkte, dass er aufgewacht war, trat sie an sein Bett.

»Da bist du ja wieder«, flüsterte sie und streichelte ihm über den Arm. »Geht's dir besser?«

Er nickte ganz leicht.

»Sag mal …« Seine Stimme klang rau, er räusperte sich.

Lisa kam noch etwas näher.

»Diese Frau, die mir geholfen hat … Da waren zwei Frauen.«

Im Halbschlaf waren sie ihm wieder eingefallen. Wie sie miteinander sprachen, wie sie sich von ihm abwandten. Der böse Blick in seine Richtung. Der Schlingpflanzentanz. Die Vorstellung, dass diese Hände ihn berührt hatten.

»Welche hat mir geholfen?«, fragte er matt. »Die dicke oder die dünne?« Als keine Antwort kam, öffnete er die Augen. Lisa sah ihn an, als wäre er ein überraschend garstiges Kind, das man ihr unverlangt anvertraut hätte. »Weißt du, Papa«, sie sprach in einem so sanften Ton, dass er sich später einreden konnte, sich verhört zu haben. »Manchmal bist du einfach das Letzte.« *Manchmal bist du einfach das Beste.* Er lächelte unsicher, und sie sagte: »Ich brauch mal eine Pause. Morgen kommt Hermann zu dir.«

Sie klopfte ihm kurz auf die Schulter, dann verließ sie den Raum. Carl lauschte auf ihre Schritte im Flur, und als sie schon lange nicht mehr zu hören waren, sah er immer noch auf die geschlossene Tür.

Das Krankenhaus war ein modernes Gebäude, mit seelenlos beige-grauen Gängen und Zimmern, aber komfortabel ausgestattet. Von seinem Fenster aus blickte Carl auf eine Armada von schütteren Kiefern, den langweiligsten aller Bäume. Aber das sagte er nicht laut. Er war achtzig Jahre alt, hatte einen Herzinfarkt überlebt, und sein Herz hatte, sehr zur Verwunderung des sympathischen Arztes Jerzy Jaunka, kaum bleibende Schäden zurückbehalten – da wollte er sich nicht über die Gartengestaltung des Krankenhauses beschweren.

Doktor Jaunka sah aus wie ein Riesenbaby. Sein Kopf war eine perfekte Kugel, mit einem Flaum blonder Haare, sein Gesicht ebenmäßig, seine Unterlippe breit und fleischig. Carl konnte sich vorstellen, wie sie zitterte, wenn er gerührt war. Sein Englisch war sehr britisch, und Carl musste an die englischen Fernsehserien denken, die er und Helen früher gern gesehen hatten. *A Bit of Fry and Laurie. Smiley's People.*

Nach eingehenden Untersuchungen und dem Einsetzen eines Stents ließen sie ihn die ersten drei Tage in Ruhe. Er wurde an einen Herzmonitor angeschlossen, bekam Flüssigkeit und ein Schmerzmittel verabreicht, außerdem Blutverdünner, um einem weiteren Infarkt vorzubeugen. Die meiste Zeit schlief er. Eine leichte Gehirnerschütterung war nicht auszuschließen, hinzu kam eine Dehydrierung, da Carl, wie er dem Arzt gestand, am Tag des Infarkts nur einen Kaffee und ein kleines Bier getrunken hatte.

»Sie müssen mehr trinken«, sagte Doktor Jaunka eindringlich, als verrate er ihm damit etwas Neues. »Senioren haben einen hohen Flüssigkeitsbedarf, und gerade sie vergessen oft zu trinken.«

Carl sagte: »Ich vergesse es nicht. Ich will nur nicht.«

Doktor Jaunka sah ihn geduldig und mit leichter Bekümmerung an. Er war offensichtlich gewohnt an den Umgang mit trotzigen Alten. Das Pomorskie Centrum war ein geriatrisches Krankenhaus, spezialisiert auf Rheuma, Herzprobleme und andere alterstypische Erkrankungen. Carl wandte den Kopf ab und betrachtete das Bild an der Wand, ein Kandinsky imitierendes Durcheinander aus bunten Dreiecken, Kreisen und Strichen.

»Ist ja schon gut«, lenkte er ein.

Am vierten Tag musste er aufstehen. Der Pfleger, der ihm dabei half, hieß Achmir und war ein Pole türkischer Herkunft, der genau zwei deutsche Wörter kannte, »schnell« und »gut«, und sie mehrfach wiederholte, wobei er beim Wort »schnell« immer den Kopf schüttelte.

»Sie meinen: *Nicht* schnell?«

Achmir nickte.

»Dann also langsam«, stellte Carl fest.

Achmir bot Carl seinen angewinkelten Arm. Gemeinsam traten sie auf den Flur hinaus, Carl in einer Jogginghose, die Lisa ihm am Vortag gebracht hatte – schwarz mit einem breiten weißen Streifen an der Seite, ein Skunk von einer Hose –, Achmir in seiner marineblauen Pflegerkleidung. Vorbei am Schwesternzimmer und einem Aufenthaltsraum, aus dem die Geräusche eines Radios zu hören waren, gingen sie bis ans Ende des Flurs und von da aus zurück.

Geplant war, dass Carl sechs Tage bleiben und dann, am siebten, nach abschließenden Untersuchungen, entlassen werden würde. Danach, sagte ihm der Arzt, müsse er auf seinen Körper hören. Ihn nicht zu viel und nicht zu wenig belasten, gesund essen, viel Wasser trinken, Aufregungen nach Möglichkeit vermeiden.

In der Nacht war es manchmal laut. Die alten Leute, die tagsüber fügsam in ihren Betten lagen oder über die Gänge schlurften – manche den Infusionsständer mit sich ziehend wie einen geduldigen metallenen Hund –, schienen nachts genug von all dem zu haben. Immer wieder klingelte die Nachtglocke im Schwesternzimmer, gefolgt von eiligen Schritten auf dem Gang. Einmal hörte Carl laute Stimmen, aber er konnte nicht ausmachen, ob es zwei der Patienten waren, die in Streit geraten waren, oder ob eine Meuterei angezettelt worden war; so oder so war es die strenge Stimme der Assistenzärztin, die den Aufruhr beendete. Natürlich verstand er nichts von dem Wortwechsel. Auch die kurzen Anmerkungen der Schwestern und Pfleger verstand er nicht. Aber wie im letzten Winter, als Julka ihm den Gefallen getan hatte, ein paar polnische Sätze zu sagen, rührte der Klang der Worte etwas tief in ihm an. Es war, als ob sich ein kleines Fenster öffnete, durch das er in einen längst verlassenen Raum seines Lebens blicken konnte. Er hatte das schon oft erlebt, alles Mögliche hatte der Auslöser sein können – ein Klang, ein Geruch, ein Mensch, der irgendwem ähnelte (meist kam er, wenn überhaupt, erst Tage später darauf, wem), das stille Spektakel des ersten Schnees, der beginnende Frühling –, und jedes Mal hatte es ihn mit Sehnsucht erfüllt und mit einer jähen Lebensfreude. Es fühlte sich an wie Verlieben, ein Moment fast schmerzhaften Glücks, und man konnte nichts dagegen tun.

Sechs

»Wir sehen uns alles an«, erzählte Hermann am Telefon. »Lisa fährt uns rum, aber ich suche die Ziele raus. Gestern waren wir in der Schule. Also: *bei* der Schule. Wir sind nicht reingegangen.« Er machte eine Pause. »Du erinnerst dich natürlich nicht an die Schule, aber Lisa hat Fotos gemacht für Konrad. Er war ja immerhin schon neun, als wir weggingen; er erinnert sich bestimmt.«

»Glaub ich auch.« Carl trommelte mit den Fingern auf die Bettdecke. »Warum ist er eigentlich nie hergekommen?«

»Weiß auch nicht. Na, du kennst ihn ja.«

»Klar.« Carl dachte kurz nach, dann fügte er hinzu: »Eigentlich kann man das nicht so sagen.«

Als sie Kinder waren, hatten sie nicht viel miteinander zu tun gehabt – sieben Jahre war einfach ein zu großer Abstand. Trotzdem war Konrad lange Zeit sein Vorbild gewesen, viel mehr als Hermann. Das Seltsame war nur, dass er immer dann, wenn er auf Konrads Spuren eine weitere Stufe erklommen hatte, enttäuscht gewesen war.

»Was kann man nicht so sagen?«

»*Kennen* kann man das eigentlich nicht nennen.«

»Wenn du meinst.«

Sie schwiegen kurz, dann fragte Carl: »Warum seid ihr nicht in die Schule reingegangen?«

»Weiß auch nicht.«

»Keine guten Erinnerungen?«

»Du weißt schon. Schule halt.« Hermann seufzte, dann sagte er mit seltsam blanker Stimme: »Nein. Keine guten Erinnerungen. Ich war wie Moses. Nur teilte ich die Menge, nicht das Meer.« Er lachte freudlos. »Wenn ich kam, stoben die Kinder auseinander wie Kakerlaken. Womit ich sie nicht mit Kakerlaken vergleichen will … Na ja, du weißt, was ich meine.«

»Ja«, sagte Carl. »Klar.«

Ganz so schlimm war es nach seiner Erinnerung nicht gewesen. Aber auch in Windisch hatte sein Bruder meist allein auf dem Pausenhof gesessen, den Blick auf sein Brot geheftet, als halte er Zwiesprache mit ihm. Carl hatte ihn so sitzen sehen. Er hatte ihn bedauert, aber mehr noch hatte er sich für ihn geschämt, und er hatte sich nicht zu ihm gesetzt.

»Ich erinnere mich noch«, erzählte Hermann, »wie einmal, im ersten Schuljahr, eines der Mädchen mit mir sprach und wie sie, als sie nach ein paar Minuten fortging, so seltsam lief. Ich habe ihr hinterhergesehen, aber erst als die anderen lachten, habe ich begriffen, dass sie mich nachmachte.«

»Herrje«, sagte Carl. Dann sagte er: »Du hattest aber auch einen komischen Gang.«

»Hab ich manchmal immer noch«, erwiderte Hermann ernst, und irgendetwas daran brachte Carl zum Lachen. Es war nicht der Gedanke an Hermanns Art zu gehen (und erst seine Art zu *rennen*, so ungelenk und mit flatternden Händen!), sondern Hermanns seltsame Ehrlichkeit, die schrecklich war und liebenswert. Zögernd fing auch Hermann an zu lachen; eine ganze Weile lachten sie gemeinsam am Telefon.

»Ich komm bald vorbei«, versprach Hermann. »Vielleicht schon heute Nachmittag. Ich gehe mit Lisa und Collin ins Stadtmuseum, aber wenn ich danach noch kann, komme ich.«

»Es ist nicht so, dass ich sterben will«, sagte Carl, kaum dass Hermann einen Stuhl neben das Bett geschoben hatte. »Ich hätte aber auch nicht wirklich was dagegen.«

Er wunderte sich über sich selbst: Nicht eine Sekunde lang hatte er vorgehabt, das zu sagen. Es war einfach so, dass er geträumt hatte – einen wilden, unlogischen Traum, in dem Lisa vorkam und seine Mutter, die manchmal zu Helen wurde. Im Traum hatte er schreckliche Angst gehabt, und dann hörte das auf: Er versank in einem See oder Meer, und ein Gefühl vollkommenen Friedens kam über ihn. Durch das Klopfen war er wieder aufgetaucht und hier aufgewacht.

»Verstehe.« Hermann schüttelte kurz und ruckartig den Kopf, wie um ein Insekt aus den Haaren zu entfernen. »Das trifft sich ja eigentlich ganz gut, wenn man in unserem Alter ist. Obwohl ich für meinen Teil gerade das Gegenteil erlebe.«

»Und das wäre?«

»Ich gehe durch die Straßen von Zoppot«, sagte Hermann, »und kann mich an fast nichts erinnern, aber plötzlich ist dann da etwas Vertrautes, gar nichts Wildes, weißt du, eher so banale Sachen – ein Hauseingang, über dem zwei Eichhörnchen aus Stein hocken, die Mosaikbilder an der Georgskirche, der Blick von der Strandpromenade auf die Seebrücke –, und plötzlich fühle ich mich wie das Kind, das ich gewesen bin. Also, ich sehe nicht nur vor mir, wie ich damals diese Straßen entlanglief, sondern ich *fühle* mich tatsächlich für Momente genau wie das Kind.« Er zwinkerte sich selbst einige Male zu und strich sich das weiße Haar zurück. »Und dann spiegle ich mich in einem der Schaufenster und kann's einfach nicht glauben.«

»Warst du denn glücklich hier?«, fragte Carl.

Hermann sah ihn mit einem ratlosen Gesichtsausdruck an.

»Also du stellst vielleicht Fragen.«

»Entschuldigung.«

Carl richtete sich in seinem Bett auf und legte seinem Bruder eine Hand auf den Arm. Er wiederholte: »Entschuldigung.« Er hatte plötzlich das Gefühl, er müsse es noch viele Male sagen. *Entschuldigung, Entschuldigung, Entschuldigung*.

Hermann betrachtete die Hand auf seinem Arm und schaute nicht auf.

»Dafür, dass ich wegging«, sagte Carl. »Dass ich nicht da war für dich. Und dir auch früher nie geholfen habe.«

Hermann kniff die Augen zusammen, sodass er noch runzeliger aussah, und blickte Carl nervös blinzelnd an.

»Wenn du meinst«, sagte er und schaute jetzt so betreten auf seinen Arm, dass Carl seine Hand wegnahm.

»In manchen Vorgärten stehen Störche aus Holz herum«, erzählte Hermann nach einem Moment des Schweigens. »Mit einem Schild im Schnabel. Collin hat die Übersetzung rausgesucht. So was wie: *Ich liebe Sopot. Ich bin hier geboren und lebe hier*.« Er zuckte die Schultern. »Keine Ahnung, was das soll. Vielleicht anzeigen, dass da ein Baby geboren wurde? Aber das kann ja noch gar nicht sagen, ob es die Stadt lieben wird …«

Bevor Carl antworten konnte, war vom Gang das Rumpeln des Essenswagens zu hören, und nach kurzem Klopfen trat eine Krankenschwester ein, ein graues Tablett in den Händen, auf dem eine Tasse und ein Teller mit Kuchen standen.

»Guten Appetit.« Hermann nickte auffordernd.

»Magst du auch etwas?«

Carl brach den Kuchen in zwei Stücke und gab Hermann das größere, und Hermann holte für sie beide Tee vom Servierwagen im Flur. So saßen sie, Tee trinkend und schweigend, bis die Schwester noch einmal an die Tür klopfte, diesmal um zu sagen, dass Lisa am Empfang wartete, um ihren Onkel abzulösen.

»Kann sie nicht einfach herkommen?«, fragte Carl, und Hermann, der die Regeln des Krankenhauses offenbar kannte, antwortete, bevor die Schwester etwas erwidern konnte: Immer nur einer dürfe rein und höchstens zwei Besucher am Tag. Und im Übrigen – zur Tür gehend, warf er einen Blick auf seine Armbanduhr – seien von der Besuchszeit nur noch vierundvierzig Minuten übrig.

An der Längsseite des Flurs waren in einem Erker zwei Sessel und ein Tischchen zu einer Sitzgruppe arrangiert worden.

Das breite Fenster ging auf eine Wohnstraße hinaus. Grün belaubte Platanen beschatteten die Gehwege vor den alten Villen, das Café im Eckhaus hatte Tische und Stühle ins Freie gestellt, und Carl konnte zwei Männer sehen, die an einem der Tischchen saßen. Eine Sehnsucht erfasste ihn. Es erschien ihm plötzlich unerträglich, noch einen einzigen Tag länger hierzubleiben. Er wollte draußen sein, sein normales Leben wiederhaben. Er würde auf sich aufpassen. *Versprochen.*

»Soll ich uns Tee besorgen?« Lisa hatte sich in den Sessel ihm gegenüber gesetzt.

»Nein, danke«, sagte Carl. »Alles gut.«

Er betrachtete sie nachdenklich. Wenn sie nicht lächelte, hingen ihre Mundwinkel in kleinen resignierten Säckchen herab. Er erinnerte sich an sie als Jugendliche, immer war sie etwas störrisch und schwerfällig gewesen, eigentlich in allem, was sie tat. Legendär, wie sie sich ab einem bestimmten Alter gegen jede Art von Sport sträubte. Hockey, Basketball, Fußball, Volleyball. Sie hatten alles versucht. Hatten Samstagvormittage lang am Spielfeldrand gestanden und ihre Mannschaft angefeuert, und wenn sie – was in jedem Match früher oder später geschah – unbeteiligt auf dem Feld stand und nur zum Schein kurze Strecken mitlief, wäre er am liebsten zu ihr hingerannt, um sie zu schütteln. Nichts von der biegsamen Eleganz der anderen Mädchen, mit ihren langen Gliedern und seidigen Haaren, der fohlenhaften Schlaksigkeit. Soweit er sich erinnern konnte, hatte er Lisas Figur nie thematisiert, aber als sie in der Highschool so viel abnahm, dass auch sie etwas von der Anmut ihrer Freundinnen bekam, brachte er ihr von einer seiner Reisen ein Geschenk mit: ein schmales, knielanges Kleid aus dunklem Jerseystoff, das ihre Figur betonte, das sie jedoch nur ein einziges Mal anzog.

»Hermann erkennt mehr wieder, als er erwartet hat«, erzählte Lisa. »Wahrscheinlich weil in Zoppot nicht viel zerstört wurde. Vor allem verglichen mit Danzig. Aber was wirklich nichts taugt, ist das Zoppoter Heimatmuseum.« Sie lachte kurz auf. »Weißt du, ich hatte gehofft, dort etwas über die Stadtgeschichte zu erfahren. Doch eigentlich ist das nur eine alte Fabrikantenvilla mit den nachgebildeten Wohnräumen der Familie. Das Interessanteste war noch das Geschirr, das im Wintergarten auf dem Esstisch stand. Wart mal, ich hab ein Foto gemacht.«

Sie scrollte in ihrem Handy herum, bis sie das entsprechende Foto fand. Auf einem weißen Spitzentuch standen fünf Teller und eine große Platte, zwischen zarten Korallengewächsen schwammen Fische und Seepferdchen in blassem Grün. Auf der Servierplatte schob sich ein langer schmaler Fisch mit besorgtem Gesichtsausdruck in Richtung Seeanemonen.

»Vor dem Museum begegnete uns ein Mann, ein Zoppoter,

dreiundneunzig Jahre alt, der perfekt Deutsch sprach. Englisch übrigens auch ziemlich gut. Er hat uns ein paar Geschichten von damals erzählt, über Goldmünzen, die nach Berlin gebracht wurden, und über die Villa einer vertriebenen jüdischen Familie, die sie auch später nicht zurückbekam, weil sie ganz offiziell verkauft worden war, wenn auch wahrscheinlich viel zu billig.« Sie sah ein wenig ratlos aus. »Hermann hörte dem Mann zu, als wäre für ihn das alles neu und fremd. Trotzdem habe ich manchmal den Eindruck, dass er sich noch viel deutlicher erinnert, als er es zugibt. An Sachen aus seiner Kindheit hier in Zoppot, aber auch an andere Erlebnisse, über die er nicht reden will. Manchmal sieht man es richtig in seinem Gesicht zucken, als ob er kleine Stiche von innen bekommt.«

»Hält er denn gut durch?«, fragte Carl. Er konnte sich nicht dagegen wehren, dass er es seinem Bruder verübelte, der bessere Reisebegleiter zu sein. Wenn man es genau nahm, widersprach das allem Erwartbaren.

»O ja«, sagte Lisa. »Doch, doch.« Sie sah aus dem Fenster, vielleicht wünschte auch sie sich hinaus.

»Ihr müsst aufpassen, dass ihr ihm nicht zu viel zumutet«, sagte Carl. Er war plötzlich von einer Sorge um seinen Bruder erfasst; ein Gefühl, das ihm wie aus großer Ferne vertraut war und das er auch jetzt noch nicht mochte.

»Ich weiß.« Lisa nickte beruhigend. »Nach dem Mittagessen machen wir immer eine Pause. Also er und ich, während Collin sich in Danzig und Zoppot umschaut. Ich glaube, es gefällt ihm hier.«

Carl stellte sich seinen Enkel vor, wie er in einem der Strandcafés saß, Kaffee trank und in wunderbarer Absichtslosigkeit den Frauen hinterhersah. Zumindest hätte er in seinem Alter die Tage hier so zugebracht.

»Hat er eigentlich eine Freundin?«

»Wer? Collin?«

»Wer sonst?«, sagte Carl. »Hermann ja wohl kaum.«

Lisas Gesicht verschloss sich mit einem ironischen Lächeln. »Ach, weißt du, das fragst du ihn am besten selbst.«

»So kompliziert?«, fragte Carl.

»So nicht meine Sache«, entgegnete Lisa abschließend. Dann wechselte sie das Thema: »Morgen wirst du also entlassen, nach der Visite, nehme ich an?«

»Ja. Nach der Visite und mit einem ganzen Haufen guter Ratschläge.«

»Ich habe mich gefragt …«, begann Lisa. Sie klopfte sinnierend mit zwei Fingern gegen ihre Oberlippe. »Ich frage mich, ob du deine Lebensretterin kennenlernen möchtest.«

Sie hatte »Lebensretterin« so betont, dass es ihm freistand, die Bezeichnung als übertrieben zu verstehen. Tatsächlich hatte er aber auch schon selbst daran gedacht.

»Hast du denn ihren Namen und ihre Telefonnummer?«

Lisa nickte. »Zofia heißt sie. Sie hat sogar schon mal angerufen, um zu hören, wie es dir geht.« Sie machte eine Pause. »Weißt du, was? Du kannst es dir ja noch überlegen. Ich dachte, wir bleiben bis übermorgen hier, dann fahren wir über Kolberg zurück, was meinst du? Den Rückflug habe ich umgebucht, er ist in fünf Tagen, wir können also ganz entspannt reisen.«

»Klingt gut«, sagte Carl. Die Aussicht, in fünf Tagen nach Hause zu fliegen, tauchte alles in milderes Licht. Wenn Lisa schon ansonsten nicht das bekam, was sie sich von der Reise erhofft hatte, würde er ihr entgegenkommen, wo es ging.

Sieben

Das Treffen zog sich hin. Insgeheim hatte Carl erwartet, dass es eine kurze Begegnung werden würde – er würde seinen Dank ausdrücken, die Blumen überreichen, Zofia würde sich nach seinem Befinden erkundigen –, und dann würden sie sich voneinander verabschieden. Stattdessen tranken sie nach dem ersten Tee einen zweiten, und als Lisa sagte: »Vielleicht sollten wir eine Kleinigkeit essen?«, nahm Zofia sofort an, erfreut und keineswegs überrascht, als beinhalte ein Treffen am Vormittag zwangsläufig ein Essen. Sie blickte ihn freundlicher an als vor ein paar Tagen im Park, aber auch jetzt ließ sie erkennen, dass sie eigentlich kein Interesse an ihm hatte. Es war Lisa, mit der sie sprach, und auf eine Weise, die Carl an Helens frühere Gespräche mit ihren Freundinnen erinnerte, sprachen sie auch über ihn. »Ich bin übrigens hier«, hatte er früher manchmal mit süffisanter Freundlichkeit gesagt und damit Helens Auskünfte über ihn unterbrochen. Jetzt schwieg er, sah sich um und nickte nur interessiert, als Zofia erzählte, wie er zusammengebrochen sei, mit einem Röcheln oder eher einem Grunzen, wie sie den Notarzt gerufen, ihn in die Seitenlage gebracht, ihm die Hand gehalten und ihn beruhigt habe, bis die Ambulanz kam.

»Ich kann mich an nichts erinnern«, sagte Carl.

Zofia zuckte mit den Achseln. »Glaub ich sofort.«

Ihr Haar war nussbraun und leicht gelockt, es reichte ihr bis auf die Schultern, sie trug einen schwarzen Herrenhut und eine dunkel gerahmte Brille, dazu die Lippen leuchtend rot geschminkt. Carl verstand die Inszenierung: ein wenig hübsch, ein wenig androgyn, ein wenig lustige Dicke. Aha, hatte er gedacht, als sie in den Garten des Restaurants gekommen war, und versucht, seine Enttäuschung zu verbergen.

»Habt ihr was dagegen, wenn ich mir Wein bestelle?«, fragte Lisa.

Sie hatte plötzlich etwas Ausgelassenes an sich, als wäre das hier – mit Zofia im Garten eines Restaurants in Zoppot zu sitzen – der Höhepunkt der gesamten Reise. Schräg gegenüber stand eine Kirche mit einem so hoch aufragenden schmalen Turm, dass Carl an einen erhobenen Zeigefinger denken musste. Wenn er sich ein wenig zur Seite neigte, konnte er die goldene Uhr am Turm erkennen. Bald halb zwölf. Nun bekam er doch Hunger.

»Nicht das Geringste«, sagte er galant. »Ich würde mit dir trinken, aber meine Medikamente vertragen sich nicht gut damit.«

»Ich würde auch gern«, sagte Zofia. »Aber meine Schwangerschaft verträgt sich nicht damit.«

Verlegen lächelnd senkte sie den Blick.

»Ach so«, sagte er gedehnt. Lisa rief: »Wie schön, Zofia!«

Ganz enthusiastisch rief sie das, und so laut, als wollte sie alles, was Carl zu sagen haben könnte, von vornherein übertönen. Aber Zofia hatte ihn trotzdem gehört.

»Danke«, sagte sie mit breitem Lächeln zu Lisa, dann wandte sie sich an ihn: »Nein, Carl …« – wie sie seinen Namen betonte, schon jetzt im mütterlichen Zurechtweisungsmodus. »Man sieht noch nichts von der Schwangerschaft.«

Auf dem schmalen Weg, der am niedrigen Holzzaun des Restaurants vorbeiführte, gingen Gruppen von Strandbesuchern, mit großen Taschen beladen, mit Sonnenschirmen und gerollten Bastmatten. Zwei Jungen, vielleicht fünf und sieben Jahre alt, in identischen hellblauen Frotteeanzügen, liefen den Eltern hinterher, mühsam einen Bollerwagen ziehend, in dem ein kleineres Kind saß. Während die Eltern ins Gespräch vertieft waren, drohte der Bollerwagen mehrmals zu kentern, doch seltsamerweise schrie das Kleinkind nicht; es klammerte sich nur umso fester an den Wagen und verzog angstvoll das Gesichtchen. Sollte man die Eltern alarmieren? Doch sie waren bereits vorüber, und Carl betrachtete die nächste Gruppe von Passanten.

Zofia erzählte Lisa von ihrer Schwangerschaft und den Bemühungen, die ihr vorausgegangen waren. Nach Dänemark waren sie und ihre Partnerin Samira gereist, um Samiras Eizelle zu entnehmen, zu befruchten und Zofia einsetzen zu lassen. Vorher hatten sie dort bereits geheiratet – nur begleitet von einigen Freunden, von denen zwei als Trauzeugen herhielten. Von Zofias Familie aus einem kleinen Ort nahe Krakau sei niemand gekommen, von Samiras indischer Verwandtschaft nur ein Cousin, der in London lebte, sowie dessen Mutter, die die ganze Zeit mit großen bekümmerten Augen aus dem Fenster des Standesamts geschaut habe.

»Das war also das.« Zofia klang für einen Moment erschöpft. »Weitere Bemühungen unsererseits gibt es nun nicht mehr. Wenn jemand kommen mag: Unsere Tür steht offen. Aber wir strengen uns jetzt nicht mehr an.«

»Ich verstehe«, sagte Lisa, und aus den Augenwinkeln sah

Carl, dass sie Zofia kurz die Hand auf den Arm legte, ein schwesterliches Tätscheln oder Streicheln. Dann wurde das Essen gebracht.

»Auf meinem Salat sind lauter Blumen«, monierte Carl.

Lisa sagte kurz angebunden: »Kann man essen.«

»Vor allem, wenn man ein Kaninchen ist.«

Aber Lisa hatte ihn nicht gehört; sie war schon wieder ins Gespräch mit Zofia vertieft, und so aß er den Salat, der trotz der Blüten gut schmeckte, und nickte manchmal zustimmend zu etwas, das offensichtlich nicht an ihn gerichtet war.

Bei der Verabschiedung brachte er eine angedeutete Verbeugung zustande, und Zofia lächelte versöhnlich.

»Gute Besserung weiterhin.«

»Danke«, sagte er. »Ihnen auch alles Gute.«

Nachdem Lisa und Zofia sich umarmt und Zofia den Garten verlassen hatte, setzten sie sich nochmals an den Tisch. Lisa winkte dem Kellner wegen der Rechnung.

»Sag einfach nichts«, beschied sie ihrem Vater.

Carl zuckte mit den Schultern. »Hab ich jetzt ja Übung drin.«

Auch auf dem Weg zum Hotel redete sie noch nicht mit ihm, erst als sie sich am nächsten Morgen mit Hermann und Collin trafen, um mit ihnen zurück nach Kolberg und von da aus weiter nach Windisch zu fahren, hatte Lisa ihm auf eine grimmige, unausgesprochene Weise vergeben.

»Habt ihr alles eingepackt, nichts vergessen?«, fragte sie, als sie mit den Koffern im Hotelfoyer standen. Nur einer der drei Aufzüge fuhr zum Parkhaus hinunter. Lisa drückte noch einmal auf den bereits leuchtenden Knopf. Neben ihnen wartete eine Familie mit drei Kindern. »*Call me Hero*«, stand auf dem T-Shirt des Kleinsten.

Carl rief leise: »*Hero!*«, doch der Junge reagierte nicht. Dafür bedachte Lisa ihn mit einem Blick freundlicher Herablassung.

Als sie aus Zoppot hinausfuhren, sah Carl aus dem Fenster. Von der Strandgegend gelangten sie rasch in die Randbezirke, die zwar weniger pittoresk, aber anders als in Kolberg nicht mit Plattenbauten verschandelt worden waren. Zu seiner eigenen Überraschung spürte Carl eine leichte Wehmut bei dem Gedanken, Zoppot zu verlassen. Aus seiner Geburtsstadt war die Stadt seines Herzinfarkts geworden, und diesem Umstand war es geschuldet, dass er im Gegensatz zu Collin, Lisa und Hermann nur wenig von Zoppot gesehen hatte.

Im Krankenhaus hatte er oft an Helen denken müssen – vielleicht war der Grund (auch wenn er sich gegen die Einfachheit dieser Erklärung sträubte), dass er wie sie in den letzten Wochen ihres Lebens in einem Krankenbett lag. Vielleicht war es aber auch so, dass die Erkenntnis, sie verloren zu haben, erst allmählich in sein Bewusstsein drang. Natürlich war ihm das schon bei ihrem Tod klar gewesen – wenn man es genau betrachtete, hatte er sich auf einsame und unvollständige Art bereits vor ihrem Tod von ihr verabschiedet, und das nicht erst, seit klar gewesen war, dass sie gegen die Krankheit nicht würde ankommen können. Lange zuvor war die Distanz zwischen ihnen so groß geworden, dass sie nur noch gelegentlich und für kurze Zeit überbrückt werden konnte. Als sie dann wirklich von ihm ging, war er gefasst geblieben. Während Lisas Trauer immer neue Tränen hervorbrachte, hatte Carl kein einziges Mal geweint. Zwar hatte er Helen fast sofort vermisst, aber es war die Helen von früher gewesen, um die er trauerte.

Erst auf dieser Reise war er in Zustände von Verzweiflung geraten, die er so nicht gekannt hatte. Zum ersten Mal hatte die Panik im Hotelzimmer in Windisch Besitz von ihm ergriffen, und im Zoppoter Krankenhaus hatte er fast täglich damit gerungen – etwas war unwiederbringlich verloren, und eine Hoffnungslosigkeit, gepaart mit Angst, überkam ihn. Das Gefühl war nie von Dauer gewesen, aber es hatte jedes Mal eine Wunde hinterlassen, an die zu rühren schmerzhaft und unwiderstehlich war.

Er hatte sich abgelenkt. Hatte alle Bücher und Zeitschriften gelesen, die Lisa ihm brachte, hatte polnische Fernsehsendungen geschaut und sich mit einem Patienten aus dem Nebenzimmer, einem deutschstämmigen Chemielehrer des nahe gelegenen Gymnasiums, über die Schönheit der Anorganischen Chemie unterhalten (sie hatten beide vor langer Zeit das Standardwerk von Riedel und Janiak gelesen mit seinen Bildern der sich zu überraschenden Mustern und Figuren fügenden Atome); und doch war da, wie ein Pochen im Hinterkopf, immer die Ahnung des Schmerzes gewesen, der nun, und vielleicht für den Rest seines Lebens, zu ihm gehörte.

»Diese breite Straße hier ist die Aleja Niepodległości«, sagte Collin und wandte sich zu Hermann und Carl um. »Jetzt ratet mal, wie die früher hieß.«

»Keine Ahnung«, sagten Carl und Hermann gleichzeitig. Wie er selbst schien auch Hermann aus tiefen Gedanken gerissen.

»Adolf-Hitler-Allee«, sagte Collin mit ungläubiger Empörung. »Ganz in der Nähe gab es auch die Horst-Wessel-Straße. Wahrscheinlich war der ein besonderer Liebling des Führers.«

»Ich glaube nicht, dass die sich persönlich gekannt haben«, sagte Carl.

»Was ist denn hier los?«, fragte Lisa und deutete mit einem Kopfnicken zu einer Menschenmenge, die sich am rechten Straßenrand versammelt hatte. Die meisten trugen schwarz-gelbe

Trikots, eine riesige gelbe Schaumstoffhand mit gerecktem Zeigefinger ragte zwischen den Köpfen hervor.

»Irgendeine Sportveranstaltung«, sagte Collin. »Ich glaube, die Straße hier runter ist ein Stadion.«

Carl beugte sich vor, um an Hermann vorbei in die Richtung zu schauen, in die Collin gezeigt hatte. Dicht gedrängt standen Autos zu beiden Seiten, dazwischen lief eine Menschenmenge die leichte Senke hinab und machte ein Durchkommen für die noch wartenden Autos unmöglich. Von einem Stadion war nichts zu sehen, vielleicht lag es hinter einer Kurve.

Ein Besuch im Giants Stadium in East Rutherford kam ihm in den Sinn. Er hatte damals Lisa mitgenommen, die ihm begeistert gefolgt war – ein kleiner Sieg über Helen, die ihn nie begleiten wollte. Es war das Jahr, in dem Franz Beckenbauer zu Cosmos New York gewechselt war, irgendwann gegen Ende der Siebziger, und Lisa, die damals selbst in der Gruppe der unter Zehnjährigen spielte, hatte Carl auf der Fahrt zum Stadion mit reizender Wichtigtuerei die Elfmeterregeln erklärt. Als Beckenbauer eingewechselt wurde, hatte Carl Lisa nach vorne an die Brüstung geschickt, und sie hatte ihren Landsmann in einem Deutsch, das amerikanisch gefärbt war, angefeuert. Einige Monate nach ihrem gemeinsamen Besuch im Stadion hatte Lisa mit dem Fußballspielen aufgehört, und aus einem Grund, den Carl nicht mehr benennen könnte, blieb es bei diesem einen Stadionbesuch mit ihr.

Er lehnte sich so weit nach vorne, dass sein Kopf fast zwischen den Vordersitzen schwebte.

»Weißt du noch, wie wir zusammen im Fußballstadion waren?«, fragte er Lisa.

Von seiner Position aus konnte er es nicht sicher sagen, aber ihre Stimme klang, als rollte sie mit den Augen.

»Und ob.« Sie sah zu Collin. »Du musst wissen, dass ich da nur wegen der Hotdogs und dem Eis hingegangen bin.«

»Komm, komm«, wandte Carl ein. »Ich meine mich zu erinnern, dass du auch ein ziemlicher Fußballfan warst. Immerhin hast du selbst in der Kindermannschaft gespielt und warst im Sommer zwei Wochen im Fußballcamp.«

»Ja«, sagte Lisa sanft. »Weil ich dir gefallen wollte.«

Sie zuckte mit den Schultern und blickte suchend in den Innenspiegel. Dann wandte sie sich ihm mit einer kurzen Drehung des Kopfes zu.

»Ist doch nicht schlimm. Alle Kinder wollen ihren Eltern gefallen. Collin ist eine Zeit lang geritten, weil er wusste, dass ich Pferde mag.«

»Das war nicht der Grund«, widersprach Collin. »Ich wollte es selbst, aber ich hatte nicht bedacht, dass mir alle Tiere, die größer als ein Schaf sind, Angst machen. Dass du Pferde liebst, war höchstens eine Anregung.«

»Wie auch immer«, sagte Lisa versöhnlich und warf Carl wieder einen kurzen Blick zu. »Dann war's bei mir ja vielleicht auch nur eine Anregung, dass du Fußball mochtest.«

Er lehnte sich zurück in den Sitz.

»Na ja«, sagte er ebenso sanft wie sie. »Ein besonderes Fußballtalent warst du ja ohnehin nicht.«

Dann wandte er sich an seinen Bruder. »Wie weit ist es nach Kolberg?«

»Ziemlich genau zweihundertdreißig Kilometer«, sagte Hermann. Der Straßenatlas steckte im Ablagefach seiner Tür; er war nicht unvorbereitet ins Auto gestiegen. »Das heißt, wenn wir dreimal anhalten und jeweils fünfzehn Minuten Pause machen, sollten wir in etwa viereinhalb Stunden da sein.«

»Gut«, sagte Carl. Er schloss die Augen. So einsam er sich in den letzten Monaten manchmal gefühlt hatte, so gern wäre er jetzt tatsächlich allein gewesen. Vielleicht war das überhaupt eines der Kennzeichen des Alters: dass es kein Gleichgewicht mehr gab. Alles war entweder zu viel oder zu wenig. Das letzte Mal, dass sich etwas genau richtig angefühlt hatte, schien so lange her, dass Carl sich kaum noch erinnern konnte.

Er musste eingeschlafen sein, denn er wachte dadurch auf, das Hermann ihn an der Schulter rüttelte.

»Wir sind gleich da«, sagte er.

»Wo?« Carl sah seinen Bruder an, für einen Moment verwundert, dass er bei ihm war.

»In Kolberg. Schau mal!« Hermann zeigte nach draußen. »Da ist schon die Stadt.«

Acht

Am späten Vormittag brachen sie in Kolberg auf, das sie am Tag zuvor wie eine alte Bekannte empfangen hatte: der rot verklinkerte Leuchtturm, die Strandpromenade, der hohe Dom mit seinem dreizackigen Dach, im Hintergrund die Plattenbauten, das Rathaus, trutzig wie eine Märchenburg. Sie waren in dasselbe Hotel gegangen, hatten abends im selben Restaurant gegessen. Carl hatte darauf geachtet, nicht das gleiche Essen zu bestellen, aber am Ende konnte er nicht mit Sicherheit sagen, ob er das letzte Mal nicht auch Zanderfilet genommen hatte. Nach dem Essen waren sie zum Hafen spaziert, in dem die Segelschiffe und Ausflugsboote von zahllosen Lämpchen festlich erhellt ankerten, mit den anderen Touristen schoben sie sich an grellen Andenkenläden und Bars vorbei. Ein Hippiemädchen hatte begonnen, zum Gesang eines Straßenmusikers zu tanzen, und zwei Frauen, beide in ihren Sechzigern und alles andere als gute Tänzerinnen, schlossen sich ihr an. Die Umstehenden machten ihnen Platz und klatschten im Takt. Im blassen Licht des Tages schien all das weit weg zu sein.

Vor den Autofenstern zog der polnische Wald vorüber, dann und wann unterbrochen von Feldern, Tankstellen und Fabrikgebäuden.

»Braucht ihr eine Pause?«, fragte Lisa und drehte sich rasch zu ihnen um.

Carl sah zu Hermann, und der schüttelte fast unmerklich den Kopf.

»Nicht nötig«, sagte Carl.

Alle paar Hundert Meter führte eine Brücke über die Autobahn, der schlichte Beton bunt gestrichen und eine fade Fröhlichkeit verbreitend.

Carl blickte seinen Bruder an. »Alles klar?«

Hermann machte eine abwehrende Handbewegung und starrte weiter aus dem Fenster. Auf einem Feld stakste ein Reiher einige Schritte voran, bevor er reglos stehen blieb.

»Ich habe so gut wie gar nicht geschlafen«, gestand Hermann leise. »Die ganze Nacht gingen mir die Bilder im Kopf herum.«

»Bilder von was?«

Noch während Carl fragte, wurde ihm klar, was Hermann meinte. Bereits gestern Abend war sein Bruder immer stiller geworden, aber Carl hatte es seiner Müdigkeit zugeschrieben.

»Von damals«, sagte Hermann schlicht.

Er schloss die Augen, und Carl fragte sich, ob er vor sich die Bilder der Vergangenheit sah. Er fühlte sich plötzlich wie durch Jahrzehnte von seinem Bruder getrennt. Unvorstellbar, dass die kleine Zeitspanne von fünf Jahren ausreichte, um die Last der Erinnerung so ungerecht zu verteilen.

»Wenn du darüber sprechen magst …« Er ließ den Satz in der Schwebe.

Hermann schwieg mit geschlossenen Augen, und Carl war für einen Moment erleichtert, dass sein Bruder seine Frage anscheinend nicht gehört hatte.

»Tja.« Hermann öffnete seine Augen. Er zuckte einmal ganz leicht mit den Schultern und sah weiter aus dem Fenster, als er sprach. »Was kann man da sagen? Es war elend. Einfach furchtbar.«

Carl folgte seinem Blick. Das Gras am Straßenrand war gelb und vertrocknet, die hoch aufgeschossenen Kiefern schienen ganz ausgelaugt vom Sommer. Ein Autobahnschild kündigte die Ausfahrt nach Warschau und Posen an.

»Wir mussten damals alle eines der Schiffe erreichen, das war der einzige Weg raus«, fuhr Hermann fort. Carl lehnte sich zu ihm hin, um ihn besser zu verstehen. Auch Hermann wandte sich endlich vom Fenster ab und beugte sich zu Carl, sodass sie beide die gleiche geduckte Haltung einnahmen.

»Sobald ein Schiff anlegte, gab's ein Riesengedrängel. Jeder wollte sich retten, und keiner achtete mehr auf den anderen. Einmal habe ich mitbekommen, wie eine Frau vom Steg ins eiskalte Wasser fiel, mit ihrem Kinderwagen. Die hat noch mal geschrien, dann ging sie unter. Wir haben einfach weitergedrängelt. Nichts zu machen.«

Hermann hatte den letzten Satz in einem unheimlichen, fast fröhlichen Tonfall geäußert. Dann sah er Carl hilflos an, und Carl erkannte, dass sein Bruder schreckliche Qualen litt. Er war plötzlich wütend auf sich, weil er Hermann zu dieser Reise überredet hatte. Und auf Lisa, die mit all dem angefangen hatte. Nicht unwahrscheinlich, dass sie auch noch dieses Gespräch hier gut finden würde. Wenn es nach ihr ging, durfte nichts im Dunkeln bleiben, alles musste hervorgezerrt, besprochen und analysiert werden. Was sie und ihre ganze redefreudige Generation nicht begriff, war, dass das menschliche Gehirn nicht dafür gemacht war. Das menschliche Herz schon gar nicht. Was brachte es, alles auszusprechen? All die Informationen, die exakten Berechnungen: So war es, so wird es sein, zwei Schritte näher an der Apokalypse, drei. Und doch blieb nichts übrig als weiterzuleben, trotz aller Verheerungen, dem eigenen Untergang entgegen.

Er legte Hermann eine Hand auf die Schulter, und Hermann sah kurz auf die Hand und nickte einige Male ganz leicht.

»Meinst du, wir hätten mehr darüber sprechen sollen?« Carl nahm seine Hand wieder weg.

»Na ja«, sagte Hermann. »Wir *haben* darüber gesprochen. Später.« Er zuckte mit den Schultern. »Es war fast wie ein Spiel, weißt du? Einer sagte, erinnerst du dich, und der andere sagte Ja oder Nein, und dann erzählte jeder, was er noch wusste.«

Carl spürte einen Stich der Eifersucht. »Ihr alle drei?«

Hermann schüttelte den Kopf. »Konrad nicht. Ich glaube, der hatte irgendwann akzeptiert, dass man sich nicht erinnern durfte. Und als es dann plötzlich erlaubt war, wollte er nicht mehr. Oder konnte nicht.«

»Aber du konntest?«

»Na ja, offensichtlich nur mit unsrer Mutter.«

Vorne hatten Lisa und Collin ihr Gespräch beendet, Collin suchte im Radio nach einem Sender.

»Warum hast du eigentlich nie geheiratet?«, fragte Carl.

»Gott.« Hermann richtete sich auf und schnaubte. »Du stellst vielleicht Fragen.«

Als Carl sich zurücklehnte, begegnete ihm Lisas Blick im Innenspiegel. Sie sah ihn forschend an, und er starrte unverwandt zurück.

»Jemand durstig?« Sie reichte ihnen eine Flasche Wasser nach hinten, ohne die Augen von der Straße zu nehmen. »Übrigens müsst ihr auch etwas trinken, wenn ihr nicht durstig seid. Habe ich Doktor Jahnke versprochen.«

»Jaunka«, korrigierte Hermann und nahm die Flasche. »Sein Name ist Jaunka. Jerzy Jaunka.«

»Trinkt trotzdem was«, sagte Lisa.

Eine Nachrichtensendung auf BBC begann, sie drehte das Radio lauter. Carl hörte zu, und ein Gefühl von Panik ergriff ihn, dann erlosch es wieder wie ein kurzes Gleißen. Auf der rechten Straßenseite tauchte das Drive-in einer Fast-Food-Kette auf.

»Ich brauch einen Kaffee.« Lisa setzte den Blinker. »Sonst noch jemand?«

»Für mich auch einen«, sagte Collin.

Als sie weiterfuhren, erfüllte Kaffeegeruch das Auto. Infolge seines Herzinfarkts musste Carl sich zurückhalten mit dem Kaffee – nicht mehr als eine Tasse am Tag, hatte Doktor Jaunka gesagt, am besten sogar gar keinen. Wie damals, als er mit dem Rauchen aufhören musste, weil irgendwann in Amerika nur noch die ganz Jungen oder ganz Unbelehrbaren rauchten, hatte er das Gefühl, etwas ihm Wichtiges zu verlieren. Und so wie er es nach wie vor genoss, den Rauch einer Zigarette zu riechen, genoss er jetzt den Kaffeegeruch.

Wenn Helen und er früher zu ihrem Ferienhaus in Greenport, Long Island, gefahren waren, hatten sie auf halber Strecke immer dieselbe Rösterei in Huntington angesteuert. Der Übergang von der Stadt zu den wassergesäumten Dörfern lag dann gerade hinter und endlose Ferienwochen vor ihnen – Zeit für den besten Kaffee des Jahres. Das war Helens Formulierung gewesen – »der beste Kaffee des Jahres« –, aber er hatte ihr zugestimmt, und wenn sie Glück hatten, wurden auch die Wochen in Greenport zu den besten des Jahres. Dieser unbedingte Wille, das Beste aus allem zu machen, Erinnerungen fürs Leben zu schaffen, kam ihm mit einem Mal sehr amerikanisch vor. Natürlich klappte es damit nicht immer. Da war der Abend gewesen, an dem er ganz Greenport nach einer funktionierenden

Telefonzelle absuchte, weil er plötzlich sicher war, ohne Sheila nicht leben zu können. Oder die Hinfahrt, auf der Helen und er so heftig stritten, dass er ganz zittrig vor Wut am Straßenrand anhielt, während er Lisa mit mühsam bewahrter Ruhe versicherte, dass er Mommy *nicht* rausschmeißen wolle.

Sie hatten das alte weiße Holzhaus an der Nordküste Long Islands gekauft, als Lisa in die Schule gekommen war. Vor ihnen hatte das Haus einer Witwe gehört, die im Erdgeschoss einen Antiquitätenladen betrieb. Neben einigen samtbezogenen Stühlen hatte sie einen Sekretär aus Mahagoni, ein schmiedeeisernes Ofenbesteck und eine Vitrine zurückgelassen, in der drei Kristallvögel mit bunten Augen wie in einer gläsernen Voliere hockten. Sie hatten alles behalten, auch wenn die antiken Stücke in seltsamem Kontrast zu den preiswerten Sommermöbeln standen, die sie selbst im Laufe der Jahre anschafften.

Die Tage verbrachten sie meistens am Strand. Wenn man weit genug nach Westen ging, hatte man einen guten Blick zum Leuchtturm auf dem vielleicht hundert Meter entfernten Whale Rock. Unglaublich, dass dieser kleine Felsen, so nah an der Küste, etliche Seefahrer das Leben gekostet hatte! Lisa, der Carl die Geschichten von zerschellenden Schiffen und ertrinkenden Matrosen in grellen Farben ausmalte, teilte sein Grauen. Wenn sie am Abend gemeinsam vom Strand nach Hause liefen, alle drei sandig, matt und sonnenverbrannt, hatte er manchmal das Gefühl, dass ihre Familie, diese von ihm und Helen selbst geschaffene Einheit, unzerstörbar sei. Bis in die turbulenten Jahre von Lisas Pubertät hinein hatte er daran festgehalten, ungeachtet der Tatsache, dass nicht nur die Ehen ihrer Freunde und Nachbarn in Montclair und Greenport auseinanderbrachen, sondern auch ihre eigene mehrmals kurz davorstand. In gewisser Weise hatte er diesen Glauben nie ganz aufgegeben, auch wenn

Helen vielleicht recht hatte mit ihrem Vorwurf, dass er eine Institution hochhalte, die er selbst nach Kräften aushöhlte.

»Du bist kein *Ehren*mann, weil du mich nicht verlässt«, hatte sie einmal nach einem Streit zu ihm gesagt. »Du bist einfach ein Mann, der meint, alles auf einmal haben zu können.«

Und sie war eine Frau, die ihm das erlaubte, dachte er.

Seit der Sache mit Renee waren sie nicht mehr im Haus gewesen, und auch wenn ihn manchmal eine Sehnsucht nach Greenport erfasste, wusste er, dass er ohne Helen nicht mehr dorthin fahren würde.

»Ich war übrigens mal kurz davor gewesen«, sagte Hermann.

»Kurz vor was?«

»Vorm Heiraten.« Er warf Carl einen raschen Seitenblick zu, wie um etwas zu überprüfen. »Du musst gar nicht so überrascht tun. Es ist nicht ungewöhnlich, dass man im Laufe von mehr als achtzig Jahren einmal an diesen Punkt kommt.«

»Nein«, sagte Carl so neutral wie möglich. »Natürlich nicht.«

Als Hermann nicht weitersprach, sagte er: »Darf man denn fragen, um wen es sich handelte?«

»Natürlich. Aber ich glaube nicht, dass dir ihr Name etwas sagt.« Mit einer Hand, die vom Alter fleckig war, glättete Hermann seine Haare. »Agnes Richter war ihr Name. Also *ist* ihr Name. Sie lebt ja noch.«

Carl lachte kurz. »Na klar. Da muss man korrekt sein.« Aber er wurde gleich wieder ernst. »Und wo habt ihr euch kennengelernt?«

»Ihr Mann war ein Freund von mir. Kein enger. Wir haben einmal im Monat zusammen Karten gespielt, mit noch ein paar anderen. Als er gestorben ist, löste sich das langsam auf, aber bei der Beerdigung bin ich seiner Frau begegnet.«

»Und wann seid ihr zusammengekommen?«, fragte Carl. Was er eigentlich meinte, war: *Wie*, um alles in der Welt, seid ihr zusammengekommen? Sich seinen Bruder beim Flirten vorzustellen, ging über seine Möglichkeiten. Was auch immer vorgefallen war: Agnes Richter musste die Initiative ergriffen haben.

»Na ja.« Hermann überlegte. »Manchmal beim Einkaufen, einmal beim Arzt, als wir beide lange warten mussten. Beim Sommerfest der Kirche. Immer dann, wenn man sich halt so trifft.« Als er Carls Gesicht sah, sagte er: »Ach, so meinst du das. *Zusammengekommen.*« Er hatte es mit einem Stirnrunzeln ausgesprochen.

»Ich meine: *Wann* wurdet ihr ein Paar?«

Der unwillige Gesichtsausdruck blieb. »Ich weiß gar nicht, ob wir je so richtig ein Paar waren. Wir haben uns einfach öfter getroffen, erst zufällig und dann geplant. Ein paarmal sind wir spazieren gegangen, einige Male waren wir essen. Einmal habe ich sie auf einen Tanztee begleitet, aber das war nichts für mich.« Noch in der Erinnerung sah er erschrocken aus. »Dutzende von Frauen und nur eine Handvoll Männer, die quasi ununterbrochen aufgefordert wurden. Das wäre vielleicht was für dich gewesen.«

»Ich sehe mich eigentlich nicht als Witwentröster.«

Beide schwiegen.

»Ich glaube einfach, wenn ich sie gefragt hätte, hätte sie Ja gesagt«, erklärte Hermann ins Schweigen hinein.

»Und warum hast du sie nicht gefragt?«

»Weiß auch nicht.« Hermann nestelte ein Taschentuch aus seiner Hosentasche und schnäuzte sich kurz. »Eine wichtige Sache war, dass ich Mutter nicht ins Heim geben wollte. Allein konnte sie nicht bleiben, und dass Agnes bereit gewesen wäre, bei uns einzuziehen, glaube ich nicht.«

»Und sonst noch Gründe?«

»Na ja.« Hermann hatte sich wieder abgewandt und sah nach draußen. Sie hatten eben die Stelle passiert, an der früher die Grenze gewesen war. *»Do zobaczenia w Polsce!«*, stand auf der Werbetafel einer großen Versicherung, und direkt darunter: »Guten Tag in Deutschland!«

»Wahrscheinlich ist das einfach nichts für mich. Ich bin dafür«, er lehnte sich zu seinem Bruder hin und hob die Augenbrauen, »ganz einfach zu sehr … ich.«

Er lächelte nicht; überhaupt hatte er nichts Ironisches an sich. Wahrscheinlich war Ironie ein Konzept, das seinem Bruder auf ewig fremd bleiben würde, dachte Carl.

»Verstehe«, sagte er, und dann – im Nachhinein wusste er selbst nicht, wie es dazu kommen konnte – nahm er Hermanns Hand, streichelte mit dem Daumen über die fleckige Pergamenthaut und sagte: »Genau dafür mag ich dich. Dafür, dass du du bist, meine ich.«

Hermann schaute auf seine Hand in Carls, seine Augenbrauen waren noch höher gezogen als zuvor, und Carl nahm seine Hand weg.

»War es denn gut, dass wir diese Reise gemacht haben?«, fragte er.

Hermann hatte immer noch das zerknüllte Taschentuch in der Hand. Carl sah, dass der blaue Rand auf der weißen Baumwolle an einer Stelle von zwei Buchstaben unterbrochen wurde, H. K., in schnörkeliger, aufwendiger Stickerei.

»Man kann ja nicht immer Angst haben«, sagte Hermann abschließend.

»Hast du das denn?«, fragte Carl. »Ich meine: immer noch?«

»Immer schon und immer noch«, sagte Hermann. »So was verschwindet ja nicht. Man sucht sich nur Wege, damit umzugehen.«

Er trommelte mit den Fingern der rechten Hand auf seinen Oberschenkel. »Bei dir ist das anders. Du warst schon immer so seltsam angstfrei.« Er sah Carl nachdenklich an. »Oder einfach ignorant.«

»In letzter Zeit nicht mehr«, sagte Carl. »Also zumindest nicht mehr angstfrei.«

In ihr Schweigen drang die Radiomusik, ein dünner Klangteppich über einem alles dominierenden Bass. Es war kaum eine Melodie zu erkennen, nur Rhythmus.

»Weißt du noch, wie Mama an Weihnachten immer Pierogi gemacht hat?«, fragte Hermann plötzlich.

»Mit Sauerkraut und Pilzen«, sagte Carl. Er hatte seit Jahrzehnten keine Pierogi mehr gegessen und ungefähr genauso lang nicht mehr daran gedacht, aber jetzt erinnerte er sich sofort an den leicht säuerlichen Geschmack der warmen Teigtaschen. »Und zu Ostern backte sie immer Mazurek. Und ließ für mich extra die Rosinen weg.«

»Machte sie später auch noch«, sagte Hermann. »Ich mag nämlich auch keine.« Er sah wieder aus dem Fenster; Carl war sich sicher, dass er in Gedanken weit weg war. Ein Lächeln erschien auf seinem Gesicht. »Einmal hatte sie alle Kinder aus meiner Klasse zu meinem Geburtstag eingeladen«, erzählte er. »Es sind zwar nur drei gekommen. Aber mit denen war es richtig nett.«

»Sie war überhaupt ziemlich gut mit Geburtstagen«, sagte Carl. Sein eigener Geburtstag – der neunte vielleicht oder der zehnte – kam ihm in den Sinn, als seine Mutter seine zwei Lieblingsfiguren, Spejbl und Hurvínek, auf dem Geburtstagskuchen platziert hatte. Seit Carl im Stadttheater von Windisch ein Marionettenspiel gesehen hatte, war er begeistert vom klugen Sohn Hurvínek, der seinem selbstherrlichen Vater Spejbl immer ein wenig voraus war. Irgendwo hatte seine Mutter grünes, schwarzes, gelbes und weißes Marzipan aufgetrieben und daraus die Figuren gebastelt, Spejbl mit Glatze, Hurvínek mit dem charakteristischen gelben Haarbüschel in der Stirn, und auch wenn es ein bisschen Fantasie brauchte, konnte man Vater und Sohn ganz gut erkennen. Carl hatte die Figuren so lange aufgehoben, bis sie ganz bröselig geworden waren, und als er sie schließlich aß, mischte sich in den Genuss ein Gefühl von Verlust.

»Stimmt«, sagte Hermann.

Dann schwiegen sie wieder, aber etwas an ihrem Schweigen hatte sich geändert: Es war ein leichtes Schweigen – ein Geschenk, keine Last. Sie schwiegen so einträchtig, wie sie es als Kinder getan hatten. Wenn man es genau besah, war sein Bruder bis heute der einzige Mensch, mit dem er schweigen konnte, dachte Carl, und noch mehr als dieser Umstand wunderte ihn die Tatsache, dass er das vergessen hatte.

»Noch gut zwei Stunden«, informierte sie Collin, der sich in seinem Sitz zu ihnen umdrehte, aber Hermann entgegnete: »Von der Grenze bis Windisch sind es ziemlich genau zweihundertvierzig Kilometer. Mit zwei weiteren Pausen brauchen wir also eher drei Stunden. Wenn wir die Bundesstraße über Neubrandenburg nehmen, seht ihr auch noch was vom Land. Die Strecke ist noch dazu fünfzig Kilometer kürzer. Und Stau ist um diese Zeit eigentlich nicht zu erwarten.«

»Ich weiß nicht, ob ich das jetzt alles verstanden habe«, sagte Lisa. »Du sagst mir einfach, wo es langgeht, okay?«

»Ja«, sagte Hermann.

Er hatte sich aufrecht hingesetzt, der Straßenatlas lag aufgeschlagen auf seinen Knien, mit beiden Händen hielt er ihn fest. Carl musterte seinen Bruder von der Seite. *Melde gehorsamst: Klassenliste parat.* Na ja, ganz so dann wohl doch nicht. Es war verblüffend, wie viel vom jugendlichen Hermann in diesem alten Mann steckte. Vielleicht war er der Einzige, der das erkennen konnte.

»Freust du dich, nach Hause zu kommen?«, fragte er.

Hermann zog kurz die Mundwinkel nach unten. Dann deklamierte er: *»Wo gehn wir denn hin? Immer nach Hause.«* Er sah Carl mit einem kleinen triumphierenden Lächeln an. »Novalis.«

Carl zuckte mit den Schultern. »Für mich ist es das eigentlich nicht.« Er sah Hermann verlegen an. »Also nicht mehr.«

»Natürlich«, stimmte Hermann zu. »Schon ewig nicht mehr.«

»Um ehrlich zu sein, weiß ich gar nicht, ob ich mich je so ganz zu Hause gefühlt habe in Windisch. Vielleicht weil Mama auch nie richtig angekommen war.«

»Am Ende schon«, sagte Hermann. »Ich meine, am Ende war sie schon angekommen. Eigentlich seit sie pensioniert worden war und dich wiedersehen konnte. Das versöhnte sie irgendwie mit allem.«

»Verstehe«, sagte Carl. Und er verstand es wirklich. Auch für ihn hatte sich etwas geändert, als seine Mutter, kaum dass sie das Pensionsalter erreicht hatte, die Erlaubnis für eine Westreise erhielt. Sie lebten damals bereits seit zwei Jahren in Amerika, aber sobald sie ihren Passierschein hatte, war er nach West-Berlin gekommen, um sie dort, in der Neuköllner Wohnung seiner Schwiegereltern, zu treffen. So klein sah sie aus und so alt! Gerade mal Anfang sechzig war sie damals gewesen, aber seit er sie zuletzt gesehen hatte, waren fünfzehn Jahre vergangen. Noch einige Male hatten sie sich in West-Berlin getroffen, einmal auch im Osten der Stadt, dann, nach der Wende, war sie zu ihnen nach Amerika gereist. Sie war inzwischen Mitte siebzig, aber ihre Energie hatte sie nicht verloren – manchmal war es für ihn und Helen schwierig gewesen, bei ihrem Tempo mitzuhalten. Ohne ihren Besuch, so viel stand fest, hätten sie am Ende wohl nicht mal halb so viele New Yorker Sehenswürdigkeiten besichtigt.

Die Sonne hatte ihren höchsten Punkt überschritten, als sie nach Windisch kamen. Seit sie die Autobahn verlassen hatten, waren sie über waldgesäumte Straßen gefahren, an Rapsfeldern und schimmernden Seen vorbei, sie hatten Neubrandenburg durchquert, das herausgeputzt und ein bisschen verlassen wirkte, sie hatten Windräder und ein Feld mit Sonnenkollektoren passiert und waren durch Alleen von Kastanienbäumen geglitten, die sofort eine Aura des Hochherrschaftlichen schufen, auch wenn ein Kreuz oder Blumengebinde an manchen Bäumen diesen Eindruck ein wenig trübte. Carl hatte sich gewundert, wie schön diese Landschaft war – er musste es vergessen haben. Vielleicht hatte er es auch nie wirklich gewusst.

Seit einer halben Stunde schlief Hermann und zuckte nur manchmal mit einem kurzen Schnarchen zusammen. Als die ersten Häuser von Windisch in Sicht kamen, lehnte Carl sich nach vorne und tippte Lisa auf die Schulter. Sie bewegte den Kopf in beide Richtungen, dann fand sie im Innenspiegel seinen Blick. Er blinzelte ihr zu.

»Danke«, sagte er. »Für deine Chauffeursdienste.«

»Danke dir auch«, sagte sie. »Dass du alles klaglos mitgemacht hast.«

Collin sah von einem zum anderen, mit dem breiten Lächeln eines Kindes, das die Versöhnung der Eltern herbeigeführt hat. Das Ganze hatte plötzlich etwas so Rührseliges an sich, dass Carl sagte: »Und danke auch, dass du Hermanns Turnübungen stoisch ertragen hast. Der Hampelmann-Anfall kurz hinter der

Grenze war schon einer der schlimmeren, fand ich. Keine Sorge übrigens, er schläft.«

»Du hättest wenigstens einmal auf dieser Reise auch mitturnen können.«

»Hm«, machte Carl, als ob er überlegen würde. »Eher nicht.« Er seufzte tief und ein wenig theatralisch. »Ich bin nur froh, dass er dabei keinen Hitzschlag bekommen hat. Es wäre schade um ihn gewesen.«

»Ja«, sagte Lisa. »Das wäre es wirklich.«

Carl sah zu seinem Bruder hinüber. Den Kopf weit zurückgelehnt, lag Hermanns Hals mit dem spitzen Adamsapfel ganz frei. Unter Wölfen, dachte Carl, wäre das eine Demutsgeste, ein Vertrauensbeweis. Er setzte sich aufrecht hin und drückte seinen Rücken in die Polster, dann schob er sich einige Zentimeter näher an seinen Bruder heran. Es war nicht so, dass er darauf hoffte, Hermann würde im Schlaf den Kopf auf seine Schulter legen.

Aber sollte er zur Seite sinken, wäre er da.

Neun

»Kommt doch rein«, sagte Gudrun und trat einen Schritt zurück, um Platz zu machen. Dafür, dass mehr als zwanzig Jahre seit ihrem letzten Treffen vergangen waren, hatte sie sich wenig verändert, fand Carl. Als sie und Konrad geheiratet hatten, hatte er Gudrun für so ziemlich das Schönste gehalten, was Windisch zu bieten hatte. Sie umarmten einander.

»Wir hatten überlegt«, sagte Carl, »dass vielleicht erst nur ich reingehe und die anderen warten. Ich weiß von Hermann, dass es Konrad nicht gut geht.«

Gudrun nickte sofort. »Ja, das ist wahrscheinlich nicht schlecht.« Sie lächelte Lisa und Collin zu. »Wollt ihr vielleicht im Vorgarten warten? Ich bringe euch gleich etwas zu trinken.«

»Klar. Wir setzen uns einfach auf die Bank«, sagte Lisa. »Und mach dir keine Umstände: Wir haben gerade im Hotel zu Mittag gegessen.«

Sie blinzelte Gudrun beruhigend zu und ging mit Collin aus der Haustür, durch die sie gerade gekommen waren.

»Ich lehn die Tür nur an!«, rief Gudrun ihnen hinterher. Dann wandte sie sich wieder an Carl. »Er hat es sich nicht nehmen lassen aufzustehen.« Sie sprach jetzt sehr leise und machte eine

Armbewegung, die ihm den Weg ins Wohnzimmer weisen sollte. »Das erste Mal seit Tagen.«

»So schlimm?«, fragte Carl.

»Noch schlimmer.« Gudrun drückte den Rücken durch und öffnete die weiße Tür mit den Glaseinsätzen. »Schau mal, wer hier ist«, sagte sie mit aufgesetzter Fröhlichkeit, und Konrad drehte sich in seinem Rollstuhl um und sah Carl mit einem Lächeln entgegen, das wie ein Fletschen aussah.

Es war Lisa gewesen, die ihn zu diesem Besuch gedrängt hatte, kaum dass sie aus Polen zurückgekehrt waren.

»Ich versteh's nicht«, hatte sie gesagt. Sie hatten gerade Hermann zu Hause abgesetzt. Collin war auch ausgestiegen, um noch in eine Bar zu gehen, die im Internet empfohlen wurde. Jetzt waren sie auf dem Weg zum Hotel. »Wie kannst du hier in Windisch sein und deinen Bruder nicht besuchen?«

Sie warf ihm einen raschen Blick zu. Wäre er der grässliche alte Macho gewesen, für den sie ihn hielt, hätte er gesagt, dass das nicht ihre Sache sei. So aber sagte er nur: »Ich mag dieses Abschiednehmen nicht.«

»Es geht doch nicht nur darum …« Lisa stockte. Leider war er so dumm gewesen nachzufragen, um was es denn ihrer Meinung nach gehe.

»Darum, dass ihr euch aussprecht. Dass du dich entschuldigst.« Sie waren inzwischen beim Hotelparkplatz angekommen, und Lisa musste zweimal zurücksetzen, weil sie jedes Mal einen zu kleinen Bogen einschlug. Der Fahrer im Auto hinter ihr hupte, was sie zusätzlich nervös machte. Sie stieß einen Fluch aus und fuhr langsam in die Parklücke. »Idiot«, unterstützte Carl sie. Sie schaltete den Motor aus, blieb aber sitzen.

»Versuch doch mal, es aus seiner Perspektive zu betrachten.«

Sie hatte die Hände in ihren Schoß gelegt. »Du bist weggegangen, und er ist hiergeblieben und hatte darunter zu leiden. Und auch sonst hatte er, verglichen mit dir, viele Einschränkungen.«

»Aber die *wollte* er doch!« Carl merkte, wie er wütend wurde. »Er liebte doch sein Land. Er liebt's ja immer noch!«

»Umso schlimmer für ihn.« Sie sah so konzentriert aus, als laborierte sie an einem gewichtigen philosophischen Theorem. »Hast du dir eigentlich schon mal überlegt, ob er nicht vielleicht auch wegen eurer Mutter geblieben ist? Oder wegen Hermann?«

»Na klar!«, stieß Carl aus. »Er ist nicht weniger als ein Heiliger.«

»So weit würde ich vielleicht nicht gehen.« Lisas Ton war gleichmütig; offenbar hatte sie sich entschieden, ihn beim Wort zu nehmen. »Aber es lässt natürlich tief blicken, wenn dir Verantwortungsgefühl und Loyalität so absurd vorkommen.« Sie stieß ein kurzes Lachen aus. »Manchmal glaube ich, du verstehst nicht einmal, warum dein Verhalten für uns andere ein Problem ist.«

»O doch«, sagte er. »Und ich verstehe auch, dass dir dieses Verhalten als Entschuldigung für jedes Versagen deinerseits dient. Keinen Collegeabschluss, Ehe kaputt – das lag doch alles an mir, oder? Und jetzt diese Reise, von der ich noch immer nicht weiß, wozu du sie mir eigentlich geschenkt hast.«

»Damit du ein paar Dinge klären kannst. Was ist daran so schwer zu verstehen?«

Er gab ein lautes Stöhnen von sich und wollte die Tür aufstoßen, aber Lisa hatte so nah am nächsten Auto geparkt, dass er die Tür nur vorsichtig öffnen konnte und sich durch den schmalen Spalt winden musste. Als sie am Kofferraum nebeneinanderstanden, war seine Wut verebbt.

»Dann geh ich halt zu ihm.« Er sah sie mürrisch an. »Aber erhoff dir nicht zu viel davon.«

Sie hängte sich die Reisetasche über den Arm und griff nach dem Koffer. »Danke«, sagte sie knapp und lief vor ihm her zum Hotel.

Er nahm einen Stuhl und setzte sich seinem Bruder gegenüber. Die Pralinenschachtel, die er mitgebracht hatte, behielt er weiter in der Hand; sie schien ihm plötzlich schrecklich unpassend. Gudrun hatte den Raum verlassen, die Tür zum Flur stand offen.

»Dir geht's nicht gut«, stellte er fest.

Konrad schüttelte den Kopf. Sein Hals war zu dünn für das weiße Hemd, das trotz der Hitze bis oben zugeknöpft war.

»Mein Arzt hat gesagt, ein großer Tumor ist faustgroß.« Konrads Stimme klang heiser, als habe er für lange Zeit geschwiegen. Er räusperte sich. »Meiner hatte die Größe einer Honigmelone.«

»Im Bauch?«

Konrad nickte.

»Wann war die Operation?«, fragte Carl.

»Vor sechs Wochen.« Konrad schwieg, während Gudrun Teetassen und Kuchenteller auf den Esstisch stellte. Erst als sie das Zimmer wieder verlassen hatte, sprach er weiter. »Das Problem ist das Alter. Da erholt man sich nicht mehr.«

»Habt ihr Hilfe?«

»Eine Pflegerin. Dreimal die Woche«, sagte Konrad. »Vorübergehend.« Er gab ein kurzes Schnauben von sich. »Ist ja eh alles vorübergehend, die ganze Sache. Könnte für mich nur etwas schneller vorübergehen.«

Während er sprach, war Gudrun mit einem hellen Napfkuchen und einer Teekanne wieder ins Zimmer gekommen und hatte alles auf den Esstisch gestellt. Jetzt schob sie Konrads Rollstuhl an den Tisch.

»Lass das, bitte«, sagte sie leise zu ihrem Mann, und der verzog kurz unwillig den Mund, bevor er erwiderte: »Bin ja schon still.«

Während er von dem Kuchen aß, schaute Carl sich im Zimmer um. Obwohl Licht durch die hohen, übers Eck gehenden Sprossenfenster hereinfiel, war es fast dunkel. Es gab entschieden zu viele Möbel hier drin. Ein großer Schrank stand an der Stirnseite, ein zweiter an der rechten Wand, daneben ein olivgrünes Samtsofa. Ein Mahagonitisch mit aufwendig gedrechseltem Standbein thronte vor dem Fenster, und zwischen zwei grün bespannten Sesseln stand auf einem Beistelltisch eine Uhr, auf deren Sockel eine Alabasterhirtin mit ihren Schafen saß. Die Einrichtung passte nicht zum Äußeren des Hauses. Trotz der zwei Stockwerke wirkte es niedrig, wahrscheinlich weil es mit dem deutlich höheren Haus zu seiner Rechten verbunden war, wie ein unglücklicher siamesischer Zwilling.

Konrad hatte den Kuchen mit der Gabel in kleine Stücke zerteilt, die er nun hin und her schob.

Carl holte aus seiner Jackentasche einen Stapel Fotos, die Lisa für ihn in der Drogerie ausgedruckt hatte. Die Bilder zeigten den Leuchtturm, den Hafen und den Dom von Kolberg, außerdem die Strandpromenade, die Einkaufsstraße und die Schule von Zoppot. Auf zwei weiteren Bildern war das Haus in der Władysława Łokietka elf zu sehen: einmal von vorne und einmal von der Seite vom Parkplatz des Supermarkts aus, mit dem über die Mauer hängenden Blauregen.

Er hielt Konrad die Bilder hin, und Konrad stellte seinen Teller zurück auf den Tisch und nahm sie mit leicht zittrigen Fingern. Während er sie betrachtete, nickte er einige Male. Dann gab er sie zurück.

»Ihr wart also wirklich dort«, sagte er. Seine Stimme war immer noch heiser, aber diesmal räusperte er sich nicht.

»Lisa wollte unbedingt«, sagte Carl, dann fügte er hinzu: »Und ich irgendwie auch.«

»Und, war's die Reise wert?«

Carl zuckte mit den Schultern. »Weiß nicht.« Er dachte an seinen Spaziergang durch die Stadt, seinen Herzinfarkt, die Tage im Krankenhaus. Er dachte an Hermann. An die Nähe, die plötzlich wieder entstanden war, vielleicht einfach dadurch, dass sie zusammen im Fond des Autos gesessen hatten wie zwei Kinder. Wie die Brüder, die sie gewesen waren. »Ich glaube schon.«

»Na, schön.« Konrad bewegte den Kopf, als engte ihn der Kragen ein, obwohl er zu weit war. »Ich bin niemand, der zurückschaut.«

Carl nickte. »Ich weiß.«

»Was bringt das auch? Alles, was damals geschehen ist, hatten wir uns selbst zuzuschreiben. So ist das halt, wenn du einen Krieg beginnst und die ganze Welt mit Grausamkeiten überziehst. Ich hab ziemlich bald verstanden, wo der Hass herkam.«

Carl nickte wieder. »Auch wenn man etwas versteht, muss man es darum nicht erträglich finden, schätze ich.«

Als Konrad nichts entgegnete, sagte er: »Und Simone und Robert geht's so weit gut, ja? Gudrun scheint ja auch wohlauf.«

»Der Faschismus ist unausrottbar, weißt du.« Konrad sprach leise und konzentriert; es war durchaus möglich, dass er Carl gar nicht gehört hatte. »Es war einzig die Mauer, die uns so lange Frieden beschert hat. Du siehst ja jetzt ganz aktuell, was passiert, wenn man dem Faschismus keinen Einhalt gebietet. Er will alles übernehmen, kennt keine Grenzen. Bis man sich eben dagegen wehren muss.«

»Sprichst du etwa vom Krieg in der Ukraine?« Carl musste fast lachen, so falsch erschien ihm Konrads Argumentation. »Wenn Russland Distanz zwischen sich und der NATO haben will, sollte es nicht die Ukraine einnehmen.«

»Du redest mal wieder wie alle.« Konrads Stimme klang resigniert, aber hinter der Resignation konnte Carl Wut ausmachen. Er wich Konrads Blick aus und kratzte sich am Hinterkopf, dann gab er sich einen Ruck, zwang sich zu einem halben Lächeln und sah seinen Bruder direkt an.

»Hast du Schmerzen?«, fragte er. »Also im Moment?«

»Aushaltbar.« Konrad machte eine wegwerfende Handbewegung. »Ich bekomme Schmerzmittel, kannst du dir ja denken.«

Die Uhr mit der Alabasterhirtin gab ein zartes Ticken von sich. Carl nahm einen Schluck von seinem Tee und stellte die Tasse vorsichtig zurück auf die Untertasse.

»Ich wünschte, ich könnte dir irgendwie helfen«, sagte er hilflos.

Konrad sah ihn ungläubig an. Für einen Moment trat ein Ausdruck von Ekel in sein Gesicht, bevor er spöttischer Belustigung Platz machte.

»Ja, das glaub ich sofort«, sagte er. »Wo du doch so gern hilfst. Und ich dachte immer, du wärst ein Egoist in Reinform.«

Er legte den Kopf schräg und sah Carl herausfordernd an.

»Nun ja«, Carl zuckte mit den Schultern, »was soll ich dazu sagen?«

Aus weiter Ferne kam ihm eine Begegnung in den Sinn. Er ging damals auf das Gymnasium in Windisch, an dem einige Jahre zuvor eine Gruppe von Abiturienten verhaftet worden war, die sich mit Flugblättern gegen die SED-Führung gewandt hatte. Den Wortführer, einen Jungen aus seiner Straße, hatte er nur flüchtig gekannt, doch als er ihm jetzt in einer Seitengasse entgegenkam, ein Erwachsener inzwischen und nur an den Locken und der dicken Brille zu erkennen, blieb Carl stehen und starrte ihn sprachlos an. Was hätte er auch sagen sollen: dass er ihn bewunderte? Das traf es nicht wirklich; es war mehr ein Wundern als ein *Be*wundern – darüber, dass jemand zu so etwas bereit war.

»Wahrscheinlich bin ich das tatsächlich: ein Egoist«, sagte er.

Konrad gab ein Schnauben von sich.

»Und du hast dir das richtige Land dafür ausgesucht. Herrje, als ich dich damals besucht habe, musste ich fast kotzen angesichts des ganzen Konsums. *Shoppingmalls!*« Konrad spuckte das Wort geradezu aus, das Gespräch musste ihn viel Kraft kosten. »Wie Schafe kamt ihr mir alle vor. Hauptsache, der Einkaufswagen war übervoll.«

Carl beugte sich vor. »Verdammt noch mal, Konrad! Eine Menge Schafe hattet ihr doch selbst hier. Und noch dazu etliche Bonzenschafe. Und Spitzelschafe.«

Er hielt inne, weil er sein Herz spürte, ein kleiner Stich nur, der ihn noch vor Kurzem nicht beunruhigt hätte. Jetzt atmete er tief ein und sah von Konrad zum Fenster. Genau in seinem Blickfeld stand ein Baum, eine Blutpflaume vielleicht, deren Blätter in der hoch stehenden Sonne dunkelrot leuchteten. Dahinter waren die von der Trockenheit braunen Zweige einer Kiefer zu sehen. Die letzten Nächte hatte er mit offenem Fenster geschlafen, und am Morgen hatten ihn die Vögel geweckt. Aber am Abend war es seltsam still gewesen, und es hatte einige Zeit gedauert, bis er begriff, dass es die Grillen waren, die ihm fehlten. Im Haus in der Myrtle Lane waren sie stets ihre sommerlichen Begleiter gewesen.

Gudrun war wieder ins Zimmer gekommen, hielt sich aber im Hintergrund wie ein Dienstmädchen. Mit besorgtem Gesichtsausdruck schaute sie zu ihnen herüber.

Auch wegen ihr bemühte Carl sich um einen versöhnlichen Ton. »Es ist nirgendwo optimal, weißt du.«

»Ach ja?« Konrad hob das Kinn an, die Sehnen an seinem dünnen Hals spannten sich. Das Zittern seiner Hände hatte nicht nachgelassen, im Gegenteil: Es schien jetzt, zart wie eine Vibration, seinen ganzen Körper zu erfassen, als wäre seine Verbindung zum Leben nur noch eine unsichere, für jede Störung anfällig.

»Stell dir vor: Ich fand es hier früher ziemlich *optimal*. Aber das kann jemand wie du nicht verstehen, schätze ich. Du bist einer, der seine Herkunft nicht nur verleugnet, sondern mit Füßen tritt. Also eigentlich genau das, was euer Bismarck als einen vaterlandslosen Gesellen bezeichnet hätte.«

»*Unser* Bismarck?«, fragte Carl. Ein Lachen regte sich in seiner Brust. »In Ordnung.« Er presste die Lippen zusammen, und Konrad sagte: »Das findest du jetzt lustig.«

»Na ja.« Carl gab ein Schnauben von sich. »Vielleicht ein wenig.«

Bismarck! Als wäre es nicht genug, dass sie sich bei ihrem letzten Treffen um die Deutung eines Landes stritten, das schon seit dreißig Jahren nicht mehr existierte! Er lächelte Konrad an, aber Konrad lächelte nicht zurück. Er hatte beide Hände auf den Armlehnen des Rollstuhls aufgestützt, und als Carl sah, wie sein Bruder jetzt versuchte, sich trotz seiner Schwäche hochzustemmen, um ihm ein letztes Mal entgegenzutreten, ergriff ihn eine tiefe Traurigkeit.

Der Sprenkler einer Bewässerungsanlage entließ silbrige Tropfen in die vor Hitze sirrende Luft, und in den Brombeersträuchern entlang des Zauns konnte Carl die schwarzen Früchte entdecken, wie dunkel glänzende Käfer. Lisa, die neben Collin auf einer Gartenbank saß, hob den Kopf, als die Tür ins Schloss fiel.

Er ließ sie und Collin vorangehen, den kurzen Weg aus Pflastersteinen entlang, zum Tor hinaus, dessen Stahlstreben ihm fast bis zur Brust reichten. Erst jetzt sah Carl das Schild daran, der Umriss eines Hundes auf weißem Grund, daneben in mehreren Sprachen eine Warnung. Hatte Konrad jemals einen Hund besessen? Er wusste es nicht. Aber was wusste er überhaupt von seinem Bruder? Er blieb stehen und drehte sich noch einmal zum Haus um: der grobe dunkle Verputz, die hellgelb umrahmten Fenster, das Holzgitter, an dem sich zaghaft zwei Rosen emporzogen. Dann schüttelte er den Kopf und ging Lisa und Collin hinterher, die bereits ein ganzes Stück vorausgelaufen waren.

DRITTER TEIL

September – Dezember

September

An einem Freitagmorgen Anfang September verließ Carl seine Wohnung auf der Bloomfield Avenue, um zu Fuß die zwei Kilometer zur Myrtle Lane zurückzulegen. Gordon Corrigan hatte bei ihm angerufen und ihn gebeten, sein Auto abzuholen, und Carl hatte versprochen, in den nächsten Tagen vorbeizukommen. Seit Helen und er umgezogen waren, hatten sie den Lincoln in der geräumigen Doppelgarage der Corrigans unterstellen können, und da sie nur selten – und Carl nach Helens Tod gar nicht mehr – damit gefahren waren, hatte er die Existenz des Autos nahezu vergessen.

Nun hatte jedoch Tom, Gordons Sohn, überraschend beschlossen, von Boston nach Montclair zurückzuziehen, um seinen Vater zu unterstützen. Drei Wochen zuvor war Gordons Frau Lizzy an einem Aneurysma gestorben. Auf ihrer Beerdigung hatte ein Geistlicher der Unitarierkirche gesprochen, der Lizzys sechsundsiebzig Jahre währendes Leben so unterhaltsam und aufregend zusammenfasste, dass Carl sich ungläubig umschaute. Zu seiner Verwunderung sah er nur zustimmendes Nicken; gut möglich, dass er die unscheinbare Frau mit den früh ergrauten Haaren und dem immer etwas verlegenen Lächeln in all den Jahren ihrer Bekanntschaft falsch eingeschätzt hatte. Wenn er und Helen mit den Corrigans ausgegangen waren, war es vor allem Gordon – ein ebenso leidenschaftlicher Golfer wie Internist –, mit dem er sich unterhielt, und auch wenn er die allzu zahlreichen Golfanekdoten etwas einschläfernd fand, beeindruckte der energische und irgendwie alterslose Gordon ihn immer. Neben ihrem virilen Mann hatte Lizzy für Carl wie eine graue Maus gewirkt.

Dass Tom, den Carl auf der Beerdigung kaum wiedererkannt hatte, sofort seine Zelte in Boston abbrechen und zurück nach New Jersey ziehen würde, war nicht zu erwarten gewesen – auch nicht für Gordon, das hatte Carl ihm am Telefon angehört. Wahrscheinlich gab es in Toms Bostoner Leben einfach nicht viel, um das es schade war, dachte Carl mit einem Anflug von Häme. Er sah den nicht mehr jungen Mann vor sich, der auf der Beerdigung im schwarzen Anzug und mit gesenktem Kopf, die Hände auf dem Rücken verschränkt, gediegen wie ein Diakon gewirkt hatte. Irgendwas an Tom war ihm nie geheuer gewesen – nicht das Exaltierte in seiner Jugend, an das sich fast nahtlos eine Phase verkiffter Depressionen anschloss, nicht die Berufswahl (Broker!) oder der Umstand, dass er zweimal verheiratet und zweimal geschieden war. Wenn Lizzy von ihm erzählte, hatte sie fast immer besorgt geklungen, und Carl hatte es Helen überlassen, sie zu trösten.

Auf dem kleinen Platz zwischen dem MC Hotel und dem Weinladen waren einige Verkaufsstände mit biologischen Erzeugnissen aufgebaut worden. Seit diesem Sommer unternahm die Stadt den Versuch, hier, am Anfang der Church Street, einmal wöchentlich einen Bauernmarkt einzurichten. Bisher waren es allerdings immer nur dieselben fünf Verkäufer, die ihre Waren anboten. Neben einem Stand mit Lederartikeln, einem mit Backwaren und einem mit Seifen und Naturschwämmen gab es einen Farmer aus Allenstown, der seine Körbe so drapierte, dass aus ihnen die Auberginen, Zucchini und Zierkürbisse wie aus Füllhörnern herausquollen, und ein Bio-Start-up aus dem Hudson Valley, dessen überteuerte Beeren, Äpfel und Südfrüchte auch mit Bitcoin bezahlt werden konnten.

Beim Farmer aus Allenstown kaufte Carl Tomaten. Die Farben der Früchte reichten von Lila über Rot und Gelb bis Grün, und Carl ließ sich von jeder Sorte zwei Stück in eine Papiertüte packen. Die Tüte war erstaunlich schwer. Am Ende der Church Street setzte er sich auf eine Bank, um einige der Früchte zu essen. Am liebsten mochte er die grünen, die zugleich herb und süß waren. Es war der Freitag vor Labor Day, und im Schaufenster des Eisenwarenhandels hing ein Plakat, auf dem naiv gemalte Werkzeuge auf einer amerikanischen Flagge tanzten. Ein einziges Mal hatte Carl eine Labor-Day-Parade in Manhattan angeschaut. Es war nicht sehr eindrücklich gewesen. Neben unzähligen Gewerkschaftsgruppen war die Veterans Benefits Administration und die Schriftstellervereinigung Nordamerikas mitgelaufen, außerdem eine große schottische Dudelsackkapelle und eine karibische Bläsercombo aus Brooklyn.

Als Kind war er einmal mit seiner Mutter und seinen Brüdern am Tag der Arbeit zur Parade nach Magdeburg gefahren. Neben den Fahnen schwenkenden FDJ-lern und dem martialisch trommelnden Tambourkorps waren ihm besonders die Krankenschwestern in Erinnerung geblieben. Zu Hunderten waren sie an der Ehrentribüne vorbeimarschiert, ein Meer von weißen Schürzen und Häubchen, die Reihen immer wieder ausfransend, der Schritt weniger zackig als bei den Soldaten und Sportlern und nie im Gleichtakt. Auf dem Wagen des VEB Hochbau errichteten fünf hell gekleidete Arbeiter während der Fahrt eine Mauer.

Konzentriert mischten sie den Zement und schichteten die Ziegelsteine aufeinander, scheinbar gleichgültig gegenüber den ihnen zujubelnden Zuschauern. Wie bei den FDJ-lern mit ihren grellroten Fahnen und ernsten Gesichtern spürte Carl ein brennendes Verlangen, einer von ihnen zu sein. Die Parade mündete in eine Art Volksfest. Auf einer Holzbühne führten Turner ihre Fertigkeiten an Reck und Barren vor, Jugendliche veranstalteten Wettrennen, die kleineren Kinder Sackhüpfen. Es gab Süßigkeiten und Spiele. Beim Zielwurf musste man ein aufgemaltes Radio treffen; »Rias« stand auf dem Apparat und darüber: »Trefft die Verleumder unserer Republik«. Carl hatte dreimal danebengeworfen und wurde mit einem Lutscher abgespeist, den er wütend in seine Hosentasche steckte und sich einige Stunden später doch verschämt in den Mund schob. Auf dem Weg zum Zug lief er im Stechschritt und schwenkte eine imaginäre Fahne über seinem Kopf, und Konrad, der zur Feier des Tages sein Blauhemd mit dem Mitgliedszeichen angezogen hatte, sah Carl mit freundlichem Spott an. »Kommt schon noch«, sagte er und tätschelte seinen Kopf, woraufhin Carl sich geschickt wegduckte, nicht ohne seine unsichtbare Fahne weiter hochzuhalten.

Kaum zu glauben eigentlich, dass Konrad und er sofort wieder bei ihrem Lieblingsthema gelandet waren, als Carl ihn nach seiner Rückkehr aus Polen besucht hatte. Mager und mit einer Gesichtsfarbe, die dem grünstichigen Grau der Wände ähnelte, hatte Konrad im Wohnzimmer in einem Rollstuhl gesessen, und so offensichtlich es war, dass er sich eigens für Carls Besuch aus dem Bett hatte heben und in ein Hemd stecken lassen, hatten sie es doch nicht geschafft, länger als ein paar Minuten in den seichten Gewässern höflichen Geplauders zu verweilen. Hätte nur noch gefehlt, dass Konrad ihn als Volksverräter bezeichnete (was, wie Carl sich erinnerte, durchaus schon vorgekommen war); dass alles, was nicht kommunistisch war, als faschistisch galt, war eine Sprachregelung, die Konrad entweder bis in die Gegenwart beibehalten oder durch die aktuellen Weltereignisse wiederentdeckt hatte. So oder so war es hoffnungslos gewesen, mit ihm zu reden, und was versöhnlich hätte sein sollen – tatsächlich war Carl mit dem Vorsatz gekommen, sich zu entschuldigen; wo er schon mal dabei war, dachte er lakonisch –, endete damit, dass Konrad seinem jüngsten Bruder die Tür wies. Gudrun, die im Hintergrund gestanden hatte, war rasch hinzugekommen. »Es ist vielleicht besser, wenn du jetzt gehst«, hatte sie leise gesagt, und Carl hatte die Pralinenschachtel, die er immer noch in der Hand hielt, auf dem Esstisch abgelegt und seinem Bruder ein letztes Mal zugenickt, bevor er das Zimmer und das Haus verließ. Lisa und Collin hatten auch ohne Worte verstanden, was passiert war, und dann waren sie alle zusammen schweigend ins Hotel zurückgegangen.

Überall in der Church Street waren Menschen unterwegs. Paare, junge Familien, eine Frau mit einem Husky, der sich unbeirrt seinen Weg bahnte und die Frau hinter sich herzog. Vor dem Geschenkladen Pink Bungalow flatterten bunte Tücher leicht im Wind. Neben dem Laden hatte ein etwa zehnjähriges Mädchen einen schmalen Holztisch aufgebaut, »*Coco's lemonade*«, verkündete das Schild, das sie mit Klebestreifen an der vorderen Tischkante befestigt hatte; das O hatte die Form und Farbe einer Zitrone. Der Zehn-Liter-Behälter war noch fast ganz mit gelbem Saft gefüllt, aber gerade traten Kunden an den Stand heran, ein älteres Paar, das Carl vage bekannt vorkam.

Er nahm seine Papiertüte, verschloss sie, so gut es ging, und stand auf. An der Ecke Valley Road grüßte er den Mann, der heute den Übergang regelte, er hatte seinen Namen vergessen, irgendwas Fremdes, Südamerikanisches, auch wenn nichts an dem Mann darauf schließen ließ, aber das war vielleicht dem schlohweißen Haar geschuldet. Das dritte Haus rechts in der Myrtle Lane war das, das früher ihnen gehört hatte. Er blieb einen Moment stehen und betrachtete es. Die neuen Besitzer hatten es gestrichen, ein helles Graugrün nun anstatt des dunkleren Anthrazit, die Fensterläden und die Haustür glänzend schwarz. Der Vorgarten war nahezu unverändert, Hortensienbüsche rechts und links des Eingangs, deren Blüten im Laufe der Jahre immer mehr von Blau zu Rosa verblasst waren, bis Carl irgendwann daraufgekommen war, den Boden im Frühling mit Essig anzureichern, woraufhin die Hortensien wieder blau geblüht hatten; ein Trick, den die neuen Besitzer offenbar noch nicht kannten.

Vor dem Haus der Corrigans parkte ein Auto mit Bostoner Kennzeichen – Tom war also schon da. Carl drückte den Klingelknopf und trat zwei Schritte zurück. Die Klingel war auf einer ovalen Messingplatte angebracht: »Lizzy & Gordon Corrigan«; es war nicht anzunehmen, dass Gordon das noch ändern würde. An seinem eigenen Apartment stand auf dem Schild nur der Nachname, zwar mit einem Dr. davor (so hatte er es immer gehalten), aber natürlich waren Helen und auch Lisa, solange sie noch zu Hause wohnte, mitgemeint gewesen.

»Hallo, Carl«, sagte Gordon. Er lächelte, dann sah er kurz über die Schulter ins Haus und zog die Tür hinter sich zu. »Tom ist gerade am Telefon.« Er trat einen Schritt nach vorne, um Carl eine Hand auf die Schulter zu legen. »Wie geht's dir?«

»Alles gut«, sagte Carl. Er nahm die Tüte mit den Tomaten von der rechten in die die linke Hand. »Und selbst? Kommst du zurecht?«

Gordon deutete ein Achselzucken an. »Muss ja«, sagte er. »Seit gestern ist Tom da. Ich schätze mal, das ist ganz gut.«

Carl nickte. »Bestimmt.«

»Wobei man sich auch erst wieder aneinander gewöhnen muss. Na ja, an *all das* muss ich mich wohl erst gewöhnen.«

»Ist eine schlimme Zeit«, sagte Carl, und Gordon nickte. »Die Hölle.«

Die Tür wurde geöffnet, und Tom trat heraus. »Hey, Carl!« Seine Augen waren hell und klein – seltsam, dass Carl das nie aufgefallen war: zwei silbrige Fischchen, die hin und her schwammen, damit ihnen nichts entging. »Großartig, dass du kommen konntest. Dann kann das Schätzchen ins Trockene.«

Er nickte zu seinem Auto hinüber, einem BMW, erkannte Carl jetzt, der in einem stumpfen, irgendwie bedrohlichen Schwarz lackiert war. Carl sah zum Himmel, dessen kräftiges Blau von weißen spielerischen Schlieren durchzogen war. Es hatte seit Wochen nicht geregnet.

»Du weißt, was ich meine«, sagte Tom. »Warte, ich hol schnell den Garagenschlüssel.«

Er verschwand im Haus, und Carl sagte zu Gordon: »In der Church Street gibt es jetzt auch einen Bauernmarkt.« Wie zum Beweis hob er die Tüte mit den Tomaten an.

»Das ist schön.« Gordon versuchte sich an einem Lächeln, und Carl kam in den Sinn, wie sie alle sich das letzte Mal getroffen hatten. Es war mehr als vier Jahre her. Im Weinladen in der Fairfield Street hatten sie gemeinsam zwei Flaschen Rotwein ausgewählt und waren dann ins Restaurant nebenan gegangen. Auf dem Heimweg hatten Gordon und er ein Lied gesungen, nur ein paar Zeilen davon, das Kampflied der Princeton Tigers. Gordon, der sein gesamtes Studium an der Princeton University verbracht hatte und eine Zeit lang Kapitän des

Lacrosse-Teams gewesen war, hatte es angestimmt, als er erfahren hatte, dass auch Carl in gewisser Weise ein Princeton-Mann war, und Carl hatte mitgesungen und verschwiegen, dass er die Faszination des Lacrosse-Spiels in all den Jahren nicht verstanden hatte. *»In Princeton-Town we have a team, that knows the way to play.«* Weiter wusste er nicht.

»Er war in deiner Jackentasche«, sagte Tom vorwurfsvoll, als er mit dem Schlüssel in der Hand aus dem Haus kam, und Gordon sah Carl an und schloss kurz die Augen.

Dieses Auto ist ein Schiff, dachte Carl, als er von der Myrtle Lane auf die Orange Road abbog. Schon als er den Lincoln vor elf Jahren gekauft hatte, war er nicht mehr zeitgemäß gewesen – die Straßen wimmelten damals plötzlich von kleinen Kompaktwagen –, aber entgegen aller Vernunft wünschte er sich dieses Auto. Er liebte die hellen Ledersitze und das Armaturenbrett in Mahagonioptik, und vor allem liebte er die abgerundeten Formen von Heck und Kühlerhaube – sie erinnerten ihn an die alten Jaguarmodelle.

»Es ist eben so, dass es mein letzter Wagen sein wird«, hatte er damals zu Helen gesagt, und sie, die immer nur, auch als es noch nicht in Mode war, Kleinwagen gefahren war, sagte lediglich, »na dann«, und zog kurz die Mundwinkel nach unten. Aber zu seinem nächsten Geburtstag hatte sie ihm eine Kühlerfigur geschenkt, das alte Lincoln-Maskottchen, einen chromglänzenden, im Sprung befindlichen Windhund, und die folgenden Jahre hatten sie beide sich gewundert, dass die Figur noch nicht abgebrochen worden war.

Die Frage war nun: Wohin mit dem Auto? Er würde sich einen Anwohnerausweis besorgen müssen, aber selbst wenn er den hatte, wäre es unmöglich, auf der Bloomfield Avenue einen

Parkplatz zu finden. Er wusste, was Lisa dazu sagen würde, und natürlich hatte sie recht – es wäre das Beste, den Wagen zu verkaufen.

Die grünen Ziffern der Digitaluhr zeigten zwölf Uhr siebzehn an. Statt auf die Bloomfield Avenue abzubiegen, blieb er auf der Mountain Avenue, dann wechselte er zur parallel verlaufenden Upper Mountain Avenue. Er glitt vorbei am kleinen malerischen Bahnhof und den Tennisplätzen des Mountainside Park, bevor er über die Mount Hebron zur Valley Road fuhr. Richtung Ortsausgang thronte zu seiner Linken die Montclair State University, eine elektronische Infotafel kündigte ein Match gegen das Rutgers College an, und ein Schild begrüßte die neuen Studenten des gerade begonnenen Semesters. Carl setzte den Blinker und fuhr den Hügel hinauf zu den hinter dem Hauptgebäude gelegenen Parkplätzen. Sein früherer Platz war besetzt, ein roter Honda mit New Yorker Kennzeichen stand darauf, ein Bernie-Sanders-Aufkleber am Heck. Er stellte sich auf einen freien Besucherparkplatz und schaltete den Motor aus. Zwei junge Männer gingen Hand in Hand auf dem Bürgersteig, und Carl beobachtete sie und überlegte, ob er sich vielleicht geirrt hatte und einer von ihnen, der schmalere, womöglich doch eine Frau war. Jetzt lösten sie die Hände, um an der Schnauze des Lincolns vorbeizukommen – offenbar war er zu weit nach vorne gefahren. Carl machte eine entschuldigende Geste, aber die Männer sahen nicht zu ihm hin. Er ließ den Motor an, um zurückzusetzen, dann fuhr er kurz entschlossen aus dem Parkplatz heraus, am Hauptgebäude vorbei, den Hügel hinab und Richtung Clifton.

Er nahm die Abzweigung nach Paterson. Er war nur ein Mal dort gewesen, kurz nach ihrem Umzug nach Montclair, als Helen und er einen amerikanischen Führerschein statt ihres deutschen beantragt hatten. Sie mussten damals eine schriftliche Prüfung ablegen, auf Englisch oder Spanisch, erklärte die Prüferin, eine schwarze Frau, deren Haare zu ölig schimmernden Wellen geformt waren. Als sie bestanden hatten, lachte die Frau laut auf: »Unglaublich, beide beim ersten Mal!« Helen lächelte unsicher. »Meinst du, sie will sich über uns lustig machen?«, fragte sie ihn leise auf Deutsch, und er schüttelte den Kopf: »Ich fürchte, nein.« Inzwischen schien die Stadt fest in hispanischer Hand. Schönheitssalons, One-Dollar-Shops und Fast-Food-Läden reihten sich aneinander. In einer Seitenstraße hatten Obdachlose aus Matratzen und Decken Verschläge gebaut, eine Frau stand mit schaukelndem Oberkörper am Fahrbahnrand, zwei Männer lagen quer über dem Bürgersteig.

Auch in Berlin hatte Carl Obdachlose gesehen, in einer Unterführung nahe dem Dom hatte ein alter Mann vor ihm die Hose heruntergezogenen und war in die Knie gegangen, um einen Haufen zu machen, direkt neben die Überreste eines Schlaflagers, das offenbar verbrannt war. Aber das Ausmaß der Obdachlosigkeit schien hier, in Amerika, viel größer. Und mit der Pandemie hatte sich die Situation weiter verschärft; überall waren plötzlich Zeltlager entstanden, nicht nur in den Städten, auch in den Vororten und neben den Autobahnen. In den Nachrichten hatte Carl gesehen, wie sich die Junkies durch das leere Zentrum San Franciscos schleppten, während der Blick aus den teuren Strandhäusern am Venice Beach jetzt direkt auf eine lange Reihe von Zelten ging. Erst vor einigen Wochen hatte die Regierung damit begonnen, die Lager räumen zu lassen. Aber dass sich an den Ursachen jemals etwas ändern würde, bezweifelte Carl: In den fast fünfzig Jahren, die er jetzt hier war, hatte er zehn Präsidenten erlebt – wobei Nixon und Ford in seiner Erinnerung ein wenig verblassten –, und keinem von ihnen war es gelungen, ein funktionierendes Gesundheitssystem auf die Beine zu stellen. Obama hatte es damit am weitesten gebracht, aber woran Carl sich vor allem erinnerte, war, wie die Republikaner jedes seiner Vorhaben blockiert hatten. Und dass nach ihm ein solcher Clown an die Macht hatte kommen können, sagte ohnehin viel über das Land aus. Für diese Erkenntnis brauchte er keinen Konrad. Er gab ein verächtliches Schnauben von sich. Was Konrad nicht begriff, war, dass das alles nichts mit dem Gefühl für ein Land zu tun hatte. Heimat. Eigentlich müsste gerade er das verstehen, dachte Carl. Aber nichts da, nicht Genosse Konrad.

Er lenkte den Wagen zurück auf die Autobahn, Richtung Garden State Parkway. Die Sonne schien ihm nun direkt ins Gesicht. Er klappte die Blende herab und fuhr weiter, vorbei an der Ausfahrt nach Paramus, vorbei am Hochhaus des Bergen New Bridge Medical Center in seiner parkähnlichen Anlage, vorbei an Tankstellen, Hotels und einer ausgedehnten Shoppingmall. Das Laub der Bäume war noch grün, aber hier und dort waren schon gelbe Blätter zu sehen und eine leichte Rotfärbung der Wipfel. Er fühlte sich plötzlich frei – tatsächlich hatte er sich lange nicht mehr so frei gefühlt –, und er beschloss weiterzufahren, an irgendein Gewässer, ganz egal wohin: an einen See, einen Fluss, vielleicht sogar ans Meer.

Im Strawberry Place in Nyack holte er sich einen Kaffee, dann ging er zum Ufer des Hudson, wo er sich auf eine Bank setzte. Vor dem Café hatte ein Musiker gestanden, der Gitarre spielte und sang. Bis hierher hörte Carl seine Stimme, sie war weich und klar und schien zu jemand ganz anderem zu gehören als zu dem bärtigen Mann mit den langen grauen Haaren. Im Pavillon neben sich konnte Carl eine Frau mit einem Jungen sehen, und es dauerte einen Moment, bis er begriff, dass die Frau nicht mit dem Kind, sondern in ihr Telefon sprach. Er nahm sein eigenes aus der Jackentasche und scrollte sich durch die Kontakte. Sehr viele waren es nicht. Renees Nummer war eine der letzten. Wie leicht es wäre, sie anzurufen: Ein Tippen auf ihren Namen würde reichen. Und dann? Wahrscheinlich würde sie gar nicht rangehen, wenn sie sah, dass er es war. Sie hatten sich damals unendlich viele Nachrichten geschrieben, nicht nur er ihr – auch sie hatte ihm immer wieder kleine Mitteilungen geschickt. Manchmal mit Emojis, die er albern fand und dann doch irgendwann auch verwendete. Es hatte gar nicht so lang gedauert, bis sie es aussprachen. *Ich liebe dich.* Vielleicht drei, vier Wochen. Er hatte es zuerst gesagt und gleich hinzugefügt, dass sie darauf nicht antworten müsse, aber zwei Tage später hatte sie es ihm auch gesagt. Da hatten sie gerade miteinander geschlafen und lagen im Bett, in ihrem seltsamen moorfarbenen Schlafzimmer mit den Makrameeteppichen an der Wand, genau drei Stockwerke unter dem von Helen und ihm, und er hatte sich zu ihr hingedreht und seinen nackten alten Körper an ihren auch nicht mehr jungen gedrückt, weil das fast das Schönste von allem war: mit einem Menschen, den man liebte, ganz nackt zu sein.

Letzte Woche hatte er von seinen Nachbarn gehört, dass Renee an Covid erkrankt war, offenbar ging es ihr sehr schlecht, und Carl war sofort überzeugt gewesen, dass Renee sich beim Sex angesteckt haben musste. Größere Viruslast, schwererer Verlauf. Er bezweifelte, dass sie noch mit dem Mann zusammen war, für den sie ihn verlassen hatte. Ein Mann allein reichte ihr auf Dauer nicht.

»Was ist das?«, hörte er plötzlich jemanden fragen. Es war der Junge, der aus dem Pavillon herausgekommen war und einen kleinen Ball in der Hand hielt. Von der Sonne geblendet, kniff er die Augen zusammen und blinzelte. Er mochte sechs oder sieben Jahre alt sein, mit einem blau karierten Hemd, kurzen Hosen und rotbraunen Haaren. Nase und Wangen waren von rötlichen Sommersprossen gesprenkelt.

»Lass mal sehen«, sagte Carl.

Der Junge gab ihm den Ball. Er hatte die Größe eines kleinen Flummis und eine filzige Struktur.

»Ich glaube, das ist ein Seeball«, sagte Carl. Er erinnerte sich, einmal etwas darüber gelesen zu haben. Die Bälle entstanden aus Fasern von Seegras und waren vor allem am Meer zu finden. »Man nennt es auch Neptunball.«

Der Junge kniff noch mehr die Augen zusammen, diesmal aus Skepsis: »Weil Neptun damit spielt, oder was?«

Carl zuckte mit den Schultern. »Vielleicht. Weiß auch nicht.«

Er gab dem Jungen den Ball zurück, und der Junge wog ihn in der Hand, als überlegte er, wie wahrscheinlich es war, dass ein Wassergott mit etwas so Kleinem wie diesem Ball spielen würde. Dann setzte er sich neben Carl auf die Bank, sodass sie beide auf den Fluss schauten. Carl sah zu dem Kind hinüber, und der Junge erwiderte seinen Blick und legte den Kopf abwartend zur Seite. Carl mochte Kinder, zumindest hatte er nichts gegen sie, aber eine Unterhaltung mit ihnen fand er oft mühsam. Das war schon mit Lisa in diesem Alter so gewesen. Natürlich war sie reizend und niedlich gewesen, aber die Gespräche mit ihr waren immer recht schnell versandet.

»Bist du mit deiner Mutter hier?«, fragte er schließlich, und der Kleine sagte sofort: »Meiner Tante.« Er zeigte auf den Pavillon. »Aber sie muss ein dringendes Gespräch erledigen.« Es war offensichtlich, dass es ihre Worte gewesen waren, die er jetzt wiedergab.

»Und wie heißt du?«, fragte Carl.

»Das darf ich nicht sagen«, sagte der Junge. »Und wenn du Süßigkeiten hast, darf ich auch keine annehmen. Auch keine Spielsachen oder so.«

»Ah ja.«

In der Ferne konnte Carl ein Schiff erkennen, das sich sehr langsam in sein Blickfeld schob. Ein großer weißer Passagierdampfer. Ihm fiel ein, was Hermann erzählt hatte, kurz vor Carls Abreise aus Windisch. Es war nach dem gescheiterten Besuch bei Konrad gewesen, und Carl hatte den Eindruck gehabt, dass Hermann ihn damit trösten wollte. Als ob er gekommen wäre, um etwas über die Vergangenheit zu erfahren! Sicher, die ganze Reise hatte irgendwann diese Richtung genommen – aber wie konnte er ihm erklären, dass das eigentlich nie seine Absicht gewesen war?

Sie waren damals, hatte Hermann erzählt, mit einem Zubringerschiff von Kolberg zu einem auf der Reede liegenden größeren Frachter und dann unter Deck in den mit Stroh ausgelegten Laderaum gebracht worden. Es war kalt und dunkel, und als Hermann in dem Gedränge verloren ging, dauerte es mehrere Stunden, bis Konrad ihn fand. Hermann hatte sich in eine Ecke des Laderaums gesetzt und zugeschaut, wie seine Hände zitterten, es hatte geregnet und gestürmt, und als dicht neben dem Frachter eine Granate einschlug, hatte er nicht geschrien, aber in die Hose gemacht. Er musste im ähnlichen Alter gewesen sein wie der Junge, der jetzt neben Carl saß, und dieser Gedanke bewirkte, dass sich etwas in Carl kurz und schmerzhaft zusammenzog.

»Hast du denn welche?«, fragte der Junge, und Carl sagte: »Hab ich was?«

»Süßigkeiten oder Spielsachen?«

»Nein.« Carl schüttelte den Kopf. »Nur ein bisschen kalten

Kaffee. Aber dort drüben«, er wandte sich um und deutete auf das Café, »gibt es ziemlich viele Sachen mit Erdbeeren.«

»Okay«, sagte der Kleine und sah in Richtung des Cafés und dann zurück auf den Fluss. Der Musiker hatte ein neues Lied begonnen, die Melodie kam Carl vage bekannt vor, aber ihm fiel der Titel nicht ein.

»Ich kann schon ziemlich gut schwimmen«, verkündete der Junge. »Besser als Alissa.«

»Ist das deine Freundin?«

Der Junge zuckte mit den Schultern. »Weiß nicht.«

Er musterte Carl, die Augen zusammengekniffen. Offenbar war das einfach seine Art, die Welt zu betrachten.

»Hast *du* denn eine Freundin?«, fragte er.

Carl schüttelte den Kopf. »Nicht mehr.«

»Und einen Freund?«

Carl sah den Jungen an. »Ich weiß nicht.«

Das Schiff schob sich langsam weiter. Es glänzte hell in der Sonne und sah aus, als hätte es alle Zeit der Welt. »Easy Like Sunday Morning«, das war der Titel des Liedes, fiel Carl ein.

»Eher ein paar Bekannte«, sagte Carl.

»Du meinst Freunde, die nicht so richtige Freunde sind«, fasste der Junge zusammen, und Carl sagte: »Nicht gerade berauschend, was?«

Die Tante des Jungen kam jetzt aus dem Pavillon, und als sie das Kind bei ihm sitzen sah, schien sie zu erschrecken. Sie hob den Arm und winkte dem Jungen.

»Joshua!«, rief sie, und Joshua bedachte sie mit seinem skeptischen Blick. Dann erhob er sich und lief, ohne sich zu verabschieden, zu seiner Tante. Auf halbem Weg drehte er sich noch einmal zu Carl um.

»Nee«, rief er. »Nicht gerade toll!«

Oktober

Der Regen schlug gegen die Scheibe der Arztpraxis, ein kurzes Aufbäumen nur, bevor er wieder zu dem gleichmäßigen Nieseln wurde, das schon den ganzen Tag anhielt.

»Gut«, sagte Ronald McGormick, Carls Hausarzt seit mehr als dreißig Jahren. »Du kannst aufhören zu strampeln.«

Er lehnte sich vor, um noch einmal die Ausschläge auf dem Monitor zu prüfen.

»Sieht alles ganz gut aus«, sagte er. »Jetzt ruhst du dich noch ein wenig aus, verschnaufst fünf Minuten, und dann nehmen wir dir die Elektroden ab.«

»Wer es hoch in deine Praxis schafft, kann ja ohnehin nicht sehr herzkrank sein«, sagte Carl, während er sich mit dem weißen Frotteetuch, das die Schwester ihm über den Radlenker gehängt hatte, die Stirn abwischte. Ronalds Praxis lag im dritten Stock eines hohen schmalen Hauses, und der winzige Aufzug war bei fast jedem Termin, den Carl in den letzten Jahren hier gehabt hatte, außer Betrieb gewesen.

»Lass mich bloß damit in Ruhe«, sagte Ronald. »Wahrscheinlich wird das das Geschenk der Hausverwaltung zu meinem Ruhestand sein: eine Fahrt im Aufzug.«

Er machte sich daran, die Klebepflaster, an denen die Elektroden befestigt waren, eins nach dem anderen abzuziehen. Eigentlich wäre das die Aufgabe der Arzthelferin gewesen, aber seit jeher nutzten Carl und Ronald die Vorsorgeuntersuchung auch für ein persönliches Gespräch. Zwar waren sie nicht wirklich Freunde – außerhalb der Arztpraxis liefen sie sich höchstens zufällig einmal über den Weg –, aber Carl empfand Zuneigung zu Ronald, und dem schien es, zu Carls Freude, genauso zu gehen.

»Hast du noch lang?«, fragte er, während er sich das Hemd zuknöpfte.

»Wie man's nimmt.« Ronald saß hinter seinem Schreibtisch und blätterte in Carls Akte. »Noch ein gutes Jahr.«

Er hielt ein Blatt Papier hoch und ließ den Blick darüberschweifen.

»Dieser Doktor Jaunka schreibt wie die Queen«, sagte er und las vor. »Werter Kollege! Mit diesem Brief erlaube ich mir, Ihnen im Folgenden …« Er las still weiter. »Okay«, sagte er schließlich. »Wie du ja selbst schon gesagt hast, war das eine Art Mini-Herzinfarkt.«

Er betrachtete Carl nachdenklich, der sich inzwischen wieder vollständig angezogen und auf dem Stuhl vor dem Schreibtisch Platz genommen hatte.

»Jetzt liegt es auch an dir, ob das ein einmaliger Warnschuss oder der Auftakt zu etwas Größerem wird. Ich will dich nicht langweilen: Du kennst ja die Risikofaktoren. Rauchen, trinken, essen. Also eigentlich alles, was Spaß macht.«

Er zog ein mitleidig resigniertes Gesicht.

»Und Sex, schätz ich mal«, sagte Carl. »Nicht, dass ich da viel aufgeben müsste.«

Ronald zuckte mit den Schultern. »Es ist ganz einfach: In moderater Form ist alles erlaubt. Außer vielleicht das Rauchen, das lässt du lieber ganz. Und auf Kaffee und rotes Fleisch solltest du besser auch verzichten.« Er schaute auf ein anderes Blatt. »Deine Medikamente nimmst du alle weiterhin?«

»Ja«, sagte Carl. »Klar.«

»Dann lass dir gleich noch Blut abnehmen, damit wir mal wieder ein großes Blutbild machen.«

Er tippte etwas in seinen Computer, dann lehnte er sich zurück und sah Carl an. Es war verwunderlich, dass er gleichzeitig etwas Interessiertes und Abschließendes in sein Lächeln legen konnte.

»Sonst alles in Ordnung, ja?«

Carl nickte. Er war so einsam, dass er, wenn Lisa sich meldete, aufpassen musste, nicht dankbar zu klingen; sein Körper schmerzte an den unerwartetsten Stellen; abends musste er sich vornehmen, am nächsten Morgen auch wirklich aufzustehen, und wenn ihn zwischendurch doch noch manchmal die Liebe zum Leben überkam, war es eine ebenso verzweifelte wie einseitige Schwärmerei. Aber sonst war alles in Ordnung bei ihm.

Ronald sah ihn aufmerksam an. »Bist du sicher?«

Carl öffnete den Mund, dann schloss er ihn wieder. Konrads Phrase kam ihm in den Sinn. »Das Alter ist ein Kampf.« Aber so war es nicht: Es war eher ein in die Länge gezogener Raubzug, der nach und nach all das fortnahm, was einem wichtig war. Nackt werden wir geboren, nackt sterben wir. Kein Grund, sich zu beklagen.

»Ja«, sagte er. »Alles gut.«

Auf der überdachten Treppe zur Bücherei saß der Hund der Bibliothekarin. Das schwarze Fell fiel ihm lockig vor die Augen, als er den Kopf hob und gleichgültig Carls Blick erwiderte. In der Leseecke rechts vom Eingang saßen ein Mann und eine ältere Frau in roten, ausladenden Sesseln. Hinter ihrem Tresen sah Liv van der Kemp kurz auf und nickte ihm unverwandt zu. Auf seltsame Weise ähnelte ihr Blick dem ihres Hundes, und auch wenn Carl sich manchmal einen Spaß daraus machte, sie mit übertriebener Freundlichkeit – geradezu strahlend – zu grüßen, begnügte er sich heute mit einem kurzen Winken. Dann holte er sich am Zeitungsständer die *New York Times* und setzte sich in den freien Sessel direkt am Fenster. Der Mann neben ihm grüßte leise, die Frau blieb in ihr Buch vertieft, und als Carl sie unauffällig betrachtete, sah er, dass sie sich neongelbe Stöpsel in die Ohren gesteckt hatte. Carl las einen Artikel über die fehlende Preistransparenz der Krankenhäuser und einen weiteren über die Neigung der Eliteuniversitäten, sich vom realen Leben abzuschirmen. Es mochte schon stimmen, dachte er, dass die Studenten auf den Campus-Universitäten zu wenig mit der Welt da draußen zu tun hatten – andererseits war der Schritt von der totalen Überwachung durch die Eltern in die weniger strikte der Universität nicht zu unterschätzen. Ihm waren die Freshmen immer wie junge Vögel erschienen, die ihren ganzen Mut zusammennehmen mussten, um sich vom Nest zu entfernen. Für viele war es das erste Mal, dass sie so etwas wie Freiheit kennenlernten, und bei allen Herausforderungen, die ihnen begegneten, konnte er doch nicht umhin, sie zu beneiden. Vielleicht, weil er sich selbst noch gut an seine ersten Monate in West-Berlin erinnerte – an die Freiheit, die er dort erlebt und die ihn verunsichert, mehr aber noch euphorisiert hatte.

Als er die Bibliothek verließ, war es kurz nach drei. Es hatte aufgehört zu regnen, aber die Sonne würde heute nicht mehr durch die dicke Wolkendecke brechen. Liv van der Kemp war gerade dabei, die Leine ihres Hundes vom Treppengeländer zu lösen. Sie hielt inne, als Carl an sie herantrat. Er streckte dem

Hund die Hand entgegen und wartete, ob er sie beschnüffeln würde, und tatsächlich machte der Hund einen Schritt auf ihn zu und berührte sie prüfend mit seiner feuchten Nase.

»Ein hübscher Kerl«, sagte Carl und kraulte ihn an der Unterseite seiner kompakten Schnauze. Das lockige Fell fühlte sich überraschend weich an. Einzelne weiße Haare mischten sich in die schwarzen, von Nahem sah er älter aus, als Carl gedacht hatte. »Und so geduldig.«

Liv verzog die Lippen zu einem grimmigen Lächeln.

»Sie nicht auch noch, bitte«, sagte sie, und Carl beeilte sich zu versichern, dass seine Bemerkung in keiner Weise kritisch gemeint gewesen war. Er habe, sagte er, gar nicht den Eindruck, dass der Hund unter dem Warten leiden würde, im Gegenteil: Mit dem genügsamen Interesse eines alten Menschen betrachte er die Vorbeigehenden. Liv hörte seiner Erklärung zu, eine Hand ungeduldig in die Seite gestemmt, die Augenbrauen herausfordernd gehoben.

»Ich kann nichts dafür, dass ich ihn mitnehmen muss«, sagte sie in einem Ton, als habe er ihr genau das vorgeworfen. »Zu Hause zerlegt er mir die Wohnung, und einen Hundesitter kann ich mir nicht dauernd leisten. Als Bibliothekarin verdient man ja nicht gerade üppig.«

Nein, das sicher nicht, versicherte Carl. Dann verzog er das Gesicht entschuldigend. Es war seltsam, dass alles, was er zu Liv sagte, falsch herauskam.

»Ich habe den Hund von einer Freundin geerbt. Sie ist krank geworden, und ich wollte kurz aushelfen, aber dann ist sie gestorben, und ich saß plötzlich mit dem Hund da.« Sie klang, als verübelte sie ihrer Freundin das Sterben. »Soll ich ihn etwa in ein Tierheim geben? Der ist bald elf, den nimmt doch niemand mehr. Und was mit Hunden passiert, die niemand will, weiß man ja.«

»Wie heißt er denn?«, fragte Carl, und Liv sagte mit einem Augenrollen: »Toto.« Sie zuckte mit den Schultern. »Aus dem *Zauberer von Oz*. Meine Freundin war auch Bibliothekarin.«

Beim Klang seines Namens hatte Toto die Ohren aufgerichtet, von denen die schwarzen Lamettahaare herabfielen.

»Wirklich ein hübscher Kerl«, sagte Carl noch einmal.

»Nutzt nur auch nichts.« Liv zog an der Leine und nickte Carl kurz zu, dann stieg sie mit dem Hund die Treppe hinab und bog nach links ab, in Richtung Bloomfield Avenue. Carl sah ihr noch eine Zeit lang hinterher, wie sie entschlossen die Straße entlanglief, Toto mit seinem federnden Schritt neben ihr.

Im Raymond's hatte sich eine Gruppe junger Frauen versammelt; Carl zählte sechs von ihnen, wobei er sie erst auf Ende zwanzig, dann auf Mitte dreißig schätzte. Sein Tisch am Fenster war besetzt, und er ging zu dem daneben und bestellte bei Ian einen Tee. Die Frauen redeten durcheinander, Carl hörte sie lachen. Eine Frau mit üppigen braunen Locken und einem irgendwie puppenartigen Gesicht schien so etwas wie die Wortführerin zu sein, zumindest war ihre Stimme die lauteste. Sie war es auch, die irgendwann mit einem Löffel an ihre Tasse klopfte, woraufhin die anderen Frauen verstummten. Ihrer kurzen Ansprache entnahm Carl, dass es um ein Klassentreffen ging – oder weniger ein Klassentreffen als vielmehr die jährliche Zusammenkunft einer Highschool-Clique. Er versuchte kurz, sich die Frauen als Jugendliche vorzustellen; es war anzunehmen, dass damals die Rollen ähnlich verteilt waren wie heute, aber vielleicht hatten sich auch manche der Frauen in unerwarteter Weise entwickelt – waren mutiger, hübscher oder weniger auffällig geworden, hatten erste Dämpfer des Lebens einstecken müssen oder waren beruflich weiter gekommen, als sie selbst es je erwartet hatten. Er war zweimal mit Helen bei einem ihrer Klassentreffen gewesen, und er erinnerte sich, dass sie in den Wochen davor begonnen hatte, Diät zu halten und sich Gedanken über die passende Kleidung zu machen. Sie hatte es ihm übel genommen, wenn er darüber spottete (tatsächlich hatte sie es ihm so übel genommen, dass sie die anderen Male allein zu den Klassentreffen gereist war), und einmal – als er es wieder nicht hatte lassen können, einen Kommentar abzugeben – hatte sie ihn kühl angeschaut und »Du bist bloß neidisch« gesagt, ein Vorwurf, dem er mit ungläubiger Verwunderung begegnete. Sicher hätte er manchmal seine ehemaligen Klassenkameraden gerne wiedergesehen. Aber als sich sein Abitur zum dreißigsten Mal jährte, waren sie gerade kurz zuvor aus Windisch zurückgekommen – es war das erste Weihnachtsfest nach der Wende gewesen –, und als ihn einige Wochen später die Einladung erreichte, hatte er nicht gleich wieder nach Deutschland reisen wollen. In den Folgejahren erhielt er keine Einladung mehr, vielleicht weil er auf die erste nicht geantwortet hatte.

Ian kam zu ihm an den Tisch. Sein Gesicht zeigte einen amüsierten Ausdruck.

»Wärst du ein Kater, wären deine Ohren jetzt gespitzt«, sagte er, und Carl sah sofort eine auf der Lauer liegende Katze vor sich, deren Ohren sich in die Richtung ihrer Beute drehten. Er lachte ertappt.

»Und selbst?«

Ian fuhr sich mit einer Hand über sein Kinn und nickte lächelnd. »Nicht schlecht.«

Sein Haar war kürzer geschnitten als sonst, es machte ihn jünger, und Carl kam – nicht zum ersten Mal – zum Bewusstsein, wie wenig er über ihn wusste. Auf eine seltsame Weise war

Ian ihm vertraut, vielleicht weil er ihn als Kind gekannt hatte, aber was hieß das schon? Als Mitschüler seiner Tochter war er kaum in Erscheinung getreten, und das Verhältnis zwischen Carl und Ians Vater Raymond war nicht so gewesen, dass sie oft über familiäre Angelegenheiten gesprochen hätten.

»Warst du eigentlich mal verheiratet?«, fragte Carl, und Ians Gesicht behielt den freundlichen Ausdruck bei, während er die Augenbrauen hochzog.

»Verheiratet, geschieden, und das alles doppelt. Weil ich schon immer etwas länger brauchte, bis ich etwas kapiere.« Er kontrollierte die Pfeffer- und Salzstreuer auf dem Nebentisch.

»Und jetzt hast du es kapiert?«, fragte Carl.

Ian warf ihm einen langen Blick zu. Der amüsierte Ausdruck auf seinem Gesicht war verschwunden.

»Jetzt habe ich zumindest verstanden, dass das alles nichts für mich ist. Mir geht's besser, wenn ich alleine bin.«

Er lächelte, als wollte er den plötzlichen Ernst in seiner Stimme zurücknehmen.

»Und Kinder?«

»Nein«, sagte Ian knapp. »Keine Kinder. Wenn ich sterbe, wird nichts von mir bleiben.« Er drückte das Tablett mit der Kante gegen seinen Bauch. »Kannst du dir vorstellen, dass mich das eine Zeit lang fast irre gemacht hat?« Er schüttelte den Kopf, dann wandte er sich ab, um die leeren Gläser auf dem Tisch der Frauen einzusammeln und neue Bestellungen aufzunehmen. Carl sah Ian hinterher, wie er zum Tresen ging, und während im Hintergrund die Stimmen der Frauen hin- und hersprangen wie bei einem Pingpong-Spiel, beobachtete er ihn, wie er die benutzten Gläser spülte und neue mit Getränken füllte.

Als er auf die Straße trat, hatte die Luft bereits etwas Herbstliches an sich. Wie die Pompons von Cheerleaderinnen bauschten sich die gelben Blätter der Platanen an den Enden der knorpeligen Äste, und in den großen Blumenkübeln vor den Läden blühten Astern, Chrysanthemen und Ziersalbei. Dass nichts von ihm bleiben wird, hatte Ian gesagt, und dass ihn das fast irre gemacht hatte, »Kannst du dir das vorstellen?«, und wenn Carl nur für einen Moment das Gefühl gehabt hätte, dass Ian an seiner Antwort interessiert sei, hätte er Ja gesagt: Ja, kann ich gut.

Er ging zur Bloomfield Avenue, aber statt direkt in seine Wohnung zurückzukehren, machte er einen Abstecher zum Buchladen. Die Neuerscheinungen waren im Schaufenster dekoriert, das große Poster einer jungen Frau hing im Hintergrund. Ihr krauses Haar war millimeterkurz geschnitten und an den Seiten ausrasiert, und ihre Augen blickten streng, wozu die sinnlichen, leicht geöffneten Lippen in reizvollem Kontrast standen. Ihre Schönheit hatte etwas Herausforderndes an sich, als wäre man selbst schuld, wenn man darauf hereinfiel. Trevors Buch stand ganz vorne im Fenster, und obwohl es zu einem eindrucksvollen Turm aufgebaut war, hatte man auf ein Foto von ihm verzichtet. Es war tatsächlich bei dem Titel geblieben – *Die Enttäuschung* –, und als das Buch vor einigen Tagen mit der Post gekommen war, hatte Carl das Titelbild eingehend studiert. Vor einem fast schwarzen Hintergrund war in Hellblau eine schlossartige Silhouette gezeichnet – offenbar war sie der Princeton University mit ihren vier Türmen am Haupteingang nachempfunden. Drei im Stil der Fünfzigerjahre gezeichnete Personen waren außerdem zu sehen, zwei Frauen und ein Mann, der im Vordergrund und darum deutlich größer war. Sein Gesicht war nur angedeutet, aber in einer Hand hielt er einen kleinen Aktenkoffer, während er weit ausschritt, als wollte er geradewegs aus dem Buch herausmarschieren. Carl hatte das Buch auf den Esstisch gelegt, dann hatte er es mit zum Sofa genommen und die Widmung gelesen, »Für Camille« – natürlich! –, und das Motto, das dem Buch vorangestellt war: »Wahre Liebe läuft nie glatt«, ein Zitat von Shakespeare, das seltsam lapidar klang und zusammen mit der Widmung fast wie eine Abbitte wirkte. Er schlug die erste Seite auf. Da war er wieder, John Clover, statt mit einer braunen Ledertasche nun mit einem schwarzen Aktenkoffer bewehrt und irischer statt deutscher Abstammung, aber ansonsten: *Don John*, wie er ihn bereits aus dem Manuskript kannte. Auf der Rückseite des Buches war ein Foto von Trevor zu sehen, in Schwarz-Weiß und gut und gern zehn Jahre alt. Trevor mit eindringlichem Blick und seinen damals schon zu langen, jungenhaft gelockten Haaren. Carl schlug das Buch zu und legte es neben sich auf das Sofa. Dann erhob er sich und stellte es ins Bücherregal, aber hinter die Buchreihe, die ihm lückenlos wie ein künstliches Gebiss gegenüberstand, den infamen Neuzugang schamhaft verbergend. Wenn es ihm bloß gelänge, es zu vergessen! Aber natürlich würde er das Buch bald wieder hervorholen und nachlesen, ob Trevor auch die anderen seiner zahlreichen Änderungswünsche berücksichtigt hatte. Und wenn nicht? Schon daran zu denken, erschöpfte ihn.

Von all dem erzählte er jedoch nichts, als Lisa – wie jeden Tag seit ihrer Rückkehr aus Windisch – anrief. Und als sich kurz darauf Hermann meldete und dann auch noch Collin, um seinen Besuch für den nächsten Abend anzukündigen (er würde Essen mitbringen und einen Freund), empfand Carl kurz Genugtuung gegenüber Trevor, dessen Buch zumindest noch eine Zeit lang unbeachtet bleiben würde.

Collins Haar war noch länger geworden, es reichte ihm jetzt fast bis zur Schulter, und sein Gesicht sah dadurch weicher aus, noch freundlicher als ohnehin schon. Denn freundlich, dachte Carl, als sein Enkel ihm am nächsten Abend gegenübersaß, hatte er immer schon ausgesehen – und war es auch gewesen. Sogar als Teenager, als er, wie Lisa es einmal scherzhaft ausdrückte, »die Pubertät hatte«, die ihn aber, anders als Jahre zuvor Lisa selbst, nicht wie eine Krankheit überfiel, sondern sich eher wie eine Neuordnung des Bestehenden ausnahm: eine metamorphische Verschiebung seiner ganzen Person – erst, ganz leicht, zum Grotesken, dann zum Symmetrischen hin, alles Unfertige, Ungelenke und Unharmonische hinter sich lassend.

Zwischen ihnen auf dem Tisch standen drei Schüsseln mit vietnamesischem Essen, dazu eine große Schale voll dampfendem Reis. Carl hatte eine Flasche Weißwein aus dem Kühlschrank geholt, und Collin hatte drei Gläser auf den Tisch gestellt und Gabeln und Messer neben die Stäbchen gelegt. Owen hatte sich erboten zu helfen, aber Collin hatte gesagt: Nichts da, ich mach das, ihr beide könnt euch währenddessen schon mal beschnuppern (ein Ausdruck, den Carl etwas zu anschaulich fand), und so hatte er sich mit Owen, der eine Nickelbrille trug und hoch aufgeschossen und schmal wie ein Teenager war, an den Tisch gesetzt. Es stellte sich heraus, dass Owen aus Houston stammte, seit drei Jahren Mathematik in Montclair studierte und kurz vor dem Abschluss stand. Er und Collin waren sich auf einer Party der juristischen Fachschaft begegnet, auf die sie beide, mehr oder weniger gegen ihren Willen, mitgenommen worden waren.

»Aber was für ein Glück, dass wir uns haben überreden lassen«, sagte Owen und sah zu Collin, und der erwiderte seinen

Blick und lehnte für einen Moment seinen Kopf gegen den von Owen.

Carl machte ein Gesicht, das vollste Zustimmung ausdrücken sollte. Aber was, bitte, wäre an einer Vorwarnung schlecht gewesen? Während er konzentriert Reis und Fleisch auf die Stäbchen lud, stellte er ein Unbehagen fest beim Gedanken daran, was die beiden tun würden, wenn sie später am Abend allein wären.

»Dann denk halt nicht daran«, sagte Lisa am nächsten Tag zu ihm. »Stell's dir einfach nicht vor. Söhne, Töchter, beste Freunde. Die eigenen Eltern. Die sollten eh alle keinen Sex haben.« Sie lachte schnaubend.

»Seit wann weißt du es?« Er hörte selbst, dass sein Ton etwas von einem Verhör an sich hatte, doch er schien im Moment keinen anderen finden zu können.

Lisa zuckte mit den Achseln. »Geahnt habe ich es schon lange. Gesagt hat er es mir dann vor etwa einem Jahr.«

»Und warum hast du es nie erwähnt?«

Lisa sah ihn mit einem Ausdruck übergroßer Geduld an, und er wandte den Blick ab. Das Blau hinter dem Fenster war überzogen von weißen faserigen Schlieren, ein Himmel wie eine Röntgenaufnahme.

»Weil es nicht meine Sache ist. Collin ist ein erwachsener Mann. Mit wem er schläft, geht mich – und dich – nichts an.«

»Danke für die Zurechtweisung. Welch überraschende Toleranz.«

Lisa hob fragend die Augenbrauen. »Inwiefern?«

»Insofern als du, immer wenn es um mich und meine Angelegenheiten ging, durchaus weniger tolerant warst.«

»Ach herrje. Sind wir also mal wieder bei diesem Thema gelandet.«

Dieser Satz war in früheren Unterhaltungen eher von ihm gekommen. Aber Lisa schien die Umkehrung ihrer Rollen nicht aufzufallen.

»Oh, von *mir* aus können wir es auch lassen«, sagte Carl.

Er sah, wie Lisa mit sich rang – er konnte es förmlich ihrem Gesicht ablesen, dass sie eigentlich nichts entgegnen wollte. Dann kapitulierte sie.

»Du verstehst ja wohl, dass es einen Unterschied gibt zwischen dem Liebesleben meines Sohnes und dem meines Vaters.«

»O ja. Allerdings.«

Lisa ignorierte seinen ironischen Ton. »Unter seinem leide ich nicht, unter deinem habe ich gelitten.«

»Wozu es keinen Grund gab.« Er lehnte sich im Sofa zurück und schlug die Beine übereinander. Sie kamen ihm plötzlich furchtbar dünn vor; er schien immer mehr vom Mann zum Männchen zu degenerieren.

»Lass das!«, fuhr Lisa ihn unvermittelt an. »Stell dich nicht dümmer, als du bist!« Röte stieg ihr ins Gesicht, ein sicheres Zeichen, dass sie wirklich wütend war. »Natürlich leidet ein Kind darunter, wenn der Vater dauernd fremdgeht. Wenn die Mutter alles stumm erduldet, die Stimmung fast immer bedrückt ist, der Vater abwesend. Von den Peinlichkeiten ganz zu schweigen.«

»Welchen Peinlichkeiten?«

»Na, zum Beispiel dass deine Freundinnen immer jünger wurden, je älter du wurdest …« Sie unterbrach sich selbst, dann sagte sie: »Bis auf Renee. Die war ja gar nicht besonders jung.« Sie sah ihn nachdenklich an. »Und seltsam, dass ausgerechnet sie das Fass zum Überlaufen gebracht hat, nicht wahr?«

»Du bist ja ganz gut im Bilde«, sagte Carl. Groll erfüllte ihn auf Helen. Von wegen *stumm* erdulden!

»Ich bin nicht blind, Papa. Und besonders in den letzten Jahren haben Mama und ich viel gesprochen.«

»Offensichtlich.«

»Du bist wirklich unglaublich, weißt du das?« Helen stieß Luft aus. Es klang wie ein kurzes, verblüfftes Lachen. »Und das Verrückte ist, dass du nur einer von vielen bist. Wahrscheinlich passiert Ähnliches in jedem zweiten Haus, und überall reden Töchter und Väter aneinander vorbei wie wir. Dabei verstehe ich dich sogar irgendwie.«

»Das wär ja mal was Neues.«

Sie überging seinen Einwurf. »Ich meine, wahrscheinlich wäre ich an deiner Stelle auch nicht bereit, meine Privilegien aufzugeben.«

Carl entknotete seine Beine und richtete sich auf.

»Privilegien! Hör schon auf«, sagte er unwirsch. »Ich weiß, was jetzt kommt, aber ich kann leider weder was für mein Geschlecht noch für meine Rasse. Und meine berufliche Stellung habe ich mir selbst erarbeitet.«

»Ja«, sagte Lisa schlicht. »Weil du es konntest.«

»Schon klar. Aber man kann sich immer so oder so entscheiden. Du zum Beispiel …« Etwas in ihm zögerte, aber dann sprach er weiter. »Du zum Beispiel hast dich entschieden, auf diese Möglichkeit zu verzichten. Du hättest dich nicht damit begnügen müssen, die Assistentin einer Rechtsanwältin zu sein, du hättest selbst Anwältin werden können. Aber andere Dinge – Drogen zum Beispiel – waren dir eben wichtiger, als das College zu beenden. Im Nachhinein keine gute Entscheidung. Aber deine eigene.«

»Stimmt«, gab Lisa zu. »Ich hatte immer das Gefühl, mich von dir absetzen zu müssen, und die Universität war nun mal *dein* Gebiet und nicht meines.«

»Und auf wundersame Weise bin wieder ich dran schuld.« Carl lächelte mokant. »Weißt du, das ist etwas, womit ich Probleme habe: diese ständige Opferhaltung. Das hat mich übrigens auch immer an meinem Bruder Konrad gestört.« Er verspürte plötzlich Durst. Etwas Kaltes müsste es sein, das seine Kehle hinabrinnen und für einen Moment im Magen zu spüren sein würde wie ein kleines eisiges Gewicht. Bereits im Aufstehen sagte er: »Aber jeder, wie er will.«

»Ich sehe mich nicht in erster Linie als Opfer.« Auch Lisa stand auf und ging hinter ihm her in die Küche. »Ich war vielmehr deine Komplizin, wenn auch unfreiwillig. Eine Art Trumpf, den du Mama gegenüber hattest.«

Carl füllte ein Glas mit dem Wasser aus der Filterkanne. Es war nicht so kalt, wie er gehofft hatte, aber er trank es trotzdem in einem Zug aus. »Ein Trumpf? Inwiefern das denn?«

»Na ja.« Sie machte eine Pause, in der sie sich fast genüsslich die Worte zurechtzulegen schien. »Ich war das, was du zu akzeptieren bereit warst. *Kein eigen Fleisch und Blut.*«

Sie hatte die letzten Worte auf Deutsch gesagt, was ihnen einen besonders altmodischen Klang gab. Sie schüttelte lächelnd den Kopf, als sie seinen verständnislosen Blick sah.

»Jetzt tu doch nicht so verwundert. Es kann ja wohl nicht sein, dass du das nicht selbst weißt.« Sie klang sehr sachlich, beinahe freundlich. »Dass Mama dich all das machen ließ – die ganzen Affären, die Liebschaften vor ihren Augen –, lag daran, dass sie ein schlechtes Gewissen dir gegenüber hatte. Weil sie dir nicht geben konnte, was du dir gewünscht hast: Nachkommen.« Sie zuckte mit den Schultern. »Ein Ablasshandel«, sagte sie. »Alles vergeben: deine Sünden, ihr Versagen. Und ich war der Beweis dafür.«

Das Wasser schien fast unbewegt, wie der Himmel und die hohen Schilfgräser am Ufer mit ihren weißen fedrigen Blütenrispen. Nur die Möwen stießen von Zeit zu Zeit herab und schrien empört auf, wenn ihnen ein ausgespähter Fisch entkam.

Gestern, noch während des Gesprächs mit Lisa, hatte er sich vorgenommen, bald wieder zum Fluss zu fahren. In den letzten Wochen war er einige Male hier gewesen. Die knapp einstündige Fahrt, der Tee, den er sich im Strawberry Place holte, die Bank am Ufer des Flusses, direkt neben dem kleinen offenen Pavillon, in dem er bei seinem ersten Ausflug hierher den Jungen und seine Tante gesehen hatte, waren ihm inzwischen schon vertraut, und heute hatte er zum ersten Mal das Gefühl gehabt, dass ihn der junge Mann mit den vielen Piercings, der im Strawberry Place bediente, erkannt hatte.

Carl holte sein Handy aus der Jackentasche und schaltete es ein. Letzte Woche hatte Lisa es an sich genommen, um es auf den neuesten Stand zu bringen. Seitdem hatte er von überall her Zugriff auf seine E-Mails, und neben Lisa und Collin waren nun auch Hermann und die Ambulanz des Montclair Medical Center mittels Kurzwahl zu erreichen. Außerdem hatte Lisa ihm die Bilder hochgeladen, die sie in Windisch abfotografiert hatte: von seiner Mutter, deren Schwester und Eltern und von seinem Vater. Wann immer Carl jetzt durch sein Handy scrollte, konnte es passieren, dass ihm das Gesicht seines Vaters entgegenblickte wie sein eigener früher Wiedergänger. Die Vorstellung, dass er ihn auf diese Weise doch noch zum Klassenfeind gebracht hatte, belustigte ihn. Was würde er zu all dem hier sagen? Zum Chaos, aus dem das Land nur mühsam herausfand und in das es womöglich nur noch tiefer versinken würde? Manchmal kam es Carl vor, als könnte diese zerfallene Nation nie mehr zusammenfinden, so tief war die Kluft geworden. Die

Eliten auf der einen, die Abgehängten auf der anderen Seite, und dann die Typen, die das für sich ausnutzten, um die Demokratie Stück für Stück abzuwickeln. Aber so war es ja nicht nur hier; überall auf der Welt passierte das. Besonders in Russland, dem Lieblingsland seines Vaters. Aber auf *dem* Auge würde der wahrscheinlich ebenso blind sein wie Konrad. Seit seinem verunglückten Besuch hatte Carl nichts von ihm gehört, und auch Hermann, der Konrad regelmäßig sah, hatte keine Neuigkeiten.

Neuigkeiten. Carl nahm einen Schluck von seinem fast kalten Tee. Keine Frage, was er bald Neues über seinen Bruder hören würde. Und dann wäre es ein für alle Mal zu spät für eine Versöhnung.

Eine Möwe landete nicht weit von ihm entfernt auf dem Rasen und starrte mit demonstrativem Desinteresse an ihm vorbei. Er hätte ihr gerne ein paar Krümel hingeworfen, aber anders als die letzten Male hatte er heute keinen Kuchen zum Tee genommen. Er schnalzte leise, und die Möwe ruckte mit dem Kopf, während ihre dunklen Knopfaugen ihn weiterhin ignorierten.

Dann war es eben so. Keine Versöhnung, wenigstens nicht zu Lebzeiten. Vielleicht war es ja, wie manche vermuteten: dass vom Jenseits aus die Querelen, die sie hier umtrieben, ganz und gar unverständlich scheinen würden. Ein Ort vollkommener Liebe, Wärme, Hingabe; ein Ort wie ein Aha-Effekt: Darum ging es also eigentlich! Wie konnten wir es nur so vermasseln? Er dachte an den Traum, den er in Zoppot gehabt hatte. Das Gefühl, sich auf ein Licht zuzubewegen, nein, nicht zuzubewegen, darin aufzugehen, der unwiderstehliche Drang, sich darin aufzulösen.

Die Möwe sah ihn jetzt direkt an, als gäbe sie ihm eine letzte

Chance, dann flog sie unvermittelt davon. Er leerte den Becher und drückte ihn zusammen. Immerhin: Mit Lisa hatte er sich wieder vertragen. Dabei hatte sie ihm noch einiges an den Kopf geworfen. Als einen Mann hatte sie ihn beschrieben, der die Moderne mit offenen Armen empfangen und sich die besten Stücke daran herausgepickt hatte, und das alles auf Kosten der anderen, der Frauen, der Armen, der Umwelt, wem auch immer. Seine Freiheit, so sah sie es, hatte er nur dadurch erlangen können, dass er den anderen ihre nahm, und das einfach, indem er tat, was er wollte. »Siehst du nicht, wie komisch das eigentlich ist?«, hatte sie gefragt, und das immerhin hatte er sofort verstanden: dass sie es nicht eine Sekunde lang wirklich komisch fand.

Nachdem sie gegangen war, hatte ihn ein Gefühl der Erschöpfung übermannt. Trotzdem hatte er nicht schlafen können, und gegen eins war er noch einmal aufgestanden, um sich im Bad eine Schlaftablette zu holen. Am Morgen brauchte er lange, um wach zu werden, und als er kurz vor Mittag zu seinem Wagen in der Valley Road kam, erwartete ihn eine Notiz unter seinem Scheibenwischer, die ihn bat, das Auto regelmäßig umzuparken. Die Nachricht war mit einem Smiley unterschrieben, und irgendetwas daran hatte ihn so wütend gemacht, dass er den Zettel erst zerknüllt und dann wieder aufgefaltet hatte, um ihn schließlich in zahllose kleine Fetzen zu zerreißen.

»Also los«, sagte er laut, und gleich darauf sah er sich um, ob ihn jemand gehört hatte. Aber es war niemand zu entdecken außer, gut fünfzig Meter entfernt, einem Straßenkehrer mit orangefarbener Weste, der einen großen Mülleimer hinter sich herzog.

In seinem Auto fuhr Carl Richtung Süden und über die Brücke, die nach Tarrytown führte. Sie war nach Mario Cuomo benannt, dem Vater Andrew Cuomos, der bis vor Kurzem – wie sein Vater in den Achtzigern – Gouverneur von New York gewesen war. Carl erinnerte sich, wie eindrucksvoll Andrew Cuomo während der Pandemie aufgetreten war. Es war laut gemunkelt worden, dass er als Präsidentschaftskandidat der Demokraten antreten würde, doch dann war er wegen sexueller Belästigung einiger Mitarbeiterinnen angezeigt worden. Wochenlang waren damals alle Einzelheiten ausgewalzt worden: Strip-Poker mit einer Angestellten, ein unerwünschter Kuss, einmal hatte er angeblich die Brüste einer Mitarbeiterin berührt.

Strip-Poker! Nicht gerade eine Vergewaltigung. Trotzdem hatte es gereicht, um Cuomo zur persona non grata zu machen. Inzwischen war er nicht mehr im Fernsehen zu sehen, stattdessen seine Nachfolgerin Kathy Hochul. Carl fand sie ebenso kalt wie klug. Was ihn irritierte, waren ihre Augenbrauen, die nachgezeichnet, angehoben oder wie auch immer behandelt worden waren, sodass sie sich jetzt wölbten wie bei einem Clown und ihrem Gesicht den Ausdruck ständiger Verwunderung verliehen.

In Tarrytown fuhr er durch die Hauptstraße, die von Restaurants und kleinen Läden gesäumt war, und bog auf den Broadway ab. Von einem früheren Ausflug wusste er, dass er, wenn er dieser Straße immer weiter Richtung Süden folgte, im Battery Park in Manhattan rauskommen würde. Stattdessen verließ er die Stadt in Richtung Norden. An einem Park machte er halt. »Garten der Vielfalt« stand auf einem Holzschild. Ein rostfarbenes Stahlrohr umlief den Park, der etwa so groß wie zehn Fußballfelder und in vier Quadrate unterteilt war. An den Seiten der Quadrate standen Holzbänke, einige Blumen welkten in den Beeten vor sich hin, Bäume spendeten Schatten. Carl lief dem Stahlrohr entlang bis zum Ende des Parks, an den sich ein kleiner Hügel anschloss. Neben dem Hügel führte ein Trampelpfad weiter, und Carl folgte ihm, zwischen Gartenabfällen hindurch, bis er zu einem großen Schutthaufen gelangte, aus dem einige Grabsteine herausstaken. Er ging näher heran, um die Inschriften lesen zu können. »Gustav Meyer, Elsa Meyer«, »Ruhestätte Eheleute Friday«. Ein Name war in Schreibschrift eingraviert: »Caroline Fleurs«. Carl rechnete ihr Alter aus. Sie war hundertvier gewesen, als sie vor zwölf Jahren starb. Und offensichtlich hatte es niemanden gegeben, zu dem sie gelegt werden konnte, und auch niemanden, der sich um ihr Grab kümmerte. Er wandte sich ab. Nicht, dass das wichtig gewesen wäre. Ob Lisa das Grab ihrer Eltern pflegen würde, wenn auch er einmal gestorben war, konnte ihm egal sein. Bis jetzt ging sie jede Woche bei Helen vorbei, zupfte Unkraut und goss die Blumen. Als Grabstein hatten sie ein schlichtes Oval aus Granit gewählt. Helens Name und Lebensdaten war im oberen Drittel eingraviert worden. Es hatte ihn nicht beruhigt zu wissen, wo er begraben werden würde, doch das hatte er auch nicht erwartet. Er war achtzig Jahre alt, aber wie als Kind erfüllte ihn die gleiche bodenlose Schwärze, wenn er sich klarmachte, dass sein Verschwinden unausweichlich war. Der Gedanke, dass alles weitergehen, er aber für immer fehlen würde, nahm ihm wie damals fast den Atem.

Auf der anderen Seite des Parks ging er zum Eingang zurück. Links neben dem Weg verlief ein kleiner Bach. Er zupfte ein Stück Rinde von einem Baum ab, dann trat er vorsichtig ans Bachufer und warf sie ins Wasser. Früher hatten er und Hermann Stücke fester Rinde mit dem Taschenmesser zugespitzt. Hermann hatte ihm gezeigt, wie man ein großes Blatt als Segel mit einem Stöckchen in der Mitte befestigte. Die Boote waren auf dem Wasser geschwommen, und sie hatten sie gegeneinander antreten lassen in gemächlichen, von unberechenbaren Strudeln gelenkten Wettrennen. Er suchte das Wasser nach der Borke ab. Da war sie! Sie trieb von ihm weg, dann wieder näher zu ihm heran. Sie hatte nichts von einem Boot an sich und eigentlich auch nichts von einem Baum. War einfach etwas, das auf dem Wasser trieb und irgendwann verrotten würde.

»Also los«, sagte er noch einmal – wenn er nicht aufpasste, würde er einer der wunderlichen Alten werden, die mit sich selbst sprachen –, dann ging er zurück zum Auto, um nach Hause zu fahren. Die Dämmerung hatte eingesetzt, die grellen Tage dieses viel zu heißen Sommers waren vorbei, und als er über die Mario Cuomo Bridge zurückfuhr, auf der sich jetzt ein Auto ans andere reihte, stand die Sonne als roter Ball genau vor ihnen, als wartete sie auf sie alle am Ende der Brücke.

November

Die Lesung fand nicht in der Buchhandlung in der Bloomfield Avenue statt, sondern in der am Watchung Plaza, und Carl, der ungern im Dunkeln fuhr (seit einiger Zeit schien das Strahlen der Lichter auszufransen wie Wasserfarben auf nassem Papier) hatte entschieden, nicht hinzugehen. Aber als Trevor anrief, um nachzufragen, ob er die Einladung bekommen habe, fiel ihm auf die Schnelle keine Ausrede ein – den wahren Grund wollte er nicht nennen –, und so kam es, dass er an einem Novemberabend um kurz vor sieben in Upper Montclair aus dem Taxi stieg und auf die erleuchteten Fenster des Watchung Bookstore zuging. Trevors Konterfei war auf Plakatgröße gebracht und auf einer Staffelei vor dem Laden aufgestellt worden. Es war das Foto von der Buchrückseite, und Carl stellte sich mit grimmiger Befriedigung vor, wie enttäuschend die Begegnung mit dem realen Trevor North für das Publikum sein würde.

Sein Name stand auf der Gästeliste, und er fragte sich, ob die junge Frau, die seinen Namen abhakte, das Buch gelesen hatte, und ob sie wusste, dass er die Hauptfigur war. Wahrscheinlich nicht. Trevor hatte alle seine Wünsche berücksichtigt – die Figur war nun deutlich weniger als Carl Kruger zu erkennen, auch wenn sie für Carl selbst von unverstellter Eindeutigkeit blieb.

Die ersten Reihen waren bereits voll, und Carl setzte sich in die fünfte, ganz nach links, direkt neben eine Holzsäule. An der Säule hingen zahllose Flyer mit Veranstaltungshinweisen. Carl las die Namen auf einigen der Zettel: David Sedaris, Don Winslow, Chelsea Handler. Manche der Lesungen lagen bereits Jahre zurück. Ein pinkfarbener Zettel wies auf eine Lesegruppe hin, die sich Freche-Frauen-Buchklub nannte, ein gelber Zettel lud zur monatlichen Klimakrisen-Diskussion ein. Carl ließ den Blick über die Rücken vor ihm schweifen. Die wenigen Männer verschwanden fast zwischen den lebhaft tuschelnden Frauen. In der ersten Reihe rechts außen saß ein Mann, der sich seinerseits umsah. Als ihre Blicke sich trafen, nickte er grüßend, und Carl erwiderte seinen Gruß. Die restlichen Stuhlreihen füllten sich. Auch in seine Reihe kam jetzt ein Mann, der auf den Platz neben ihm zusteuerte. Carl senkte den Blick, um das Infoblatt zu lesen, das am Eingang ausgeteilt worden war; darauf ein anderes Foto von Trevor, nicht das ernste Gesicht in Schwarz-Weiß, sondern ein aufgeräumtes Lächeln vor bunter Bücherwand. »Trevor North, Professor an der Princeton University und Schriftsteller.« Weiter unten war ein Zitat aus dem *Guardian* abgedruckt: »So viel hätte schiefgehen können, wenn ein alter weißer Mann über einen anderen alten weißen Mann schreibt. Aber nicht bei Trevor North.« Ein Widerwille regte sich in Carl, weniger gegen Trevor – der saß ja offensichtlich, wenn auch moralisch überlegen, mit ihm im selben Boot – als vielmehr gegen den *Guardian*.

Der Nachbar stieß leicht an Carls Arm und entschuldigte sich. »Hi«, fügte er hinzu, und Carl grüßte ebenfalls. Von der Seite betrachtete er den Mann, der jetzt den Arm hob, um jemanden zum freien Platz neben sich zu lotsen. Sein schwarzes Haar war von feinen weißen Strähnen durchzogen und zu einem unordentlichen Knoten gebunden. Er sah gut aus, hatte ein sehr männliches, trotzdem weiches Gesicht – vielleicht lag es an der kurzen, eher runden Nase, die so gar nicht markant wirkte. Carl stellte sich vor, dass das leicht Verlotterte des Mannes so was wie sein Markenzeichen war, das jetzt, in seinen Fünfzigern, gerade noch anging, während es ihm in zehn Jahren die Aura eines Obdachlosen verleihen würde. Unruhe entstand, als eine Frau in die Stuhlreihe trat, um zu ihm zu gelangen. Carl hörte sie Entschuldigungen murmeln, während sie sich an den Sitzenden vorbeischob, und sein Puls begann zu rasen, noch bevor er ihr Gesicht gesehen hatte. Sie setzte sich und warf die langen welligen Haare mit einem Ruck zurück, und als sie Carl entdeckte, meinte er für einen Moment, Panik in ihrem Blick zu erkennen. Aber natürlich hatte sie sich rasch wieder im Griff.

»Hallo, Carl«, sagte sie, und Carl erwiderte so gelassen wie möglich: »Guten Abend, Renee.«

Gut, dachte er. Es war gut, dass seine Stimme ruhig geklungen und sein Puls sich schon fast wieder beruhigt hatte. Es war gut, dass er inmitten von all dem sitzen konnte – den halblauten Gesprächen, den warmen Lichtern überall, die jetzt gedimmt wurden, während ein einzelner Deckenstrahler, in dessen Fokus ein Holztisch und zwei Stühle standen, hell blieb –, dass er also hier scheinbar ruhig sitzen, sich interessiert umschauen und sich gleichzeitig in sich selbst zurückziehen konnte.

Das Ende war damals völlig unerwartet gekommen, vielleicht war es das, was die ganze Sache so schwierig gemacht hatte. In seiner Erinnerung waren sie glücklich gewesen bis exakt zu dem Zeitpunkt, als sie genug von ihm hatte. Natürlich hatte sie es nicht so ausgedrückt. Und eigentlich traf es das auch nicht. Das Problem war vielmehr, dass das, was er ihr bieten konnte, eben *nicht* genug war. Er zwang sich, den Gedanken zuzulassen. Es war der Sex gewesen: Er hatte ihr sexuell nicht genügt, und als sie ihm das so schonend wie möglich erklärt hatte, war ihm für einen Moment der unsinnige Gedanken gekommen, dass Helen Renee auf ihn angesetzt haben könnte, um ihn in seiner ureigenen Disziplin zu schlagen. »Aber wir schlafen doch jedes Mal miteinander!«, hatte er gerufen, und sie hatte ihn daraufhin mit einem so mitleidigen Blick angeschaut, dass ihn noch jetzt, wenn er daran dachte, heiße Scham überkam. Was er damals nicht gewusst hatte, war, dass sie bereits einen anderen hatte – einen Jüngeren, natürlich, wenn auch nicht so jung wie der, mit dem sie nun offensichtlich zusammen war. Carl warf einen Seitenblick zu dem Mann, der eine Hand auf Renees Oberschenkel gelegt hatte, während sie die Köpfe zusammensteckten wie zwei Teenager. Ob sie über ihn sprachen? Nein. Das war genau das, was Renee nicht tun würde. Erst später würde sie dem anderen von ihm erzählen, auf eine so nachsichtige Art, dass es nur umso vernichtender sein würde.

Eine der Buchhändlerinnen trat in den Lichtkreis, und Carl konnte sehen, dass sie Trevors Buch in der Hand hielt. Seltsam, wie etwas, das sein Leben war, zu etwas gemacht werden konnte, das andere in der Hand hielten. Unsinn, dachte er sofort, das *war* nicht sein Leben – das war höchstens ein Stück davon, wenn überhaupt. Etwas, das angelehnt war an ihn, ein Missverständnis, eine *Enttäuschung* tatsächlich. Er musste fast lachen. Aber es stimmte, dachte er, auch wenn er nicht hätte sagen können, ob er das Buch damit meinte, die Freundschaft zu Trevor oder sein eigenes Leben.

Trevor und ein junger blonder Mann traten jetzt an den Tisch und setzten sich. Vor jedem stand ein Glas Wasser, und in der Mitte des Tisches war das Buch aufgestellt, auf dem Cover die seltsame Fünfzigerjahre-Zeichnung. Trevor hatte ein schwarzes Hemd an, die Ärmel waren aufgekrempelt, und zu den ebenfalls schwarzen Jeans trug er grasgrüne Sneakers. Der bäurisch wirkende Mann neben ihm war offensichtlich der Moderator, wahrscheinlich ein angehender Literaturwissenschaftler, dachte Carl, den es von irgendeinem Kaff im Landesinneren zum Studium nach New York getrieben hatte. Eine Figur von Richard Scarry fiel ihm ein: Farmer Alfalfa. Während Alfalfa das Buch vorstellte, lauschte Trevor mit abwesendem Lächeln. Von Zeit zu Zeit blinzelte er, es war fast wie ein Tick, vielleicht blendete ihn auch der Deckenstrahler.

Carl drehte sich leicht auf seinem Sitz um. Der Buchladen war bis auf den letzten Platz besetzt, ein gutes Dutzend Besucher stand im Eingangsbereich, sodass von der Straße nichts zu sehen war.

»Guten Abend«, sagte Trevor und bedankte sich artig für die Einleitung. »Es ist wunderbar, dass Sie alle gekommen sind.« Wieder dieses Blinzeln. »Ich möchte gerne den Anfang lesen und dann ein bisschen im Text herumspringen. Besonders aber freue ich mich auf die anschließende Diskussion, zu der ich Sie alle ausdrücklich ermuntern möchte.« Er lächelte. »Ich beiße nicht, jede Frage ist willkommen.« Bereitwillig kicherten einige. Trevor blinzelte wieder. Carl fand ihn unerträglich.

Während Trevor vorlas, fixierte Carl den Hintergrund, die drei Regalreihen, die den Raum akkurat teilten. Tatsächlich war er einmal an einem Samstagvormittag mit Renee hier gewesen, als sie nach einem Roman schauen wollte, dessen Besprechung sie in der *Book Review* der *Times* gelesen hatte. Er hatte damals nicht nur öfter bei ihr übernachtet, sondern war auch am nächsten Morgen zum Frühstück geblieben, und einige Male wie an dem Tag, an den er sich jetzt erinnerte, hatten sie anschließend noch ein paar Stunden zusammen verbracht, waren Arm in Arm durch die Läden gebummelt und hatten über Restauranttische hinweg Händchen gehalten.

Helen hatte er damals bereits von Renee erzählt; trotzdem war er froh, wenn sie ihr nicht über den Weg liefen. Aber einmal war es trotzdem passiert. Helen war in die kleine italienische Bäckerei gekommen, in der er mit Renee wartete, ihre Blicke hatten sich getroffen, und Helen hatte noch in der Tür kehrtgemacht. Er sah sie die Straße überqueren, dann verschwand sie aus seinem Sichtfeld, und er hörte Renee, die nichts von all dem mitbekommen hatte, ihre Bestellung aufgeben. Als er am Nachmittag nach Hause kam, hatte Helen sein Bettzeug in das Gästezimmer gebracht und stellte ihn vor die Entscheidung, entweder auszuziehen oder die gemeinsame Wohnung in zwei separate Bereiche aufzuteilen. Seit diesem Tag wohnte sie oben und er unten, eine Trennung, die sie nur unterbrachen, wenn Helen sich in der Küche etwas kochen wollte. Vielleicht hätte er auch die Badewanne auf *ihrem* Stock benutzen dürfen, aber er wagte es nicht, sie danach zu fragen. Erst als sie krank wurde, kam er dann und wann nach oben, um ihr seine Hilfe anzubieten, doch bis auf wenige Ausnahmen zeigte sie ihm jedes Mal, dass er nur für kurze Zeit geduldet war. Die Trennung von Renee lag da bereits einige Monate zurück, aber auch das änderte nichts an ihrem Entschluss. »Wag es bloß nicht«, hatte sie ihn unterbrochen, als er zu einer Entschuldigung ansetzen wollte, und so hatte er geschwiegen.

Das Klatschen des Publikums riss Carl aus seinen Gedanken, und reflexartig fing auch er an zu klatschen. Trevor auf seinem schlichten Holzstuhl deutete eine kleine Verbeugung an. Alfalfa stellte seine erste Frage – irgendwas Langweiliges bezüglich Trevors Schreibritualen und -methoden –, und Trevor antwortete mit der Bescheidenheit des vom eigenen Talent überraschten Autors. Der Umstand, dass Trevor Chemieprofessor war (eine so »emotionslose, faktenbasierte Disziplin«), schien Alfalfa zu verwundern, und Carl fand ihn noch beschränkter als zuvor. Nachdem er einige weitere harmlose Fragen gestellt hatte, wurde die Diskussion zum Publikum hin geöffnet. Eine Frau fragte nach Trevors Vorbildern, eine andere nach Plänen für ein zweites Buch, und Trevor beantwortete alles mit anbiedernder Beflissenheit.

Der Mann in der ersten Reihe, der Carl gegrüßt hatte, erhob sich.

»Wie war es«, wollte er wissen, »über das eigene Arbeitsumfeld zu schreiben? Ich meine: Ist das nicht irgendwie Nestbeschmutzung?«

Trevor nickte mehrmals, während er über die Frage nachzudenken schien.

»Auf eine Art ja«, gab er dann zu. »Aber um in Ihrem Bild zu bleiben: Es ist ja auch *mein* Nest. Und muss man nicht, gerade wenn man sein Nest liebt, dann und wann auf dessen Beschmutzung hinweisen, um sie zu beseitigen?«

»Aber wurde sie denn beseitigt?«, rief eine weibliche Stimme aus dem Publikum, und Alfalfa wies darauf hin, dass man eigentlich aufstehen solle, um eine Frage zu stellen. Eine Frau mit roten kurzen Haaren stand auf: »Ich war das. Entschuldigung.« Sie klang nicht im Geringsten zerknirscht. »Meine Frage war: Wurde sie beseitigt, die Verschmutzung? Will heißen: Hat es inzwischen Konsequenzen, wenn Professoren Affären mit ihren Studentinnen haben?«

»Die«, sagte Trevor, »hat es natürlich schon länger. Trotzdem kommt das immer wieder und immer noch vor. Wie in anderen Berufsfeldern natürlich auch. Es scheint eine nur schwer zu ändernde Tatsache zu sein, dass ältere Männer sich zu jüngeren Frauen hingezogen fühlen.«

Vereinzeltes spöttisches Schnauben erklang.

Carl erhob sich, und Alfalfa nickte ihm auffordernd zu.

»Sie mögen über mich herfallen, aber ich möchte doch darauf hinweisen, dass diese Faszination oft eine gegenseitige ist. Viele junge Frauen fühlen sich zu älteren Männern hingezogen.«

Im deutlichen Gefühl, den Unmut auf sich gelenkt zu haben, setzte er sich wieder.

»Man könnte ja vielleicht mal fragen, woran das liegt«, sagte eine Frauenstimme neben ihm. Renee war aufgestanden, jetzt sah sie sich Beifall heischend um. »Schwer vorstellbar, dass es das lichte Haupthaar und die schlaffe Haut allein sind, die die jungen Frauen in ihren Bann ziehen.«

Zustimmendes Lachen erklang.

Carl entschied sich, sitzen zu bleiben; er hatte Angst, dass ihm die Knie zittern könnten.

»Dann nennen Sie doch mal einige Gründe«, sagte er. »Sie waren ja sicher auch irgendwann mal jung.«

Renees Lächeln war voller Spott.

»Es wundert mich, lieber *Professor* Kruger, dass ausgerechnet Sie so ahnungslos sein wollen«, sagte sie kühl. »Es sind die gesellschaftlichen Hierarchien, die nach wie vor bestehen und die auch unsere Partnersuche leiten. Der finanziell und statusmäßig überlegene Mann scheint für viele Frauen immer noch eine sicherere Option darzustellen als der eigene Beruf.«

»Eine bequemere auf jeden Fall«, entgegnete Carl, und aus irgendeiner der Reihen hörte er eine Frau lachen und »O mein Gott, ist der echt?« rufen.

Bevor sich die Empörung weiter steigern konnte, sagte Alfalfa mit lauter Stimme: »Da sehen Sie, meine Damen und Herren, wie relevant der Roman von Trevor North gerade heute ist.« Er wies auf den Tisch im Eingangsbereich, auf dem Stapel des Buches aufgebaut waren. »Ich kann nur empfehlen, dass Sie ihn alle lesen. Herr North hat sich freundlicherweise bereit erklärt, Ihre Bücher zu signieren. Allerdings gilt dies nur für die Bücher, die hier im Laden gekauft wurden.« Er wandte sich an Trevor und dankte ihm, und auch Trevor dankte für die Einladung und das Interesse. Dann ertönte Applaus, und die Ersten erhoben sich.

Carl blieb auf seinem Stuhl sitzen und schaltete sein Handy ein. Obwohl niemand angerufen oder eine Nachricht geschickt hatte, starrte er auf das erleuchtete Display. Der Mann neben ihm war hinter Renee aus der Stuhlreihe gegangen, und Carl scrollte noch einmal durch die wenigen Fotos, die in seinem Handy gespeichert waren, bevor auch er aufstand.

Die Zuschauer hatten sich in kleinen Grüppchen im Buchladen verteilt, einige hielten Weingläser in der Hand, die offenbar im hinteren Teil des Ladens angeboten wurden. Vor Trevors Tisch hatte sich eine lange Reihe gebildet, alle hatten ein Buch in der Hand, und Trevor signierte eins nach dem anderen. Kurz überlegte Carl, sich einen Wein zu holen und auf Trevor zu warten, aber dann empfand er plötzlich mit großer Klarheit, dass es genug war. Trevor hatte ihn einem Publikum zum Fraß vorgeworfen, nur um die eigene Haut zu retten. Er, Carl, war der Obolus, den Trevor erbracht hatte, um Teil des neuen Zeitgeists zu werden, und nein, er würde jetzt nicht hier stehen und auf ihn warten, nur weil sie für weiß Gott wie viele Jahre so etwas Ähnliches wie Freunde gewesen waren.

Niemand beachtete Carl, als er den Buchladen durchquerte und zum Ausgang ging. Er war ein Paria, ein Unreiner unter Reinen. Was soll's, dachte er trotzig. Bevor er hinaus auf den Bürgersteig trat, drehte er sich noch einmal um: Im warmen Licht standen die Gäste zusammen, und nicht weit von Trevors Tisch konnte er jetzt auch Renee stehen sehen. Sie und der langhaarige Mann schienen im Gespräch mit einer älteren Frau. Während die Frau sprach, sah Renee auf, und der Blick, den sie auf Carl richtete, war gleichgültig. Er starrte zurück, bis sie wegschaute, dann wandte auch er sich ab und ging nach draußen.

Die Wurzeln der alten Bäume hoben die Steinplatten des Bürgersteigs an, und einige Male drohte Carl zu stolpern. Als kein Taxi am Watchung Plaza gestanden hatte, hatte er beschlossen, durch die Park Street nach Hause zu laufen, aber der Weg zog sich in die Länge. Die Luft war kalt, sie kam ihm nicht mehr nur herbstlich, sondern bereits winterlich vor.

Der Lichtkegel eines Autos näherte sich von hinten. An vielen der Haustüren hingen Weihnachtskränze; in einem Vorgarten war aus Lichtröhren ein Krippenspiel aufgebaut, und bunte Lichter blinkten an einem Baum im Haus daneben. Das hatte ihn damals, als sie nach Amerika gezogen waren, verwirrt: dass bereits Mitte November die Weihnachtsdekoration hervorgeholt wurde. Inzwischen schien man sogar noch früher damit zu beginnen, manche Häuser nahmen ihre Weihnachtslichter gar nicht mehr ab, als ließe sich auf diese Weise etwas vom weihnachtlichen Zauber ins restliche Jahr retten.

Von wegen weihnachtlicher Zauber! Rückblickend kam es

ihm vor, als wären spätestens ab Lisas Teenagerzeit die Weihnachtstage die angespanntesten des ganzen Jahres gewesen. Sie musste zwölf oder dreizehn gewesen sein, als sie beschlossen hatte, an Heiligabend nicht mehr mit zur Kirche zu gehen, und mit der Zeit hatten sie dann auch damit aufgehört und wie alle anderen erst am Morgen darauf Weihnachten gefeiert. Aber tief in seinem Inneren hatte er es immer seltsam gefunden, den Heiligabend wie einen ganz gewöhnlichen Abend zu verbringen, und er glaubte, dass es Helen ähnlich ergangen war. Von Anfang an war es ihre Aufgabe gewesen, im Dezember ein Paket für Carls Familie auf den Weg zu bringen; meistens mit Schinken, Hartkäse, Schokolade, Keksen, früher auch Spielsachen für die Kinder. Aber als sie auch nach der Wende noch eines schickte, war von Konrad eine Karte gekommen, auf der er sich für das »Jahresendpaket« bedankte, weitere aber als unnötig bezeichnete. »Mach dir nichts draus«, hatte Carl zu Helen gesagt, und sie hatte schroff entgegnet: »Warum sollte ich?«

Von der Park Street bog er in die James Street ein, von da in die North Mountain Avenue. Zu seiner Linken tauchte das Van Vleck House auf, eine ausladende hufeisenförmige Villa, die früher einmal als Landsitz eines New Yorker Industriellen errichtet und Anfang der Neunzigerjahre von seinen Erben an die Montclair Foundation übergeben worden war. Carl erinnerte sich an den Festakt, der damals in dem gut zwei Hektar großen Garten der Villa begangen wurde. Er und Helen hatten daran teilgenommen und auch Lisa, die damals schon lange ausgezogen war, war aus irgendeinem Grund dabei gewesen. Carl hatte sich die Reihen der voll erblühten Rhododendron- und Azaleenpflanzen angeschaut, die von den Van Flecks gezüchtet und nach Mitgliedern des eigenen Clans benannt worden waren. Es hatte etwas Einschüchterndes gehabt, diese

Zeugnisse einer auf allen Ebenen produktiven Familie zu betrachten, während seine eigene Tochter gelangweilt auf einer Steinbank saß und Weißwein aus einem Plastikbecher nippte.

Als er an einer Bushaltestelle vorbeikam, merkte er, wie müde er war. Er setzte sich auf einen der Plastiksitze. Wie lang mochte er unterwegs sein? Es konnte nicht viel mehr als eine halbe Stunde gewesen sein, aber es kam ihm länger vor. Seine Beine waren schwer, und sosehr er die hohen Bäume überall in der Stadt liebte, so beschwerlich war es gewesen, auf den von ihren Wurzeln aufgebrochenen Bürgersteigen zu laufen. Dass die meisten Straßen hier Alleen waren, erinnerte ihn an Windisch. Aber vielleicht, dachte er, war es auch andersherum: Vielleicht hatten ihn die Alleen, als er mit Lisa und Collin nach Windisch gefahren war, an Montclair erinnert. In manchen Momenten hatte ihn auf ihrer Reise ein Heimweh erfasst, von dem er auch jetzt nicht wusste, worauf genau es sich richtete. Womöglich immer auf den Ort, an dem er gerade nicht war.

Ein Junge und ein Mädchen kamen auf die Bushaltestelle zu. Etliche Meter entfernt blieben sie stehen. Der Junge – er mochte siebzehn oder achtzehn Jahre alt sein – legte die Arme um das Mädchen, das sich mit dem Rücken an ihn lehnte. Während sie den spärlich vorbeifahrenden Autos nachsah, vergrub er seine Nase in ihren Haaren, und als er seinen Kopf von hinten über ihre Schulter schob, hörte Carl sie auflachen.

Er stemmte sich hoch und lief die North Mountain Avenue weiter, bis er oberhalb des Kunstmuseums auf die Bloomfield Avenue stieß. Hier war der Verkehr reger, ein Auto fuhr mit überhöhter Geschwindigkeit und laut hupend vorbei. Als das Hupen verklang, schien für einen Moment alles gedämpft. Kaum merklich hatte es begonnen zu regnen, Carl merkte es erst, als er die Feuchtigkeit auf seinen Wangen spürte. Die Drogerie war jetzt geschlossen, aber im hinteren Bereich, bei der Medikamentenausgabe, brannte noch Licht. Im Vorbeigehen konnte Carl eine Frau in weißem Kittel sehen, die quer durch den Laden lief. Aus dem MC Hotel drang leise Klaviermusik, Miles Davis, Carl summte unwillkürlich mit, während er an der Ampel direkt vor dem Hoteleingang wartete. Dann überquerte er die Bloomfield Avenue, öffnete die Tür zum Riverton Grant, grüßte Sergio, den Concierge, der erst vor wenigen Jahren aus Puerto Rico gekommen war und seitdem ein seltsam texanisch klingendes Amerikanisch gelernt hatte, und nahm den Aufzug zu seiner Etage.

Als er im Bett lag, war er erschöpft. Der Abend war fürchterlich gewesen, daran gab es nichts zu beschönigen. Aber es war nicht nur das. Er setzte sich auf, drehte die Nachttischlampe an. Es war nicht nur Trevors Roman – der Umstand, dass Trevor ihn, Carl, benutzt hatte –, es war sogar nicht einmal die Lesung und die anschließende Diskussion, bei der ihm geballte Missbilligung entgegengeschlagen war. (Und Trevor? Natürlich kein Wort des Beistands!) Das alles war nicht schön gewesen, aber was ihm den Rest gegeben hatte, war die Begegnung mit Renee. Der neue Mann an ihrer Seite.

Wenn er ehrlich war, hatte er nie aufgehört, sie zu lieben. Und auch die Hoffnung, sie eines Tages zurückgewinnen zu können, hatte er nie ganz verloren. Bis jetzt. Er schaltete die Lampe aus. Die Dunkelheit schien allumfassend, nur langsam wurde sie von Lichtstreifen und hellbraunen Placken durchbrochen. Ein Gefühl des Verlusts überkam ihn, eine Hoffnungslosigkeit, nicht unähnlich dem Gefühl, das ihn als Kind manchmal befallen hatte, wenn sein Vater nach einem seiner seltenen Besuche in Windisch wieder abgereist war. Am schlimmsten war es gewesen, wenn der Besuch gut verlaufen war. Wenn sich zwischen ihnen eine Zuneigung Bahn gebrochen hatte, die nicht so sehr auf Nähe basierte, sondern auf der schlichten Tatsache, dass sie Vater und Sohn waren.

Letzten Endes war es dieses Gefühl, das er immer wieder suchte. Diese plötzliche Zuneigung, die Helen – oh, kluge, nüchterne Helen – nie als *Liebe* bezeichnet haben wollte. »Das ist *Verliebtheit*, nicht Liebe!«, hatte sie einmal in einem Streit geschrien, und er hatte zurückgeschrien: »Was soll das überhaupt heißen, sich *ver*lieben?«

Vorbei, vorbei.

Wieder hupte ein Auto. Er wusste bereits, dass er nicht würde schlafen können. Wenn er die Augen schloss, war es, als stürzte er in einen vollkommen leeren Raum, mit nichts darin, das ihm Auftrieb gab.

So würde er also ab jetzt leben müssen: ohne Hoffnung und Hingabe, dem unausweichlichen Ende zu.

So weit, so klar.

Aber wie um alles in der Welt sollte das gehen?

Dezember

Carl starrte an die Zimmerdecke.

Von der einen Ecke verlief ein feiner Riss bis zur Deckenlampe. Ganz gerade war er, wie der straff gespannte Faden einer Spinne. Seine Augen suchten den Rest der Decke ab. Nein, bei der Lampe endete der Riss.

»Aber warum bleibst du dann seit drei Tagen im Bett?«, fragte Lisa am Telefon, nachdem sie zuvor gefragt hatte: Bist du krank, bist du gefallen, tut dir etwas weh?

Nein. Nein. Nicht im Geringsten.

»Warum sollte ich nicht?«

»Soll ich vorbeikommen?«

»Nein, danke.«

»Ich mache mir Sorgen. Seit Wochen bist du nicht richtig fit. Ist irgendwas?«

Nichts weiter als der fünfte Akt, dachte Carl.

»Alles in Ordnung«, sagte er.

»Isst du genug?«

»Ich esse im Bett und krümle nach Herzenslust.«

»Okay.« Sie schwieg einen Moment, bevor sie weitersprach: »Wenn du heute wieder nicht aufstehst, komm ich morgen vorbei.«

»Dann darfst du mitkrümeln«, sagte er.

»Na, toll.« Sie lachte leise. »Aber vielleicht stehst du ja auch auf.«

»Gut möglich«, sagte er.

Der November war in den Dezember übergegangen, auf leisen Sohlen wie eine Katze in der Nacht. An Thanksgiving hatten Collin und Owen Carl abgeholt und waren mit ihm zu Lisas neuer Wohnung in Hoboken gefahren, von der aus man einen guten Blick auf Manhattan hatte. Grau war der Hudson und grau die Stadt, und Carl lobte die Aussicht.

An den Tagen, an denen er sich aufraffen konnte, ging er zu Raymond's Café, in die Drogerie und zur Bibliothek. Der Hund der Bibliothekarin saß nie mehr auf der Treppe, vielleicht war es einfach zu kalt geworden, vielleicht hatte sie ihn auch ins Tierheim gebracht. Carl wagte nicht, sie zu fragen. Manchmal betrachtete er das Schaufenster des Antiquitätenshops, in dem seit Anfang Dezember eine neue Kette mit Topasen lag, ganz ähnlich der, die er im letzten Jahr für Helen gekauft hatte. Wenn er nach Nyack fuhr, setzte er sich jetzt nicht mehr auf die Bank am Fluss. Stattdessen lief er das Ufer entlang, die Mütze gegen den Wind tief in die Stirn gezogen. An anderen Tagen blieb er im Bett. Er hatte den Fernseher aus dem Wohnzimmer ins Gästezimmer getragen, und wenn er einen ganzen Tag im Pyjama ferngesehen hatte, wunderte er sich manchmal über sich selbst.

»Lang dauert's nicht mehr, bis der erste Schnee kommt.«

Sergio, der gerade die Lobby wischte, unterbrach seine Arbeit und hielt Carl die Tür auf. Sofort drang die Kälte ein wie ein ungebetener Gast. Es war zwei Wochen vor Weihnachten, an der großen Glastür hing ein Plakat, das für eine Silvestergala im örtlichen Kunstmuseum warb.

»Glaub ich auch«, stimmte Carl ihm zu. Er schlug den Kragen hoch und ging los in Richtung des Supermarkts. In seiner Jackentasche hatte er einen Stoffbeutel, wie immer, seit ihm vor einigen Wochen einmal eine Papiertüte im Supermarkt gerissen und sämtliche Einkäufe herausgefallen waren. Zwei Jugendliche hatten ihm geholfen, alles wieder einzusammeln, und er hatte ihnen gedankt und einen Scherz gemacht. Die Jungen hatten gegrinst, und der eine hatte sogar kurz gelacht, aber es hatte nicht eine Sekunde lang echt geklungen.

Auf der Treppe der Bücherei saß der Hund der Bibliothekarin. Als Carl vor ihm stehen blieb, hob er den Kopf. Wie war noch mal sein Name? Otto? Tocko? Nein, überlegte Carl, etwas aus einem Buch. Dann fiel es ihm ein.

»Toto.« Als der Hund seinen Namen hörte, stand er auf und wedelte zaghaft mit dem Schwanz. Carl hielt ihm seine Hand entgegen. Toto beschnupperte sie; sein Atem war warm und feucht. In der Bibliothek nickte Carl Liv zu, dann las er die *Times* und das *Newsweek*-Magazin.

»Hast du kurz Zeit, Ian?«, fragte Carl, als er wenig später im Raymond's saß und Ian ihm einen Tee und ein Sandwich brachte.

Ian setzte sich. In der Porzellandose auf dem Tisch waren Zuckerwürfel aufgehäuft, und eine silberne Zange, kaum größer als eine Pinzette, lag daneben. Carl nahm zwei Würfel und ließ sie in seinen Tee fallen. »Alles klar?« Ian sah Carl geduldig an.

»Wie fändest du es«, fragte Carl, »wenn ich mir einen Hund zulegte?«

»Einen Welpen?« Ian legte die Stirn in Falten und kratzte sich am Hals.

»Nein«, sagte Carl. »Einen alten Hund. Fast so alt wie ich.«

Ian überlegte kurz. »Du wirst vielleicht mit ihm zum Tierarzt müssen«, gab er zu bedenken.

Carl nickte. Daran hatte er auch schon gedacht. Immerhin wusste er, an wen er sich wenden würde. Es wäre sogar eine gute Gelegenheit, wieder Kontakt mit Jason zu haben, wenn schon Lisa das nicht fertigbrachte. Entgegen seiner Hoffnung hatte er Jason seit Helens Beerdigung nicht mehr gesehen.

»Das ist kein Problem«, sagte er.

»Dann finde ich es gut.« Ian beugte sich vor und nickte Carl zu. »Sogar richtig gut. Und ich verrate dir was« – er sah sich um, und ein Lächeln umspielte seine Lippen, als er weitersprach – »du darfst ihn auch mit hier reinnehmen. Wenn sich einer beschweren will: nur zu.«

»Gut zu wissen. Danke.« Mit der Zange nahm Carl ein weiteres Zuckerstück und ließ es in seinen Tee fallen. Dann presste er ein paar Tropfen Zitrone in die Tasse und rührte den Tee um. »Ich muss ihn allerdings erst bekommen. So ganz sicher bin ich gar nicht, ob das klappt. Seine Besitzerin ist … na ja, etwas eigen.« Bei der Vorstellung von Livs Reaktion auf sein Angebot wurde er unsicher. Möglich, dass sie sich darüber freute, aber es war genauso gut möglich, dass sie sich angegriffen fühlen und unwirsch werden würde.

»Ach, da würde ich mir keine Sorgen machen. Du kannst doch gut mit Frauen.« Ian meinte es offensichtlich ohne Hintergedanken, und Carl sagte: »Warten wir's ab.«

Toto hockte wie zuvor auf den Stufen, als Carl an ihm vorbei die Treppe hochstieg.

Liv van der Kemp kam gerade mit einem hohen Stapel Bücher aus ihrem Büro.

»Hallo! Schon wieder da?«, fragte sie im Vorbeigehen. Immerhin war ihr Ton fast freundlich.

»Ja.« Carl lief ihr hinterher zum Ausgabeschalter. »Ich hätte eine Frage an Sie.«

Liv stellte die Bücher auf dem Schreibtisch unterhalb des Tresens ab und sah ihn abwartend an. Ihre Augenbrauen verschwanden fast hinter den blonden Ponysträhnen. »Worum geht's?«

Carl sagte: »Um Toto.«

Da Liv keine Anstalten machte, etwas zu entgegnen, sah Carl sich rasch um. Außer ihm waren nur eine Mutter mit ihrem Kleinkind da und zwei Rentner, die in den Sesseln beim Fenster Zeitung lasen. Er räusperte sich, dann fuhr er fort: »Ich mag Hunde, habe auch schon selbst welche gehabt, und ich hätte gern wieder einen. Ich weiß, ich bin nicht mehr jung – aber Toto ist das ja auch nicht, und immerhin habe ich viel Zeit für ihn. Gut zu Fuß bin ich auch noch, und Bewegung täte mir ohnehin gut. Außerdem …« Er hatte plötzlich den Faden verloren. Welches Argument hatte er noch anführen wollen? Es fiel ihm nicht ein. »… mag ich Hunde«, schloss er den Satz mit der vagen Ahnung, seinen Monolog ganz ähnlich begonnen zu haben.

»Klingt super«, sagte Liv. »Ich habe noch einen fast vollen Sack Trockenfutter hier irgendwo und eine Dose Fleisch. Und dann noch ein Spielzeug, so einen Ball, in den man Futter reinstecken kann.« Sie drehte sich um und kniete sich vor eine Schublade, die sie aufzog. »Er geht gut an der Leine, zieht fast gar nicht, außer wenn er ein Eichhörnchen entdeckt – mit denen hat er's nicht so. Hunde mag er, Menschen auch, nur wenn er draußen warten muss, ist er nicht so zugänglich, aber das wissen Sie ja bereits. Gesund ist er meines Wissens auch.«

Sie packte alles in eine große Plastiktüte, die sie aus den Tiefen der Schublade gezogen hatte, und kam hinter dem Tresen hervor. Dann ging sie mit Carl nach draußen, löste die Leine vom Geländer und hielt Carl das Ende mit der Schlaufe hin.

»Geht das alles so zu tragen?«

Carl beeilte sich, die Tüte über seine Schulter zu hängen.

Obwohl er es war, der die Idee gehabt hatte, fühlte er sich überrumpelt. »Ja. Kein Problem.«

Toto schaute von Liv zu Carl, der nun seine Leine hielt.

»Wird er Sie vermissen?«, fragte Carl. Selbst für Livs Verhältnisse schien ihm die Übergabe etwas nüchtern.

Liv zuckte mit den Schultern. »Glaub ich eigentlich nicht.« Sie sah abschätzend auf den Hund herab, der zaghaft mit dem Schwanz wedelte. »Na ja, vielleicht ein bisschen. Aber den können Sie rasch für sich gewinnen.«

»Und Sie? Werden *Sie* ihn vermissen?« Etwas in ihm war schon bereit, an Totos Stelle beleidigt zu sein.

»Ich?« Liv grinste breit. »Nicht eine Sekunde. Die Haare überall, das Geschlecke und Gehechel.« Sie schüttelte sich kurz. »Aber das liegt nicht an ihm.« Sie klang jetzt nachsichtig, als wollte sie verhindern, dass Carl es sich noch mal anders überlegte. »Ich bin einfach kein Hundetyp.« Liv zuckte mit den Schultern. »Ich muss dann mal wieder rein.«

»Klar.« Carl deutete so was wie eine Verbeugung an. »Dann danke ich Ihnen.«

Liv lächelte breit. »Na, und ich Ihnen erst!« Sie ging auf die Tür der Bibliothek zu, dann drehte sie sich noch einmal um.

Carl war bereits die Stufen hinabgestiegen, aber als er ihre Stimme hörte, blieb er stehen und sah zu ihr hoch.

»Wissen Sie, ich glaube, das passt mit Ihnen beiden. Ich meine, so sind Sie beide nicht mehr einsam.« Liv nickte ihm abschließend zu, dann verschwand sie durch die Tür der Bibliothek.

Carl sah auf Toto herab, der seinen Blick erwiderte.

»Na denn«, sagte er etwas betreten. »Dann wollen wir mal.«

»Ha!«, machte Lisa. Und noch einmal: »Ha.« Aber sie fasste sich rasch wieder. »Gut. Also ich schätze mal, dass das gut ist. Ist es doch, oder?«

»Schätz ich auch.« Carl legte Toto eine Hand auf den Kopf. Unter den langen weichen Haaren konnte er den überraschend kleinen Hundeschädel fühlen, mit der Rille zwischen den beiden Erhebungen, in denen die nussbraunen Augen lagen. Die Iris füllte das ganze Auge aus, nur wenn Toto zur Seite schaute, konnte man ein wenig Weiß erhaschen. Jedes Mal, wenn Carl sich klarmachte, dass der Hund bei ihm bleiben würde, spürte er ein kurzes Flattern in der Brust.

»Was machst du mit ihm, wenn du verreist?«

»In nächster Zeit steht keine Reise an.«

Ein Schweigen trat ein, und Carl dachte an sein letztes Telefonat mit Hermann. »Ich glaube, es hat jetzt keinen Sinn, ihn anzurufen«, hatte Hermann gesagt. »Ich denke auch nicht, dass er noch viel mitbekommen würde.« Als Carl fragte: Und danach? Sollte er dann kommen oder nicht?, war eine Pause eingetreten. Carl konnte hören, wie Hermann tief Luft holte, und er hätte ihm das alles gerne erspart. »Eher nicht«, sagte Hermann schließlich. »Er möchte es nicht.« Das sei ihm bloß recht, sagte Carl, und er sagte es etwas zu schnell.

»Okay, keine Reise also«, sagte Lisa. »Verstehe …«

Aber er verstand ja selbst kaum, wie es sein konnte, dass so eine Mauer auch dann noch quer durch eine Familie gehen konnte, wenn sie schon lange nicht mehr stand.

»Wie heißt er denn überhaupt?«

Als Carl seinen Namen sagte, hob der Hund den Kopf und sah ihn aufmerksam an.

»Einfach Toto«, wiederholte Carl. »Wie im *Zauberer von Oz.*«

Die Blätter der hohen Eichen und Hickorys waren alle abgefallen, und auch die Wildgänse hatten schon lange den Edgemont Park verlassen. Wenn Carl früher hier gewesen war, hatte er sich immer an ihren Fäkalien gestört – sie lagen überall auf der Wiese und den Wegen –, jedes Jahr schienen mehr der großen graubraunen Vögel den Sommer hier zu verbringen. Ohne sie wirkte der Park jetzt seltsam verwaist. Auch der Spielplatz mit seinem roten Gummiboden war leer, nur vor der angrenzenden Grundschule tummelten sich einige Kinder. Hoch oben auf dem Obelisken in der Mitte des Parks streckte die geflügelte Siegesgöttin den Arm aus, um feindlichen Angreifern Einhalt zu gebieten, während weit unter ihr drei Soldaten in einen ewigen Kampf stürmten.

Seit Toto bei ihm war, hatte Carl sich angewöhnt, am frühen Morgen von der Bloomfield Avenue bis zum Edgemont Park zu laufen, ein Weg von gut zwanzig Minuten. Auf halber Strecke passierte er ein Café, das Thought In Motion hieß und direkt neben einem Staubsaugergeschäft lag; manchmal holte er sich dort einen Tee und trank ihn, während er eingehend die verschiedenen Staubsaugermodelle im Schaufenster betrachtete. Im Park angekommen, ließ er Toto über die Wiese rennen und mit anderen Hunden spielen. Wie Liv vorausgesagt hatte, mochte Toto alle Hunde, und auch er schien bei keinem der anderen Hunde Konkurrenzgefühle hervorzurufen, vielleicht weil er kastriert und an Fortpflanzung gänzlich uninteressiert war. Besonders ein schwarz-weißer Cockerspaniel mit Namen Bertie hatte es Toto angetan; wenn die beiden Hunde aufeinandertrafen, begannen sie ein Spiel, das, sobald einer von ihnen erschöpft war, vom anderen wieder angefacht wurde. Berties Besitzerin war eine Frau mit rotbraunen Locken. Sie hieß Tereza Martin, war Anfang vierzig, Kinderärztin und Mutter von Zwillingen, die in die zweite Klasse der Edgemont-Grundschule gingen. Der lange Daunenmantel, den sie immer trug, hatte eine fellgefütterte Kapuze; wenn sie sie aufzog, umrahmte das Fell ihr schmales Gesicht wie ein Heiligenschein. Ihr geschiedener Mann war ebenfalls Arzt, aber Neurologe, und arbeitete am Cornell-Krankenhaus in Manhattan. Sie waren bereits in der Highschool ein Paar gewesen, und als sie, ungefähr zur selben Zeit, merkten, dass ihre Liebe vergangen war, beschlossen sie – der Kinder wegen und weil sie einander weiterhin mochten –, im gemeinsamen Haus wohnen zu bleiben. Er war ohnehin selten zu Hause, da er eine kleine Wohnung in Manhattan unweit des Krankenhauses besaß. Das alles erzählte sie Carl, als sie sich das vierte Mal trafen. Das Wetter war schön: Die Sonne schien, und auch wenn die Kälte eine Ahnung von Schnee mit sich brachte, war der Himmel von einem tiefen, kräftigen Blau. Sie standen am Rand der Wiese und sahen den Hunden zu, wie sie sich spielerisch ineinander verbissen.

»Na, so was!«, hatte sie gesagt, als sie sich begegneten. »Irgendwie haben wir wohl einen ähnlichen Tagesablauf.«

»Manchmal muss man eben Glück haben«, hatte Carl entgegnet. »Damit meine ich natürlich mich, nicht Sie.«

Es war gar nicht schwer gewesen, sie abzupassen. Die Schule begann um kurz vor acht; danach machte Tereza immer eine Runde mit dem Hund.

Sie unterhielten sich, und irgendwann setzten sie sich auf die Bank neben der Wiese, deren weiß lackierte Holzstreben eiskalt waren, und Tereza erzählte ihm von dem seltsamen Arrangement mit ihrem Ex-Mann.

»Und Sie?«, fragte sie. »Sind Sie auch verheiratet?«

»Verwitwet«, sagte Carl.

Ein schmerzlicher Ausdruck trat in ihr Gesicht. »Das tut mir leid!«

»Danke.« Carl nickte einige Male. »Erzählen Sie mir etwas von Ihrer Familie. Wie heißen Ihre Kinder?«

»Franz und Julie«, sagte sie bereitwillig. »Meine Eltern kamen aus Tschechien hierher, als ich ein Kind war.« Sie unterbrach sich kurz. »Franz Kafka, der Dichter, Sie wissen schon.«

»Ja«, sagte Carl. »Natürlich.« Er legte den Schal enger um seinen Hals. Terezas Kopf war umhüllt von der Fellkapuze, das Rotbraun ihrer Haare ging über in das Rotgold des Fells. »Ich komme aus Deutschland«, sagte er. »Wir haben also fast denselben Ursprung.«

Sie lächelte. »Ich dachte schon, ich hätte einen leichten Akzent wahrgenommen.«

»Bei Ihnen merkt man hingegen gar nichts.«

»Weil ich schon als Kind herkam.« Sie sah ihn an. »Sie sollten mal meine Eltern hören …« Ihr Lächeln hatte jetzt etwas Schalkhaftes. »Wir haben einen ziemlichen Akzent und werden ihn auch immer behalten.« Sie hatte höher gesprochen, das R gerollt und die Wörter seltsam abgehackt klingen lassen.

»Klinge ich auch so schlimm?«, fragte er belustigt, und sie errötete ein wenig.

»Nein, nein«, versicherte sie. »Weit entfernt.«

»Wie alt sind Ihre Eltern?«, fragte Carl, und Tereza sagte, sie seien siebzig und zweiundsiebzig Jahre alt.

»Dann sind wir fast gleich alt«, sagte er großzügig. »Vermissen Ihre Eltern ihre Heimat? Oder vielleicht müsste ich eher fragen: *Ist* Tschechien überhaupt noch ihre Heimat?«

Tereza sah ihn nachdenklich an. »Gute Frage.« Sie lehnte den Kopf in den Nacken. »Dass ich darauf keine Antwort weiß, spricht wohl eher dagegen. Zumindest wollten sie nie für mehr als ein paar Wochen zurück. Und wollen es auch jetzt nicht, wo sie pensioniert sind. Ich glaube, wenn sie wählen könnten, würden sie eher nach Florida ziehen als zurück nach Tschechien.« Sie sah ihn interessiert an. »Wie ist das bei Ihnen?«

Carl überlegte. »Ich glaube, ich habe meine Heimat nie wirklich als solche gesehen«, sagte er. »Wahrscheinlich, weil auch meine Mutter das lange Zeit nicht tat, mein Vater ohnehin nicht. Als ich nach vielen Jahren wieder dorthin kam, gab es zwar eine Vertrautheit, aber auch sofort den Widerwillen, den ich damals gespürt hatte, gegen die Enge und das Provinzielle. Wissen Sie, meine Familie ist aus Pommern geflohen – ich auch, aber ich erinnere mich an nichts davon, ich war noch zu klein. Heute denke ich, dass ich es letzten Endes wie sie gemacht habe: dass ich mir selbst eine neue Heimat gesucht habe.«

Natürlich wusste er, dass der Vergleich hinkte: Für ihn hatte es keine existenzielle Bedrohung gegeben, als er die DDR verließ, nur ein fast schmerzhaftes Fernweh. Die Erinnerung an das Gefühl, nicht ausbrechen, nicht selbst entscheiden zu dürfen, wo er lebte, rief noch immer eine Beklemmung in ihm hervor. »Sie *mussten* das, ich *wollte* es. Aber es fühlte sich für mich eben auch an wie ein Müssen. Macht das Sinn?«

»Ja. Doch«, sagte sie. »Macht es.«

Ein Mann mit einem großen weißen Pudel kam vorbei. Die Locken des Hundes waren so ausgekämmt, dass er etwas von einer Schaumwolke an sich hatte. Er drängte zu den beiden spielenden Hunden hin, doch der Mann fasste die Leine kürzer und zog ihn mit sich.

»Heimat ist irgendwie eine ambivalente Sache – sie engt ein, aber trotzdem haben wir alle das Bedürfnis danach«, sagte Tereza, als der Mann mit dem Pudel weitergegangen war. »Aber ich schätze mal, dass der Begriff heute nicht mehr so sehr an die Herkunft geknüpft ist. Sondern mehr an ein Gefühl, das uns mit einem Ort oder den Menschen dort verbindet … Na ja, blabla«, sie schnaubte selbstspöttisch, »Sie wissen schon, was ich meine.«

»Ja«, sagte er. »Ich glaube schon.«

Ein Abend vor mehr als vierzig Jahren kam ihm in den Sinn, an dem Helen und er einen Babysitter bestellt und ihre elegantesten Sachen angezogen hatten, um mit dem Auto quer durch New York zur Geburtstagsfeier eines Kollegen zu fahren. Es war die erste Einladung dieser Art, seit sie in Montclair wohnten, und Helen hatte sich beim Friseur die Haare zu einer der hohen Frisuren aufstecken lassen, wie sie damals in Mode waren. Als sie auf dem Parkplatz einer stillgelegten Brauerei ankamen, stand außer ihrem Auto nur ein anderes da; alle Fenster des alten Backsteingebäudes waren dunkel, und Carl überprüfte die Adresse, die auf der Einladung angegeben war. »Stell dir vor, wir hätten uns im Datum vertan.« Helen klang amüsiert, aber noch während sie sprach, erkannte Carl, dass es genau so war: Sie waren einen Tag zu früh dran. Er sah sie entsetzt an, für einen Moment spiegelte sich sein Entsetzen in ihrem Blick, dann prustete sie los, und auch er musste lachen; sie konnten sich kaum wieder einkriegen.

Im Laufe der Jahre hatte er manchmal daran denken müssen,

wie sie in ihrem Auto saßen, auf einem Parkplatz im heruntergekommenen Teil von Queens, und nicht aufhören konnten zu lachen.

»Wahrscheinlich war meine Frau eine Art Heimat für mich«, sagte er, »und jetzt wohl meine Tochter. Auch wenn beides schwierige Beziehungen waren. Oder sind.«

Tereza schob sich die Haare unter die Kapuze. Mit einer Hand fasste sie den Kragen unter ihrem Kinn gegen den Wind zusammen.

»Was macht Ihre Tochter?«

»Sie ist Sekretärin. Ich habe ihr das Studieren verleidet.« Er merkte selbst, wie kokett er klang. »Nein, im Ernst. Sie hatte es nicht so leicht mit mir. Ich war wohl nicht gerade das, was man einen idealen Vater nennt.« Er unterbrach sich kurz, dann fügte er hinzu: »Und auch kein idealer Ehemann.«

Tereza nickte. »Verstehe.« Unter ihrer Kapuze hervorspähend, hatte sie plötzlich etwas Kindliches an sich.

Er sah nachdenklich zu Toto, der vor dem erschöpften Bertie stand und auffordernd bellte. »Ich war wohl einfach zu sehr mit mir selbst beschäftigt. Das scheint mein Naturell zu sein. Unbeständig, getrieben. Ein Schwärmer und Egoist.«

»Ach«, machte Tereza. »Ist das so?«

Bertie hatte sich wieder erhoben und begonnen, mit Toto über die Wiese zu rennen. Carl setzte sich aufrecht hin und widerstand dem Impuls zu leugnen.

»Ja, da ist wohl schon was dran. Auch wenn ich wünschte, dass es einen anderen Begriff dafür gäbe. Einen positiveren.«

Tereza atmete hörbar aus, die Andeutung eines Lachens.

»Vielleicht sind Sie einfach ein Suchender. Ein Glückssucher, ein Romantiker.« Jetzt lachte sie wirklich kurz auf. »Das klingt doch schon viel besser. *Mr. Kruger sucht das Glück.*«

Schon seit einigen Sekunden schrillte ein Alarmton, und Tereza kramte das Handy aus ihrer Manteltasche.

»Ich muss los.« Sie pfiff nach ihrem Hund, und kurz schien Bertie zu überlegen, ob er das Spiel wirklich unterbrechen sollte. Aber als Tereza aufstand, ließ er von Toto ab und lief zu ihr hin.

»Bis bald!«, sagte sie, und Carl, der ebenfalls aufgestanden war, um ihr die Hand zu geben, tat es dann doch nicht.

»Ich freue mich immer sehr, Sie zu sehen.« Er hatte nicht geplant, das zu sagen, aber jetzt war es raus.

Sie sagte sofort: »Ich mich auch.«

Damit hatte er nicht gerechnet. »Wirklich? Ist das wahr?«

Er sah sie an, sie erwiderte lächelnd seinen Blick, dann schien sie zu stutzen und blinzelte einige Male.

»Ja. Klar.« Ihr Lächeln war verschwunden. Sie sah sich nach ihrem Hund um, der abwartend zu ihr hochschaute. »Jetzt muss ich aber wirklich los.«

Er sah ihr hinterher, wie sie eilig den Weg am Spielplatz vorbei zum Ausgang des Parks lief, wie sie durch das hohe Tor mit den schwarz lackierten Eisenzapfen und -blättern ging, wie sie nach links abbog und, ohne sich noch einmal umzuschauen, aus seinem Blickfeld verschwand.

Auf dem Weg nach Hause hatte sich ein Strahlen auf die Stadt gelegt – auf das verzinkte Dach der kleinen Bahnstation und den soeben vorbeifahrenden Schulbus, auf die Tannengirlanden, mit denen die gusseisernen Laternen umwickelt waren, und die Autos, die die Straße säumten; auf die Menschen, die ihm entgegenkamen, und auf die gelben Blüten des Winterjasmins, der über die niedrige Mauer der Kimberley Academy wucherte. Carl hatte den Eindruck, für immer so laufen zu können, auszuschreiten in eine Welt, die wieder voller Möglichkeiten war, unter einem tiefblauen Himmel, der bald den ersten Schnee bringen würde, strahlend auch er.

Am Wochenende regnete es. Aus seinem Küchenfenster sah Carl auf die Schirme der Passanten hinunter. Es war ein eigenartiges Bild, wie sich die bunten und schwarzen Kreise die Straße entlangschoben. In seinem Büro hatte früher direkt neben der Tür ein altmodischer Schirmständer gestanden, darin ein schwarzer Schirm mit Ledergriff. Auch wenn er sonst nicht besonders auf seine Sachen achtgab (vieles ging verloren und tauchte nie wieder auf), war es ihm doch gelungen, diesen Schirm in all den Jahren nicht zu verlieren. Er hatte ihn kurz nach seiner Ankunft in Amerika gekauft. Vor der großen Bibliothek in New York hatte er die Schirmverkäufer mit ihrer Ramschware gesehen und beschlossen, *so* einen nicht zu kaufen. Dass er nach seiner Pensionierung den Schirm in seinem Büro vergessen hatte, nahm er sich heute noch übel. Er stellte sich vor, wie er ihn nach mehr als fünfzehn Jahren zurückforderte, vollends ein Ritter von der traurigen Gestalt.

Am Sonntagabend kam Lisa und brachte indisches Essen mit und für Toto einen Kauknochen. Sie besah den Hund von allen Seiten, und Toto blieb stehen, als wäre er mit der Musterung einverstanden, nur dann und wann drehte er mit einem freundlichen Blick den Kopf in ihre Richtung.

»Hübsch ist der«, beschied Lisa schließlich und tätschelte seinen Kopf. »Ganz schön groß.« Sie nahm sein Gesicht in beide Hände, dann klopfte sie ihm die Seite. »Weißt du, welche Rassen in ihm sind?«

Carl schüttelte den Kopf. »Wahrscheinlich ein paar.«

»Er ist so zart unter dem vielen Fell«, sagte Lisa. »Frisst er genug?«

»Denke schon«, sagte Carl. »Ich habe mir gedacht, dass vielleicht ein Afghane da mitgemischt hat und dass er deswegen so dünn ist. Aber der Kopf sieht mehr nach einem dieser Bearded Collies aus.«

»Schau an«, sagte Lisa. »Du weißt ja ganz gut Bescheid.«

Carl holte zwei tiefe Teller aus dem Küchenschrank, dazu Gläser und Besteck. »Ist ja nicht mein erster Hund.« Er nahm eine Flasche Weißwein aus dem Kühlschrank. »Magst du einen Schluck?«

»Och ja«, sagte Lisa, »warum nicht. Warst du schon beim Tierarzt mit ihm?«

Carl schüttelte den Kopf. »Er hat ja nichts.«

»Trotzdem«, sagte Lisa. »Einfach zum Durchchecken.« Sie hatte die Pappschachteln geöffnet, und ein Geruch nach Curry und Koriander war ihnen entstiegen. »Wirst du zu Jason gehen?«

»Denke schon«, sagte Carl. »Oder ist das ein Problem für dich?«

Sie zog die Augenbrauen hoch und sah ihn abwartend an. »Danke, dass du fragst.« Sie verteilte das Essen auf den Tellern, und Carl öffnete den Schraubverschluss der Weinflasche. »Und wenn es so wäre?«

»Dann müsste ich mir wohl einen anderen Tierarzt suchen.«

»Ach.« Lisa warf ihm einen misstrauischen Blick zu, dann schob sie mit dem Messer Reis und Fleisch auf ihre Gabel.

»Also, was nun? Ist es ein Problem?«

»Nein.« Sie schüttelte den Kopf. »Natürlich nicht.«

Sie aßen schweigend, dann fragte er: »Gibt es eigentlich jemanden bei dir?«

»Einen neuen Mann, meinst du?«

»Ja. Oder eine Frau.«

Sie blickte ihn amüsiert an. »Na, das kommt jetzt etwas unerwartet.«

Er ging nicht darauf ein. »Gibt es oder nicht?«

»Nein«, sagte sie. »Es gibt niemand Neuen.«

»Bei mir auch nicht.« Er hatte beschlossen, ihr vorerst nichts von Tereza zu erzählen. *Ich freue mich immer sehr, Sie zu sehen. – Ich mich auch.* Die Erinnerung an ihr Gespräch war wie ein Kleinod, das er jederzeit hervorholen und von allen Seiten betrachten konnte.

»Okay.« Lisa hatte das Wort in die Länge gezogen und in einem verwunderten, fast fragenden Tonfall ausgesprochen, und Carl ärgerte sich insgeheim darüber.

Schweigend beendeten sie ihr Essen, und nachdem sie gemeinsam aufgeräumt und die Nachrichten geschaut hatten, machte Lisa sich auf den Heimweg.

In der Nacht steigerte sich der Regen zu einem Gewitter. Carl lag in seinem Bett und lauschte dem Unwetter. Er hatte das Fenster gekippt und ein großes Handtuch auf den Boden davor gelegt, falls der Sturm den Regen hereinwehen würde. Gegen Mitternacht erklang die Sirene eines Einsatzwagens, womöglich hatte in eine der alten Holzvillen der Blitz eingeschlagen und hatte ein Feuer ausgelöst.

Als Carl am Morgen erwachte, hatte sich der Sturm gelegt, die Sonne strahlte, und die ganze Stadt schien so beflissen wie ein Kind nach einem Wutanfall. Im Park ging er zu der Bank, auf der sie beim letzten Mal gesessen hatten. Mit dem Ärmel seines Mantels wischte er die weißen Holzstreben trocken, dann setzte er sich und wartete auf sie. Andere Hundebesitzer gingen an ihm vorbei, und während Toto jeden einzelnen Hund freudig begrüßte, drehte Carl sich immer wieder nach allen Seiten um, aber er konnte Tereza nirgends entdecken.

Auch am nächsten und am übernächsten Tag kam sie nicht in den Park. Vielleicht war sie krank und ihr Ex-Mann brachte die Zwillinge zur Schule? Sie hatten keine Telefonnummern getauscht – warum hatten sie das bloß nicht getan? Auch Toto vermisste Bertie; ohne ihn wirkte der Hund plötzlich so alt, wie er war.

Als er Tereza auch am Donnerstag nicht im Park traf, beschloss Carl, am nächsten Morgen mit dem Auto zu kommen.

Bereits um kurz nach sieben parkte er in der Edgemont Road, in der sich die Grundschule befand. Bei Starbucks hatte er sich einen Kaffee und ein Croissant geholt; er war den ständigen Tee leid, und wenn sein Herz das bisschen Koffein nicht vertrug, war es ohnehin nichts mehr wert. Er hatte eine schlechte Nacht hinter sich – erst hatte er lange nicht einschlafen können, und dann hatte er Albträume gehabt, aus denen er gemartert erwacht war.

Gegen halb acht trafen die ersten Schüler ein, Autos hielten vor dem Eingang der Schule, und Kinder quollen daraus hervor, manche wurden von ihren Müttern oder Vätern bis an die Tür begleitet. Andere kamen zu Fuß oder mit dem Rad, fast alle in Begleitung eines Erwachsenen. Es war schon zehn vor acht, als ein dunkelblauer Saab vorfuhr und einige Meter vor Carls Auto hielt. Er sah, wie Tereza aus der Fahrertür stieg, um den Zwillingen, einem Jungen und einem Mädchen mit lockigen Haaren, rotbraun wie ihre, zum Abschied zu winken. Der Mann, der in der grellgelben Weste der freiwilligen Helfer den Verkehr regelte, bedeutete ihr wegzufahren, und sie stieg rasch wieder ein und fädelte sich in den langsamen Verkehr ein. Auch Carl startete den Motor. Zwischen ihm und ihr war ein Jeep, der ihr Auto fast ganz verdeckte. Sie bog auf die Valley Road ab, Richtung Upper Montclair, dann fuhr sie über die Wildwood Avenue zur Grove Street. Beim Brookdale Park hielt sie an, und Carl fuhr einige Meter weiter und parkte ebenfalls. Sie trug wieder den Mantel, der ihr Gesicht in einen Kranz aus Fell bettete, aber er sah sie nur kurz von vorne, bevor sie mit Bertie zwischen den Bäumen verschwand.

Er blieb noch einen Moment sitzen, dann startete er den Motor und fuhr langsam weiter. Sie war nicht krank, war es vielleicht die ganze Woche nicht gewesen. Toto schaute sehnsüchtig aus dem Fenster ins Grün und winselte leise.

»Schon gut«, sagte Carl, »schon gut.«

Aber nichts war gut, und sein Herz, das von der Liebe oder dem Koffein, wer wusste das schon?, schneller geschlagen hatte, schien seinen Takt zu verlangsamen. Er spürte es deutlich: ein spitzer Schmerz hinter der Brust, als müsse sich dieses dumme, alte, nicht zu belehrende Ding zu jedem einzelnen Schlag aufraffen.

Auf der Valley Road blendete ein Auto hinter ihm auf. Carl winkte dem Fahrer, ihn zu überholen, aber stattdessen fuhr der andere nur noch dichter auf und gab weiter Lichtzeichen. Carl blinkte und fuhr an den Straßenrand. Er stellte den Motor ab und legte das Gesicht in die Hände.

So blieb er eine Weile sitzen, fünf Minuten, vielleicht auch zehn, dann fuhr er nach Hause.

Es war der vierundzwanzigste Dezember, und Carl und Lisa hatten verabredet, den Heiligabend gemeinsam in Carls Wohnung zu verbringen. Für den nächsten Nachmittag war ein Essen bei Lisa in Hoboken vorgesehen, zu dem auch Collin und Owen kommen würden.

Über Nacht hatte ein Blizzard getobt. Am Morgen lag der Schnee gut dreißig Zentimeter hoch, und der weiße Himmel hielt noch mehr davon bereit – ein jäher Ausblick auf das, was sie bis in den März hinein erwarten würde. Vom Bett aus sah Carl, wie eine CBS-Reporterin aus dem tief verschneiten Central Park berichtete. Hinter ihr liefen einige Jogger unverdrossen ihre Runden, während bunt leuchtende Weihnachtsbäume auf einem kleinen Ponton gemächlich durch den Harlem-See trieben. Zwischen New Jersey und Westchester County war es innerhalb von Stunden zu Dutzenden Unfällen gekommen, und sowohl in Hackensack als auch auf dem Cross County Parkway nahe Yonkers war je ein Mann überfahren worden, nachdem er sich selbst aus seinem verunfallten Auto befreit hatte.

Zwei Tage zuvor war Konrad gestorben. Seitdem hatte Carl eine ganze Reihe unterschiedlicher Gefühle durchlaufen, von denen die Wut das hervorstechende war. »Finde ich sehr nachvollziehbar«, sagte Hermann, als er ihm davon erzählte, und überraschenderweise half das. Die Beerdigung würde erst kurz nach Neujahr stattfinden; wenn es ihm etwas bedeutete, sollte er doch kommen, sagte Hermann, aber Carl lehnte ab. An Gudrun und die Kinder hatte er einen Brief geschrieben und ihn gestern zum Postamt gebracht. Den Hund neben sich, hatte er in der bis auf die Straße reichenden Schlange gewartet. Als er sich dem Schalter näherte, sah er, dass hinter der Trennscheibe ein Rentier aus Stoff baumelte, dessen

Nase in regelmäßigen Abständen rot aufleuchtete. An, aus, an, aus ging das Licht, und irgendetwas daran ließ Carl fast verzweifeln.

Wie versprochen durfte der Hund mit ins Café; Ian bewahrte hinter der Theke sogar eine Tüte mit Hundekeksen für ihn auf, aus der Toto immer einige bekam. Wenn Carl seinen Tee trank, lag nun der Hund unter seinem Tisch, die Schnauze auf die Pfoten gebettet, als wäre es schon immer so gewesen.

»Und?«, fragte Ian. »Bist du in Weihnachtsstimmung?«

»Nicht die Spur«, sagte Carl. »Und selbst?«

»Ich feiere das schon länger nicht mehr.« Ian deutete ein Schulterzucken an.

»Gibt es einen Grund dafür?«

Ian sah Carl an, dann wandte er den Blick nach draußen auf die Straße. Langsam krochen die Autos um die Kurve, und die Schneehaufen am Rande des Bürgersteigs hatten schon braune Flecken.

»Ich hatte wohl einfach eine Überdosis davon«, sagte er schließlich.

»Von Weihnachten?«

»Vom Christentum generell.« Ian räusperte sich und schwieg kurz, dann beugte er sich zu Carl hinunter. »Ich bin ein Wiedergeborener Christ. Oder vielmehr: *war*. Sogar ein ziemlich radikaler.« Er richtete sich auf und begann ein paar Tassen am Nebentisch einzusammeln. »Wenn ich heute zurückschaue, frage ich mich schon, was mich da geritten hat.«

»Vielleicht war's die Gemeinschaft«, schlug Carl vor. »Der Wunsch, nicht alleine zu sein.«

Ian nickte. »Klar. Dieser Gemeinschaftskram wurde total zelebriert. Aber was man da alles mitgemacht hat. Jede Heuchelei, die einem serviert wurde, hat man geschluckt.«

»Und wie kam es dann zu deinem Ausstieg aus der Gemeinschaft?«

Ian lächelte bitter. »Das kann ich dir verraten: unser orangefarbener Freund. Als Trump plötzlich zum Superchrist gekürt wurde, war es sogar mir zu viel. Noch einen Tee?«

»Nein«, sagte Carl. »Danke.« Er befühlte den Schlüsselanhänger, den er, in einem kleinen Stoffbeutel verpackt, in seiner Hosentasche hatte. Auf die rechteckige Silberplatte von zwei mal fünf Zentimetern hatte er *»Ian's Café«* eingravieren lassen. Er legte das Päckchen auf den Tisch neben das Geld.

»Dann also einfach ein paar schöne Tage!«, wünschte er, als er zur Tür ging, und Ian, der gerade einen Kaffee machte, blickte auf und rief: »Frohe Weihnachten, Carl!«

»Okay«, sagte Lisa. »Was für eine Milliarde Chinesen gut ist, wird uns auch nicht schaden.«

»Fast *eineinhalb* Milliarden«, korrigierte Carl. »Und ich bezweifle sehr, dass die an Weihnachten Chop Suey essen. Davon abgesehen, dass es da kaum Christen gibt.«

»Jetzt klingst du wie Hermann.« Lisa hatte die Schachteln ausgepackt und arrangierte das Essen auf ihren Tellern. »Apropos: Hast du heute mit ihm telefoniert? Bei ihm ist schon Mitternacht, wenn ich mich nicht täusche.«

»Ja, habe ich.«

»Und was hat er gemacht?«

»Soweit ich verstanden habe: nichts. Morgen wird er bei Gudrun vorbeigehen, aber sehr weihnachtlich wird es dort im Moment wohl auch nicht sein.«

Carl holte Besteck aus der Schublade und eine Flasche Champagner aus dem Kühlschrank. Vor jeden Teller platzierte er einen Glückskeks. »Wer viele Schätze anhäuft, hat viel zu verlieren«, hatte in seinem letzten gestanden. Er hatte den Zettel zu den anderen in der Schale auf dem Fenstersims gelegt.

»Glaubst du, dass ihm das was ausmacht?«

»Was meinst du?«, fragte Carl. »Die weihnachtliche oder die allgemeine Ereignislosigkeit seines Lebens?«

»Ach herrje«, stöhnte Lisa. »So wie du das sagst, klingt es furchtbar.«

Sie setzte sich an den Tisch, und Carl schenkte den Champagner ein.

»Nein«, sagte er. »Ich glaube, Hermann geht es ganz gut.«

»Dann also auf ihn«, sagte Lisa und hob ihr Glas. »Und auf Weihnachten! Das erste ohne Mama.«

Sie blinzelte heftig, um die Tränen zurückzudrängen.

»Auf das alles.« Er stieß sein Glas sehr vorsichtig an ihres.

Das letzte Weihnachtsfest kam ihm in den Sinn. Es war das erste gewesen, das Helen und er wieder zusammen gefeiert hatten seit der Geschichte mit Renee. Sie hatten sogar beide Geschenke besorgt: sie ein Hemd für ihn, er die Kette mit den hellblauen Topasen für sie. Als sie die Schachtel öffnete, konnte er sehen, dass sie sich freute. Doch als sie ihn anschaute, war da noch etwas anderes. Kein Grund zur Hoffnung, schien ihr Blick zu sagen.

»Ich vermisse sie«, sagte Lisa schlicht, und Carl fühlte, dass sie es ihm übel nehmen würde, wenn er sagte: Ich auch.

»Das verstehe ich.« Er widerstand dem Impuls, ihre Hand zu berühren. »Aber wir haben uns seitdem ganz gut geschlagen. Oder was meinst du?«

»Bleibt uns ja nichts anderes übrig.« Lisa rang sich ein Lächeln ab.

»Na, dir ja irgendwie schon.« Als sie ihn fragend ansah, erklärte er: »Du hast ja theoretisch noch einen Satz anderer

Eltern irgendwo.« Es überraschte ihn selbst, dass er das sagte. Dass er ein durch die Jahrzehnte bewährtes Schweigen einfach so wegwischte, während auf den Tellern vor ihnen ein konturloses Eintopfgericht dampfte.

»Einen ›Satz anderer Eltern‹?« Lisa hatte die Stirn in Falten gelegt und sah ihn ungläubig an.

»Na, du weißt schon, was ich meine.« Er zog eine kleine hilflose Grimasse, die andeuten sollte, dass er es nicht besser ausdrücken konnte. »Deine leiblichen halt.«

»Ah, verstehe. Na, auf die kann ich sicher jederzeit zurückgreifen.« Lisas Ton war voller Ironie. »Ich rufe sie einfach an, wenn ich etwas elterliche Liebe brauche, eine tolle Idee.«

»Na ja. So meinte ich es natürlich nicht.« Bevor sie etwas entgegnen konnte, fuhr er fort: »Kennst du sie eigentlich? Ich meine, hast du sie mal ausfindig gemacht?«

Mit einem kleinen Ruck richtete Lisa sich auf, dann lachte sie schroff. »Also, du hast wirklich Nerven.« Schweigend betrachtete sie ihn. »Ja, habe ich«, sagte sie schließlich. »Damals, als ich nach dem College durch Europa gereist bin.«

»Und?«

»Und was?« Ihr Ton war angriffslustig. »Meinst du: Wie waren sie? – Nett. Wobei ich nur *sie* kennengelernt habe, *er* war schon lange gestorben. Und Verwandte gab's zwar noch welche, aber nur ein paar entfernte Cousins irgendwo in Vietnam.«

Sie legte ihr Besteck ab und lehnte sich zurück. Dann beugte sie sich wieder nach vorne, die Ellbogen auf den Tisch gestützt, die Finger ineinander verschränkt, wie zum Gebet. »Oder meinst du, ob ich sie lieber mochte als euch?«

Sie schien jetzt weniger angriffslustig als verwirrt, und Carl bereute, das Thema aufgebracht zu haben. Er verstand es ja selbst nicht ganz; geplant hatte er es nicht. Es war nur einfach so, dass ihm der Gedanke – oder die Befürchtung vielmehr – seit einiger Zeit immer öfter gekommen war: dass Lisa jetzt, wo von ihren Eltern nur die eher untaugliche Hälfte übrig war, nach ihren Wurzeln suchen würde.

Sie schüttelte den Kopf, und ihre Stimme wurde weicher. »Ich meine, sie war nett. Die Mutter. Karin. Aber weißt du, Mama war alles, was ich mit dem Begriff ›Mutter‹ verband, da war kein Platz für Karin. Tja, und in deinem Fall …« Sie lächelte grimmig. »Sun war ja schon tot. Sun Phan Nguyen. So hieß er.«

»Sun Phan Nguyen.«

Er lauschte dem ungewohnten Klang nach, dann sah er sie an, und sie erwiderte seinen Blick. Es war erstaunlich, wie fremd sie ihm war – und wie vertraut zugleich. Als wäre irgendwo in ihr noch das kleine Mädchen, mit dem er eine so große Verbundenheit gefühlt hatte (damals war es ihm vorgekommen, als hätte eine glückliche Fügung sie zusammengeführt), bevor aus diesem Mädchen in der Pubertät eine Person erwuchs, deren einziges Ziel es zu sein schien, ihn abzuschütteln.

Es wäre seine Aufgabe gewesen, trotzdem da zu sein, dachte er. Sich nicht abschütteln zu lassen und ihre Ablehnung als Vorwand zu nehmen, sich von ihr zu entfernen. Es war so einfach gewesen, den Konflikten auszuweichen und sich Hals über Kopf in das Neue zu stürzen; nie hatte er sich so lebendig, so mit sich im Reinen gefühlt wie zu Beginn einer Affäre.

»Tut mir leid«, sagte er, und wenn sie gefragt hätte: Was tut dir leid?, hätte er gesagt: Alles. Doch sie nickte nur, dann zeigte sie auf die vollen Teller.

»Lass uns mal essen. Sonst wird es ganz kalt.«

Es war noch dunkel, als Carl erwachte, und für einen Moment wusste er nicht, wo er war. Dann schälten sich Umrisse aus dem Schwarz: der Nachttisch, das Fenster, der Sessel, neben dem Toto auf einem alten Schaffell lag. Er war zu Hause, wo sonst sollte er auch sein? Im Traum war er gerannt, immer weiter, ohne Aussicht an irgendein Ziel zu gelangen, vielleicht kam daher das Herzrasen, das ihn geweckt hatte.

Vier Tage zuvor, am ersten Weihnachtstag, hatte Collin direkt vor der Tür des Riverton Grant in zweiter Reihe gehalten, und während er Carl in seiner Wohnung im dritten Stock abholte, hatte Owen auf der Rückbank gekauert und darauf gehofft, dass ihn niemand drängen würde, das Auto wegzufahren.

»Ich bin der einzige Texaner, der nicht Auto fahren kann«, sagte er, als sie alle im Wagen saßen. »Mach so was also bitte nicht noch mal mit mir.«

Aber Collin lachte nur.

»Du *kannst* es schon, du *willst* nur nicht«, meinte er, während er den Motor startete.

Owen sagte: »Hast du eine Ahnung.«

Dann wandte er sich an den großen schwarzen Hund neben sich. »Du hast dich ziemlich verändert, Carl«, und Carl drehte sich zu ihm um und stellte Toto vor.

»Wie die Band?«

»Stimmt genau. Und auch fast so alt.«

Als sie Lisas Wohnung betraten, war bereits eine Gans im Ofen. Ja, sagte Lisa, wie bei den Großeltern in Berlin damals, nur hoffentlich nicht so trocken. »Das habe ich nicht vergessen!« Sie lachte.

Carl hatte ihr Blumen mitgebracht, drei leuchtend rote Amaryllis, deren dicke Stiele kaum mit einer Hand zu fassen waren.

Sie thronten jetzt in einer hohen Glasvase auf der Kücheninsel. Der Tisch war für fünf Personen gedeckt.

»Kommt noch jemand?«, fragte Carl, und Lisa sagte nur: »Überraschung.«

»Weißt *du* was Genaueres?«, fragte er Collin, aber der sagte, nein, ihm verrate sie nie etwas, keine Chance.

Lisa hatte die Haare zu einem kleinen Zopf gebunden, aus dem sich einzelne Strähnen lösten. Geschäftig kontrollierte sie die verschiedenen Töpfe auf dem Herd, rührte mal im einen, mal im anderen. Die Gelegenheiten, zu denen er seine Tochter hatte kochen sehen, konnte Carl an einer Hand abzählen – sie waren alle drei keine großen Köche gewesen und hatten es irgendwie geschafft, mit einem guten Dutzend Gerichten auszukommen.

»Rotkohl, Knödel, Gans. Ich dachte, wir zelebrieren heute mal unser deutsches Erbe.« Sie warf Owen einen entschuldigenden Blick zu. »Da musst du leider durch, mein Lieber.«

»Damit habe ich nicht das geringste Problem«, versicherte Owen. »Das Deutsche ist ja der Teil an Collin, den ich am liebsten mag.«

»Ach so. *Der* Teil ist das also.« Lisa lachte, und zu seiner Verblüffung sah Carl, wie Owen errötete.

»Kümmre du dich mal bitte um den Champagner«, sagte sie zu Carl, und Carl machte sich daran, die Flasche zu öffnen, ein Veuve Clicquot, halleluja!

»Na ja.« Lisa wirkte auf einmal verlegen. »Es gibt ja auch was zu feiern.«

Carl nickte, und Lisa lachte leise in sich hinein. Dann klingelte es an der Tür, Toto rannte los und bellte zaghaft, als gäbe es für ihn auch in Wohnungen, in denen er nicht zu Hause war, gewisse Hundepflichten einzuhalten, und Lisa öffnete die Tür und schob Toto mit einem Fuß zur Seite, als sie Jason umarmte.

Sie waren lange bei Lisa geblieben, erst gegen Mitternacht waren sie aufgebrochen, und Carl, der Champagner, zwei Eggnog und zum Essen Wein getrunken hatte, fühlte sich beschwingt und müde zugleich. Die gesamte Fahrt über schaute er aus dem Autofenster und betrachtete die Weihnachtsdekoration – Lichterketten umliefen ganze Dächer und Zäune; in einem Vorgarten war eine große Krippe aus Leuchtfiguren nachgebaut, einschließlich der Stalltiere und der drei Heiligen aus dem Morgenland –, und ein Gefühl der Dankbarkeit ergriff ihn dafür, dass Leute sich die Mühe machten, ihre Häuser zu schmücken, damit er sich daran freuen konnte. Er war wohl tatsächlich etwas betrunken, stellte er fest.

Das also, hatte Lisa gesagt, sei ihre Überraschung, und Jason hatte gelacht und zugegeben, dass es auch für sie selbst überraschend gekommen sei. Offenbar hatte er Lisa nach Helens Beerdigung einige Male besucht – anfangs, um sie zu trösten, dann, um ihr bei der Auswahl des Grabsteins zu helfen, und irgendwann einfach so. Sie wüssten noch nicht, was daraus würde, erklärte Lisa, und Jason nickte zustimmend. Im Moment fänden sie es einfach gut, Zeit miteinander zu verbringen.

»Du ziehst nicht etwa hier ein, oder?«, fragte Collin seinen Vater.

»Gott bewahre«, antwortete Lisa statt Jason, und der wiederholte mit übertriebener Betonung ihre Worte: »Nein, Gott bewahre!«

Carl schaltete die Lampe auf dem Nachttisch an. Der Wecker neben seinem Bett zeigte vier Uhr vierzig. Das Herzrasen hatte nachgelassen, trotzdem würde er nicht mehr schlafen können, das wusste er. Seit einigen Monaten waren seine Träume ungewöhnlich lebhaft, nicht immer beängstigend, aber oft. Manchmal erinnerte er sich danach an jede Einzelheit, und es kam vor, dass er den ganzen Tag unter dem Eindruck des Traumes stand. Wenn es ein schöner Traum gewesen war, stellte sich früher oder später die Ernüchterung ein, und am Abend eines solchen Tages konnte es passieren, dass er sich noch einsamer fühlte als sonst.

Er stand auf und ging ins Bad. Toto blieb auf seinem Fell liegen, aber er sah ihm interessiert nach.

»Komm«, rief Carl leise, als er angezogen war, und Toto erhob sich und tänzelte erfreut um ihn herum.

Auf der Straße war es leer um diese Zeit, nur vereinzelt näherte sich ein Auto mit dem typischen Geräusch von Reifen auf frischem Schnee. Am Abend zuvor hatte es wieder begonnen zu schneien, ein sachtes, aber entschlossenes Gestöber, das den braun gewordenen Matsch der letzten Tage unter einer weißen Decke begrub. Carl musste an die Sendungen denken, in denen alte Häuser renoviert wurden; es braucht eine neue Schicht Farbe, sagten die Moderatoren immer, wart ab, wie es aussehen wird mit einer *neuen Schicht Farbe*, und tatsächlich war es verwunderlich, wie sehr die Farbe die alten Holzhäuser veränderte, wie harmlos sie plötzlich wirkten in ihren hellen Pastelltönen, als ob sich hinter ihren Wänden nichts Schlimmes ereignen könnte. Das war das Tröstliche an diesen Sendungen: zu sehen, wie etwas wiedergutgemacht, in den Zustand der Unschuld zurückversetzt wurde, wie sich der Schaden, der angerichtet worden war, rückgängig machen ließ.

Um fünf Uhr gingen die Straßenlaternen an, und auch die über die Straße gespannte Weihnachtsdekoration – lange Lichterketten, die zu Geschenken und Schleifen geformt waren – leuchtete jetzt. In der *Montclair Gazette* hatte Carl gelesen, dass die Stadtregierung Energie sparte, indem die Beleuchtung zwischen Mitternacht und fünf Uhr morgens ausgeschaltet blieb, und er war ganz verzagt gewesen angesichts der hilflosen Versuche, die sie alle unternahmen.

Er lief die Straße hinab in Richtung Bloomfield. Dort, beim Safeway, hatten sie immer eingekauft, als sie nach Montclair gezogen waren. Alles war hier etwas billiger, dafür waren die an den Parkplatz angrenzenden Häuser heruntergekommen, und es konnte passieren, dass man von einem Obdachlosen angesprochen wurde, der sich erbot, die Einkäufe zum Auto zu tragen. Der Supermarkt befand sich in einem kleinen Einkaufszentrum, in dem außerdem eine Bäckerei mit grellbunten Kuchen, ein One-Dollar-Shop und ein Friseur untergebracht waren. Die Fotos beim Friseur zeigten allesamt schwarze Frauen, mit kunstvollen Zopffrisuren oder geglätteten Haaren, und es waren erst diese Fotos, die Carl darauf brachten, dass er sich hier in einem Stadtteil von Montclair befand, der vorwiegend von Schwarzen bewohnt war. Während Helen bald zum Einkaufen nach Upper Montclair ging, fuhr er weiterhin alle paar Wochen zum Supermarkt in Bloomfield. Er genoss den Umstand, allein durch sein Anderssein aufzufallen – die weiße Haut, der deutsche Akzent –, auch wenn er in den kurzen, formlosen Plaudereien mit den Kassierern und anderen Kunden nicht alles verstand. Hier, so fühlte er, war er seiner Herkunft am weitesten entkommen, und das gefiel ihm auch jetzt noch, wenn er daran dachte. Aber er wusste schon, was Lisa dazu sagen würde: dass es einfach wäre, dann und wann den Status des Exoten zu genießen, wenn man ansonsten zur privilegierten Mehrheit gehörte. Er verstand, was sie meinte; er war ja nicht blind. Und doch. Diese ewige Einteilung in Opfer und Täter! Wenn man es genau betrachtete: die Anmaßung, die darin lag.

Nach dem Essen hatten sie die Gläser mit ins Wohnzimmer genommen und gemeinsam das Weihnachtskonzert in der Radio City Hall angeschaut, das im Fernsehen übertragen wurde. Dann hatten sie das alte Monopoly-Spiel aus dem Schrank geholt, das Lisa als Kind von ihren Großeltern in Berlin geschenkt bekommen hatte, und Owen und Jason hatten sich bemüht, die deutschen Namen der Straßen richtig auszusprechen. »Räthousplace«, sagte Jason. »Münkner Strawsy«, sagte Owen. Sehr schön war auch: Elektrizitätswerk.

Collin lachte: »Jemanden, der so schlecht Deutsch spricht, kann ich unmöglich heiraten!«, und Lisa und Jason riefen gleichzeitig: »Ihr wollt heiraten?«

Owen verdrehte die Augen. »Ja, und genau auf diesem Weg wollten wir es euch mitteilen.« Doch dann musste auch er lachen.

»Aber geht das jetzt nicht ein bisschen schnell?«, gab Jason zu bedenken.

»Stimmt«, gab Owen zu. »Es ist auch erst mal nur eine Idee.« Er sah Collin an und grinste. »Zunächst mal werden wir uns verloben. Dann werden wir eine ganze Zeit lang verlobt bleiben, wie eines dieser Hollywood-Pärchen, und irgendwann, wenn Collin ordentlich, pünktlich und fleißig geworden ist, werden wir vielleicht heiraten.«

»Okay«, sagte Lisa. »Dann dauert das ja noch.«

»Wahrscheinlich bleiben wir auf diese Weise ewig Junggesellen«, unkte Collin.

Während sie sprachen und lachten, hatte Carl sie betrachtet: seinen Enkel, der offenbar sein Glück in diesem schlaksigen, bebrillten Mann gefunden hatte. Jason, der wie der Sohn war, den er sich gewünscht hatte. Und seine Tochter, der er in den letzten Monaten näher gekommen war, als er es zu hoffen gewagt hatte. Er dachte an Hermann, der ihm fast wieder so vertraut war wie damals, als sie Kinder waren, und an Konrad, der ihn vor seinem Tod nicht mehr hatte sehen wollen. Und er dachte an Helen, die für sehr lange Zeit seine Gefährtin gewesen war, trotz allem, und die er vermisste. Das also war seine Familie – oder was eben davon übrig war –, und es war mehr, als er verdiente.

Am Horizont erschien ein rötliches Glimmen, das in Orange und Gelb überging, eine Vorhut der Sonne, die sich bedächtig die Wölbung der Erde hinaufschob.

Im Dunkin' Donuts bestellte Carl einen Kaffee und zwei Donuts. Vor der Tür wartete Toto auf ihn, und Carl setzte sich an einen Tisch, von dem aus er ihn gut sehen konnte.

Als er sich auf den Rückweg machte, hatte der Verkehr zugenommen. Das Glühen war verblasst und der Himmel jetzt so leer wie die Stunden des Tages. Er sah aus, als hielte er noch mehr Schnee bereit, unendliche Massen von Schnee. Als wäre er entschlossen, alles unter sich zu begraben.

Er solle, hatte Lisa am Weihnachtsabend zu ihm gesagt, eine Kontaktanzeige aufgeben. Emeritierter Professor sucht ... Wer über das erste Wort hinauskomme, könne zumindest nicht ungebildet sein. Dass ausgerechnet sie diesen Vorschlag machte, war ihm wie ein Friedensangebot vorgekommen. War es das, was sie auf ihrer Reise über ihn gelernt hatte? Dass er – wie hatte Tereza es gesagt? – ein »Glückssucher« war und hoffnungslos romantisch?

Oder Tinder, hatte Collin eingeworfen, und für einen Moment hatte Carl sich vorgestellt, wie es sein würde, sich anzupreisen mit dem wenigen, was er noch für sich ins Feld führen konnte. Aber das war nicht das, was er wollte.

Zu Hause angekommen, trank er ein Glas Portwein und sah eine Quizshow und anschließend die Nachrichten. Die Welt war kein friedlicherer Ort geworden; nicht, dass er das erwartet hatte. Noch drei Tage, dann wäre dieses Jahr vorbei, und er für seinen Teil würde ihm nicht nachtrauern. Die Frage war nur, ob das nächste ein besseres werden würde. Er schaltete um und sah Gordon Ramsay zu, wie er irgendwo in England mit seiner vielköpfigen Familie ein Silvestermenü kochte.

Zwischen Stew und Birnentarte musste Carl eingeschlafen sein. Als er aufwachte, war der Nachmittag weit vorangeschritten. Er ging die Treppe hinauf zu Helens Etage und ließ sich Wasser in die Wanne einlaufen, etwas, was er seit Jahren nicht getan hatte. *Helens Etage. Seine.* Sie mussten wirklich gedacht haben, sie hätten alle Zeit der Welt.

Toto legte sich neben die Wanne. Das Wasser war zu heiß, aber statt kaltes nachzulassen, ließ Carl sich ganz hineingleiten. Die Hitze war fast schmerzhaft, doch er blieb liegen, sank weiter hinab, tauchte mit dem Kopf unter. Die dumpfen Geräusche, wenn er gegen den Wannenrand stieß, seine Finger, die über die Wand streiften. Das wäre es. Ertrinken, hier, in ihrem Reich. In seinen Ohren begann es zu pochen, der Druck auf seine Lunge wurde größer, alles in ihm strebte nach oben. Als er auftauchte, atmete er heftig. Er machte sich daran, über den Wannenrand zu steigen, aber kaum, dass er stand, ergriff ihn eine Übelkeit; er schaffte es gerade noch aus der Wanne.

Er lag auf dem Boden. Versuchte, das Handtuch über sich zu ziehen, aber seine Arme waren seltsam kraftlos, und jetzt stellte sich zur Kälte ein Schmerz ein, ein Ziehen im ganzen Körper.

Der Hund war aufgestanden, er berührte mit der Schnauze Carls Stirn, dann legte er sich dicht neben ihn. Es war schon fast dunkel, kürzer würden die Tage nun nicht mehr. Carl schloss die Augen, und sofort begann er zu fallen; wie Alice im Wunderland fiel er, endlos, schien es, zeitlos. Vorbei an einem Berg, einem Fluss, einem Kardinalvogel, der leuchtend rot in einem Baum saß, vorbei an einem Haus, *seinem* Haus. Und das Verblüffende war: Er *war* all das, der Berg, der Fluss, der Vogel und auch die Ameisen, die sich am Fuße des Baums tummelten. Gesichter tauchten auf, wie in einem Kaleidoskop verschoben sie sich gegeneinander. Lisa, die Jason umarmte – er *war* Lisa, er *war* Jason; und er war Helen mit den blassblauen Topasen um den abgemagerten Hals, und der Mann mit dem Pferdeschwanz, der seine Hand auf Renees Bein legte. Sein eigener Vater war er, seine Mutter, und das Kind, das aus seinem Zimmer über die drei Obstbäume hinweg zum blechernen Wetterhahn des Nachbarn schaute, war er auch. Er war Ian und Collin und Hermann, er war Konrad, er war das Stück Rinde, das im Wasser trieb, von einem Strudel zum nächsten.

So plötzlich er gekommen war, war der Schmerz verschwunden, auch die Übelkeit hatte sich aufgelöst. Stattdessen breitete sich etwas Warmes in ihm aus, eine geballte Freude, ein Feuerwerk, das sein helles Licht ausstrahlte. Es fühlte sich an wie beim Verlieben, wenn das Dopamin den Körper schwemmt – es wäre ein Leichtes, jetzt aufzustehen. Aber noch nicht, dachte er, gleich, vielleicht, und so blieb er auf dem Boden liegen, während der Tag in die Nacht verging.

Das Motto auf S. 7 stammt aus einem Interview in SPIEGEL 46/2022.

Sollte diese Publikation Links auf Webseiten Dritter enthalten, so übernehmen wir für deren Inhalte keine Haftung, da wir uns diese nicht zu eigen machen, sondern lediglich auf deren Stand zum Zeitpunkt der Erstveröffentlichung verweisen.

MIX
Papier | Fördert gute Waldnutzung
FSC® C014496

Klimaneutral*
Druckprodukt
ClimatePartner.com/14044-1912-1001

Penguin Random House Verlagsgruppe FSC® N001967

1. Auflage

Neumarkter Straße 28, 81673 München
Umschlaggestaltung: Favoritbuero, München
Umschlagmotiv: © Michael Trevillion/Trevillion Images
Satz: Leingärtner, Nabburg
Druck und Bindung: GGP Media GmbH, Pößneck
Printed in Germany
ISBN 978-3-328-60295-8
www.penguin-verlag.de